# 四月のミ、七月のソ

キム・ヨンス
松岡雄太＝訳

駿河台出版社

This Japanese edition is published
by arrangement with Munhakdongne Publishing Group and CUON Inc.

This book is published with support
of Literature Translation Institute of Korea (LTI Korea)

目次

カバーイラストレーション 西川真以子
ブックデザイン 浅妻健司

# サクラ新年

慶州南山《キョンジュナムサン》の四季を撮影する写真集を依頼されるまで、ソンジンはそこにこれほど多くの仏像が、しかも首が切られたまま残っているなんて知る由もなかった。去る四月、サクラ満開の知らせに、春の風景を撮影しに南山を訪ね、首が切られたまま座っている石仏を見て、ソンジンは改めて思った。「そうだった、これが廃墟の風景だ」。そうやって中腹の上禅庵《サンソンアム》まで登り、貴婦人の白い洋傘のように庵の瓦に映ったサクラの花影を撮影していると、メッセージが来たのを知らせる着信音が鳴った。液晶画面で、撮った写真を確認し、携帯を取り出すと、見慣れた名前の下に「お昼、食べた？」という文字が書かれていた。明け方から登ってそれまで仕事をしていたせいで食べる暇もなかったのを、絶対分かっていながら訊いているようでムッとした。メッセージはソンジンが上禅庵の風景を撮影しおえるまでにもう二回送られてきた。「忙しい？」、「電話で話そうか？」。最後のメッセージを見てすぐカカオトークを開き、「何？」と打った。送ると同時に返事が来た。画面を見ると「前にプレゼントしてあげたタグ・ホイヤー、返してほしいんだけど。住所教えるから着払いで送って^^」とあった。差出人はソ・ジョンヨン。ソンジンのいわゆる〝元カノ〟。だったらこんなまねは〝返上〟だな。ソンジンはつぶやいた。

そのタグ・ホイヤーのことをちょっと話そう。その時計は去年の冬、ある深夜に止まった。前日はちょうど大統領選の日、一緒に開票速報を見ようと友人らと集まり、夜七時から生ビールを飲みはじめていた。僕らの支持する候補が当選したら夜通し祝杯を上げるつもりだったのに、時間がたつにつれ雰囲気は徐々に重くなり、酒もマッコリから焼酎、焼酎からウイスキーに、だんだん強くなるばかりだった。そしてその時計が止まるころには泥酔していたため、ソンジンは何も覚えていなかった。翌日、目覚めて時計を見ると、黒のダイヤルの上に三つの針が鋭角をなし、午前零時辺りに殺到していた。日付の数字は左側に傾いた20だった。ゆえに、その時計が止まった正確な時刻は、大統領選が終わった翌日、深夜十二時五十四分四十九秒だった。自動巻きでこれまでもときおり時間を合わせ直したり、つまみを回しスプリングドライブを巻く手間が要ったが、今回はどんなすべを動員しても秒針は動かなかった。購入して五年以上たっていたから、分解検査を一度くらいはしなきゃだろうかという気もしたが、面倒くさくて嫌になり、しばらく時計なしで過ごした。そんなある日、隣町を歩いている途中、時計修理店を見つけて入ったら、三十万ウォンで売ってくれと言うのですぐ売り払った。数日前のことだ。

そういう事情ではあったが、ソンジンはさほど心配していなかった。ジョンヨンにその時計をプレゼントされたのは二〇〇七年だったから、もう六年近くたっていたのだ。それに最近、彼女に買ってもらったスクラッチくじで五億ウォン当たったラッキーボーイが、彼女と別れたあと、全額持ち逃げしたせいで訴訟になったというニュースを新聞で読んだことがあった。五億ウォンに比べたらあんな時計くらい……と思わなくもなかった。そうやってジョンヨンとの昔話を思い出していると急に六年前、つまり偶然バンコクで会った二人が衝動的に訪れた古都アユタヤの廃寺址ワット・マハータートが思い出された。それは、とにもかくにも昼間南山で見た、首が切られた石仏のせいだろう。ソンジンはそうした石仏をワット・マハータートではじめて見たからだ。廃墟と化した寺院の端の壁一列に石仏が鎮座していたが、みな首を切られていた。新慶州駅からソウル行きのＫＴＸに乗ったソンジンは、あのときバンコクのウェスティンホテルの前で会ったとき、ジョンヨンがどんなに喜んでいたか、自分もパーイとチェンマイに行ってきたら、あんな澄んだ表情ができるのか、気になっていたことを思い出していた。いつしかうたた寝をしていたが、どれほど時間がたったろう、突然ポケットで電話が鳴り、ソンジンはびくっと目を覚ました。思った通り、ジョンヨンだった。睡眠室のようにもの静かな夜汽車の客室から彼は慌てて飛び出した。窓の外を見ると、漆黒の中で近くの明かりは速く、遠くの明かりはゆっくり過ぎていた。

「なんで返事が来ないの？」

ジョンヨンが訊ねた。ソンジンは通路の隅にある椅子を下ろして座った。

「会社、首になったのか？　何だよ、急に。金が入り用にでもなった？」

彼が言った。

「独身のまま年とると嗅覚は発達するようね。あたしがあげた時計だから返してって言ってるのに、なんでつべこべ言うの？」

「金なら僕が貸してあげるのに、君にもらった時計だから返せと言われても、ちょっと困るな」

「どうして？」

ジョンヨンの声がややこわばった。

「どうしてかって、法的にでたらめだからさ。民法には贈与というのがあります。贈与も契約だから、一旦プレゼントしたら所有権が移るの。どういうことだか分かる？」

ソンジンは声を抑えながら言った。

「それが何だって言うのよ」

「それが何かって言うと、君がプレゼントした瞬間からその時計は法的に僕のものってこと。返せと言われたからって勝手に返すことはできない。違法だから。民法にそう出てるから今度見てみな。じゃあね、忙しいから」

そうやって電話を切ろうとすると、ジョンヨンが叫んだ。

「その立派な民法にあたしが死ぬって話は出てこないでしょ？」

「どういうこと？」

「その立派な民法にあたしが死ぬって話は出てこないのかってことよ！」

二度も同じ説明を受けたが、ソンジンはどういうことなのか、いくら考えても分からなかった。

際限なく電話してきては、過去の自分は死んだだの、もうすっかり新しい人に生まれ変わっただの、訳のわからないことを並べ立てるから、時計はすぐ返してやるよと、豪語しはしたものの、その間、別の人に売られたんじゃないかという不安がなくはなかった。案の定、時計屋の扉を開けて入ると、嫌な感じがした。外の世界ではサクラやレンギョウ、モクレンが開花しつつあったのに、五坪もない時計屋は、薄暗く淀んでいるうえ、冷え冷えとするばかり、土曜だしと遅くまでベッドでもそもそしてやっと出てきたからか、腹も減っていた。そのせいか時計屋のどこかから食べ残しのキムチチゲの匂いがする気もしたが、じきにソンジンはその匂いが、室内にぎっしり積み上げられた電子製品やがらくたの骨とう品から出る、汗じみた匂いでもありうると気がついた。ところどころ若白髪のぼさぼさ頭に、黒い国内製登山服の上着を着た時計屋の主人は、慶尚道《キョンサンド》なまりが染みついた声でああだこうだ言い逃れに腐心した。最初はそんな時計は買ったこともないと言い張っていたが、ソンジンがスマートフォンを出し、時計代として入金された明細を見せると、今度は時計を買ったのは間違いないが、翌日、別の時計屋に売ったという。

「で、なぜ買ってないって嘘ついたんです？」

ソンジンは問いただすように訊ねた。すると登山服は間髪入れず僕の鼻先に指を突きつけながら声高に言った。

「先に嘘ついたんはあんたや。あんた、パチモンて知っててわしに売ったんちゃうんけ？

やからわしも転売してんや」

予期せぬ発言に言葉がつまったが、ソンジンも自分の非にされるわけにいかなった。

「どういうことです？　パチモンだなんて。あ、あれがなんでパチモンなんですか？」

そう言いながらも向こうからこうも堂々と出てこられると、本当に偽物だったんじゃないか、疑わしくなった。だからソンジンは少し言い淀んだのだが、それが合図のように時計屋の表情は一変した。

「いや〜えらいやっちゃなぁ。パチモン売って引っかかったらどうなんのか分かってんのか？　特定犯罪加重処罰法上詐欺の疑い、で三年以上の懲役やぞ」

「そ、それ、どういうことですか？」

反駁《はんばく》するつもりで口を開いたのに、それ以上二の句を継げず、ソンジンの姿はややこっけいに映った。男は五坪の店内で天下を取ったような表情だった。

「どういうことかて、パチモン売り買いするんは法で禁じられとるっちゅうこっちゃ」

あの時計が偽物かもなんて一度たりとも考えたことなかったから、時計屋の主人にそうたたみかけられると狼狽した。だからとにかくこの危機を脱しなければという一心でだしぬけにこう言い放った。

「その立派な法律に僕が死ぬって話は出てこないでしょう?」

ところがこの言葉は効き目があった。さっぱり真意を測りかねたのか、今度は時計屋がたじろいだのだ。

「恋人にプレゼントされた時計なのにこっそり売って、僕は今、死にかけてるんです。パチモンでもなんでも、僕が買い戻せばいいじゃないですか。お金をお返ししますから、時計、また売ってください」

来る途中、銀行のＡＴＭで下ろした三十万ウォンが入った財布を出しながらソンジンが言った。すると時計屋は首を横に振りながら、さっきも言ったように、その時計は翌日売ったから、自分にはもう返すすべはないと言った。どこに売ったのか問い詰めると、南大《ナムデ》門《ムン》地下商店街や龍山《ヨンサン》電子商店街、市内に出かけるとぐるっと一周するのが仕事だから、どこで売ったか覚えてないと言い逃れるのを、だったら製造番号を控えてるから警察に紛失届を出すと言ったところ、ソンジンをきちがいかと見つめながらハハハハと言うと、男はとうとう黄鶴洞《ファンハクトン》の定時堂という店名を挙げた。

モグラの穴さながらの時計屋を出、今にも咲かんばかりのサクラの明るい蔭の下を歩きながら、ソンジンは二〇〇九年を思い出した。その年の五月は彼の人生でもっとも深く暗い谷間だったというか。もちろん僕らのよく知るあの不幸な事件もある程度影響していたとは思うが、彼がその時期を人生のもっとも深く暗い谷間だったという主な理由は、その四月にジョンヨンと別れたからだった。二〇〇五年の八月、二人がシネマテークの階段横ではじめてキスしたのを起点とすれば四年目、二〇〇七年の四月、バンコクで偶然会い、一緒にアユタヤまで行ったのを起点とするなら二年目だった。

長いといえば長く、短いといえば短い恋愛期間なり愛するだけ愛したから、恨みもつらみもなかったし、そろそろ別の人も気になりだしていたので、ソンジンのほうから、時間を置いて二人の関係を見つめ直してみようと提案したのだが、ジョンヨンが大粒の涙をこぼしながらも、運命のようにあっさり提案を受け入れた瞬間、やばい、という気がした。いつもながら悲しい予感は外れたことがなかったし、本人は二十九歳と主張していたけれど、家族や友人たちはみな三十だと分かっていた二〇〇九年の春、彼は毎日酒びたりで過ごした。今思うに、三十前後のかっこ悪さと言ったら、目を開いて見てられないほどだった。悲劇の主人公にでもなったかのように、非の打ちどころがない恋人に自分から別れを告げては、毎晩哀しみに暮れたざまで酒をあおっているなんて。その頂点は、酒に酔っぱらってちょうど例のタグ・ホイヤーを握りしめ、絶叫するときだったろう。

「やれやれ、こんな裏切りってあるかな。僕は青春の純情を全部ささげたのに、あれがパチモンだったとは」

なのので、ジョンヨンに電話したソンジンの口からは、すぐさまこんな言葉が出てくるしかなかった。

「あなたが言ってるパチモンって、もしかしてあたしが香港の免税店で三千ドルで買ったタグ・ホイヤー・カレラ・キャリバー16のことじゃないよね」

「なぜ、じゃないよね、なの？　時計屋で確認したら、パチモンだって。そうとも知らず僕は一生懸命着けてまわってたんだ。二十七から三十二まで、この大切な青春の五年間」

返事がなかった。若干不安ではあったが、彼は続けざまにこう言った。

「実は去年の年末、あの時計は壊れたんだ。で、近所の時計屋に見せたら修理代のほうがかかるから、中古で譲ってくれって言われてさ。で、売ったんだけど、君が過去の自分はもう死んだだの、これからは新しい人生を生きるだの、大騒ぎするもんだから、また返してもらいに行ったら、もう別の人に売っちゃったって。だから君ももうあきらめてくれ。心ばかり、受け取った金は送るから」

それでも返事はなかった。何だ、この嵐の前の静けさは？　ソンジンは気が気でなかった。

「いくらで売ったの？」

やがて柔らかな声でジョンヨンは訊いた。

「二十万ウォン」

ソンジンが答えた。

「えっ⁉」

「あ、違った、三十万ウォンだ」

「そんなに死にたい？」

変わらず低い声でジョンヨンが言った。ソンジンは空を見上げた。青空を背景にサクラが枝を伸ばし、その枝々に白い花をつけていた。こんなに美しい風景の中に立っているのに、寂しくないなんて不思議だ、とソンジンは思った。ビューファインダー越しに美しい風景を見るたび寂しさを感じるのに。サクラが咲きはじめたので、言わば今日はサクラ新年。こんな美しい日に死ねなかった。

「売ったというのは冗談、専門修理店に預けたって言うから、そこに行けば見つかるさ。実は一緒に行こうと思って電話したんだ」

ソンジンは言った。

昔の恋人に再会し、彼女がこんなにかわいかったなんて思いもよらなかった、と内心臍《ほぞ》を噛むのは、映画なぞに出てくるファンタジーだけだというのが、普段からのソンジンの持論だった。これまで愛した女性を彼は今も愛し、そうやって永遠に愛するつもりだが、それは〝再び〟愛することはないという意味だ。それは一度染みだした菊花茶にまたお湯を注ぐようなものだから。どんなに待ったところで最初の味は出てこない。お湯は新しく出したお茶にだけ。それが人生におけるあらゆるお茶の美味しい味わい方だ。同じだった。春の街で再会すると、ジョンヨンはかわいかった。彼にとってかわいかった女性は今もかわいく、そうやって永遠にかわいいはずだけど、〝再び〟かわいいのではなかった。

「今年で三十？」

会うなり、ソンジンが訊ねた。

「知らない。そんなの」

ジョンヨンは答えた。

「ちょうど四月十五日くらいでなる年齢《とし》だ。山々に花が咲く」

「光復節〔訳注：八月十五日〕だってば。新しい人生を見つけたいの」

「分かった、分かった。定時堂はこっちらしいから、そこに君の新しい人生もあるさ」

ソンジンが自信満々に言うと、ブラザーミシンにマラソンタイプライター、できそこないの人形にトルハルバンと赤い公衆電話まで置かれた週末の蚤《のみ》の市の風景を指さしながら、ジョンヨンが言った。

「新しい人生に向かうにしちゃ相当みすぼらしい入口ね」

二人の絆《きずな》を支えたのは、こんな類のユーモアだった。思い返すと、ソンジンがひとり、自分はまだ二十九と言い張っていた二〇〇九年が始まる中、二人のあいだからこうしたユーモアがなくなりだした。言うなれば、絆の地震を予告するガマガエル集団のエクソダスみたいなものだった。ところが以前のように会話の楽しさが蘇ると、今や忘れられた物たちがすき間なく並ぶ黄鶴洞の路地裏を歩くのも、そんなに悪くないと彼は思った。レコード店とビンテージオーディオ店と中古カメラ屋を過ぎ、路地のつきあたりで清渓川《チョンゲチョン》方面に折れてもう少し歩くと〝ブランド時計定時堂〟という赤い縦看板が見えた。ソンジンはその看板を指さした。

しかし、いざブランド時計定時堂のショーウインドウの前に立ったとたん、ジョンヨンは帰ると言いだした。

「このだだっ広いソウルの空の下、あたしがプレゼントした時計にいちばん似合わない場所を探せって言われたらここ。正確にはこの店、ブランド時計定時堂。今、ここが専門修理店だってあたしに信じろと？　こんなとこにつれてきた意図は？」

「こんなとこにこそ隠れた匠はいるものさ」

「隠れた匠はいるでしょうね。ずっとあたし、うっかりしてた。あなたはもともとそんな人。いつもこんなふうに遠まわしに、あたしの寿命を縮めるの。おでんは食べないでスープばっかりすする学生みたいに」

「えっ、おでんですらなくてスープだなんて。もちろん僕が君に……」

彼女の言うことに腹はたってても、二〇〇九年春のソンジンのように、君はなんだってひとの人生にああしろこうしろと口挟むんだ、僕は生きたいように生きるんだ、とがなりたてる自分はいなかった。この四年でソンジンは大きく変わった。この四年間、彼は思ったような人生を送れなかった。経営者が写真部を外注に回したせいで追い出されるように雑誌出版社をやめ、フリーの写真家として生計を維持することになったが、それは近所の公園を散歩するように平凡だった生活が、白雲台《ペグンデ》の絶壁のふちを踏み歩く離れ業に変化《へんげ》したことを意味した。この社会にフリーランス用の手すりみたいなものはなく、彼は曲芸師の、どんなときでも落ち着きを保つ方法を身につけざるをえなかった。

「ちょっとここで待ってて。入って訊いてみるから。もしここにあの時計がなかったら、僕が買ってでも返してあげる、それでいい？」

だが、ドアを開けて定時堂へ入った瞬間、いや、もっと言えば、角を曲がってあの赤い看板を指さしたその瞬間、ソンジンはここに自分のタグ・ホイヤーはないと分かっていた。彼は両腕に腕ぬきをはめて、白熱灯が煌々《こうこう》とする作業台に座り、ぶ厚い本をのぞきこむ年配の男をじっと見つめた。男も振り返りソンジンを見据えた。ソンジンはそのまま踵《きびす》を返して出ようとしたが、外にジョンヨンが立っているのを見て、その男に、最近黒いダイヤルのタグ・ホイヤーを購入したことがあるか訊ねた。老人は首を振った。じゃあ、もしかして中古でも、いや偽物でも何でもいいから、そのメーカーの時計を買うことはできるかとソンジンはさらに訊ねた。すると老人は読みかけの本を作業台に置き、椅子を回転させた。彼が何か言おうとしたところで、ジョンヨンがドアを開けて入ってきた。彼女を一瞥《いちべつ》してから、ソンジンは再び老人を見つめた。老人は口をつぐんだ。ソンジンはジョンヨンのほうを向いて言った。

「さ、さっき、三千ドルって言ったよな？」

事後処理に気を取られ、ソンジンはどもった。するとジョンヨンは手を挙げて指さした。

「あれ、見覚えない？」


近所の公園を散歩するように、目をつぶっていたっていくらでも思い通りになっていたころ、つまり二〇〇四年のことだ。除隊後、写真家の卵として映画をもう少し勉強しなきゃなという気持ちから、彼は大学路《テハンノ》にある、とあるシネマテークの会員になった。目を閉じると決まって「ときには耳が目よりよく物を見る」みたいな映画〈ハッピー・トゥギャザー〉のセリフや、一九九七年四月一日のコンサートで〈月亮代表我的心〉を歌う前、張国栄《レスリー・チャン》が言った「今日は元日のように特別な夕べだ」といった言葉をつぶやく、二十歳を迎えたばかりのジョンヨンに、そこで彼ははじめて出会った。愛情の尺度を虚勢で測っていた二十歳前後、そんな姿がソンジンには映画への並はずれた情熱に映り、感心していた。そうした虚勢の一つが、ソウル市内のビデオカフェを巡礼しながら他人《ひと》がよく知らない映画を見つけて見ることだった。そうやって二人で見た映画の中に、周潤発《チョウ・ユンファ》と林青霞《ブリジット・リン》が二十八歳の青春カップルとして登場する〈夢中人〉があった。ブランド時計定時堂に入り、ジョンヨンが指さしたのがまさにその映画〈夢中人〉の最初に登場する土偶《どよう》だというのは、彼女にそのころのことを想起させられてはじめて分かった。

「土偶まであるわ。ほんと、この界隈にないものはないみたい。あの時計以外」

ジョンヨンが言った。それを聞いて、ソンジンは冷静に辺りを見渡すことができた。入ってすぐのところに置かれた長い陳列台と片隅のソファーセット、陳列台越しの右壁に備えられた作業台。陳列台に時計は多くなく、黒のソファーは端っこが破れていた。全般的に衰退しつつある雰囲気だったが、作業台の上に取りつけられたホワイトボードに、〝鴻鵠之志〟と黒のマジックで書かれてある文字が目に留まった。ソンジンには読めもしないその漢字のおかげで、両腕に腕ぬきをはめて座り、ぶ厚い本を読んでいた六十前半の老人が、凛とした儒学者のように感じられた。作業台横の本棚には『新疆の歴史』、『東方見聞録』、『敦煌学とは何か』といった厚い洋装本が並んでいて、その感じが増した。ジョンヨンが言う土偶は、それらの本の前に立っていた。

「もう今は中古時計の買い取りはしておりません。ただ残り物を売っているだけですが、タグ・ホイヤーはありません」

彼はソンジンに言った。

「またあいつにだまされたんだ。ジャクリングするみたいにいろんな人の貴重な時間をもてあそんでるんだ。僕にはパチモンと言っときながら、別の人に高値で売ったんだろうし、本物だったらあえてこんなとこまで来て……」

ソンジンがそこまで言うと、ジョンヨンがその言葉を遮った。

「時計はもういいの。代わりにあれ買えますか？　あの土偶」

彼女が老人に訊ねた。老人は振り返り、その人形を眺めた。

「あれは兵馬俑の模型ですけど、売り物ではございません」

「中国で買われたんですか？」

「いえ。まだ中国には一度も行ったことありません。十数年前、西安を観光してきた人からの貰いものです」

「プレゼントならどうしようもないわね」

ジョンヨンが言った。

「ですがプレゼントとしての意味合いはずいぶん前になくなってます。これが欲しいのですか？」

「いや、まぁ、その。ただ……この人に言われるまま、ここまでやってきたんですけど、時計も見つからないし、無駄な時間ばかり過ぎてくのが悔しくて」

「無駄な時間……」

ジョンヨンの言葉に黙って考えに浸っていたかと思うと、老人は作業台の明かりを消して椅子から立ち上がった。彼は本棚の前にあった兵馬俑の模型を取り、ソファーのほうへ歩み出た。彼は聞かせたい話があるからと二人にソファーに腰かけるよう勧めた。そしてテーブルに兵馬俑を置いた。ソンジンはいつだったか旅行雑誌で兵馬俑の写真を見たことがあった。だが、頭を結った様子や顔の表情、甲冑姿をそうまじまじと見たことはなかった。ソンジンがその人形を見つめているあいだ、老人は話しつづけた。これをくれたのは市場の契（講）仲間だったが、大卒だからといつもいばっていたらしい。で、『史記』がどうたら始皇帝がこうたら、ご高説を垂れながらこんなプレゼントを商売仲間に配ったのだが、骨とう品の目利きらに、こんなものがうれしいはずなかった。

「ところで、今見ると表面はツルツルですが、最初はここに黄色い泥みたいなのがこびりついてました。それを見たうちの家内から〝プレゼントするならきれいなの選んでこなきゃよね〟とたびたび愚痴を聞かされましたが、私が店を空けたすきに、何度も水ですすぎ、酢漬けにまでしてすっかり泥を落とし、ピカピカにしていたんです。店に戻って、家内にきれいになったのを見せられましたが、見栄えがします。だからでかしたとほめましたよ」

数日後、その人が店に遊びに来たので、自慢げにきれいになった兵馬俑を出して見せると、その人形はもとからわざと土をつけて売ってるのに、愚妻の無駄骨だと言いながら、チッチッと舌うちされた、と老人は言った。あまりにひどく妻をけなすものだから、いや、一体この世のどこにわざわざ泥をつけて売ってる人形が、中国はもとよりあろうかと問いただしたところ、逆に、盲人川をののしるとか夫唱婦随と雑言まで浴びせられ、結局その人とは永遠に絶交した。だけど、なぜ人形に土をつけて売るのか分からないと完全に怒りが収まらない気がして市内の本屋にでかけ、始皇帝に関する本を一冊買ってきた。その話にソンジンは兵馬俑から視線を離し、老人の顔を見つめた。以来、老人は始皇帝が出てくる本なら片っぱしから読んだ。始皇帝のことを知ってからは『史記』が気になり、『史記』を知ると隋唐が気になり、そうやって西域も、シルクロードも知るようになった。だが、自分ひとりが知りたかったのなら、そこまで一生懸命読みはしなかっただろうと老人は言った。妻に聞かせるためだったと。夜、明かりを消して横になり、彼は昼間、店の片隅で読んだ本の内容から興味深い話を妻に聞かせてやった。「また盲人呼ばわりされるわけにはいきませんから」と彼は言った。

老人の話にすっかり魅了されたジョンヨンが「どんな話を聞かせてあげたんです？」と訊いた。老人は即座に答えた。兵馬俑の顔はぜんぶ違うし、もとは色も塗られていて、だから最初発掘されたときは実際の人の姿と瓜二つだったので、もとは本物の人だったんじゃなかろうか、だけど数千年のあいだに土人形へと姿を変えてしまったんじゃないか、とかなんとか、そんな話。漢の時代、将軍李陵がゴビ砂漠で匈奴と戦争したとき、兵士らが言うことを聞かず、調べてみると妻たちが車の中に隠れてついてきていた。だから李陵はその妻を引っぱり出して全員切ってしまったのだけど、それを見守った男たちの心情が想像つくか。砂漠って言ったら、そんな気持ちじゃないのか、とかなんとか、そんな話。龍門石窟の仏像もそう、唐の高宗と則天武后の墓である乾陵の四神像もそう、ひとつ残らず首が切られているというのに、一体その首はみなどこに行ったのだろう、とかなんとか、そんな話をしたのだと。そんなとき、いつも彼の妻は〝ええーっ！〟とか〝まぁ！〟と合いの手を入れつつ、あいづちを打った。あるとき疲れていたのか、いつの間にか眠った妻がいびきをかいていることもあったが、それでも老人は独り言のようにぶつぶつと、最後まで話したのだそう。学べなかった悲しみは妻ばかりでなく自分にもあったから。それは自分に聞かせてやる話でもあったのだ。

と語っていた彼が手を挙げ、ホワイトボードの漢字を指しながらこう言った。

「ちょっとあれをご覧なさい。鴻鵠之志というのは『史記』の「陳渉世家」に出てくる言葉です。貧家に生まれ、秦に反乱を起こして王となる陳渉が、小作人をしていた若いころ、将来の富を語って、周りの小作人たちに嘲笑《わら》われるんですが、そのときの陳渉の言葉です。ツバメやスズメのような小鳥に雁や白鳥の気持ちが分かるかという意味です。私にも鴻鵠之志はあって、それは西安とその先の砂漠を旅行することです。まだ成しとげていない夢なので、ああやって書いておいたんです。私がこんなことを話すと、この路地界隈で嘲笑わない者はありませんが、唯一、家内だけが応援を惜しみませんでした。十年以上、そんな話ばかりしてきましたから、そうするしか。だけど、わしひとりで行けるか？　お前と一緒じゃなきゃ。そう言ったら家内は腰を抜かしました。普段苦労かけてばかりだから、せめて飛行機に乗せてあげようというのに、妻が切り殺された砂漠なんか、というんです。そんなこんなで去年になってやっと一緒に行こうと言ってくれました。こんな願い一つ叶えてやれないのは申し訳ないと」

「なのに、なぜまだいらしてないんですか？」

ジョンヨンが訊ねた。

「去年、飛行機のチケットまで手配したのですが、家内の体調がまた悪化したせいで……秋口ごろからまた通院治療、そうこうしているうち、十一月に入院したのですが、二度と病院から出てこられませんでした。もう私ひとり残されましたから、今度の夏までにここを切り上げて中国を旅行するつもりです。ですからこれが欲しいなら、お嬢さんにただで差し上げましょう。ここまで話を聞いてもらって嬉しいし、最後にひとつ小言を言わせてもらうなら、はからずもこんなところまでやってきたのだとして、二人で歩いてきた道なら、決して無駄な時間ではないはずだからです」

兵馬俑をジョンヨンのほうへ寄せながら老人が言った。

昨年十二月二十日の朝、目覚めたときは、永遠に時が止まってしまったんじゃないかと思ったが、それは時計が動きを止めただけ、引き続き時は流れ、新たな春が訪れて、花も咲いた。定時堂を出て、来た道の反対へそのまま歩き、路地を抜けると清渓八街《チョンゲ》だった。土曜の午後は暮れかかっていた。バスもタクシーも地下鉄もない場所で、二人は川沿いを歩いた。太陽はビルの谷間に消え、また出てくるかと思ったら雲の合間に隠れてしまった。最初は近くのバス停か地下鉄の駅まで一緒に歩くつもりだったのに、話しているうち、ついまだ歩くはめになった。なぜなら、清渓七街の横断歩道で歩行者信号を待っていたとき、ジョンヨンがソンジンの顔をじろじろ見ながらこう言ったからだ。

「死ぬときは一緒だって言って」

ソンジンは一歩後ずさりした。

「どしたの、急に。僕がなんで？」

ジョンヨンはがっかりした表情で手を横に振った。

「すっかり忘れてるのね。そういえば一緒に〈夢中人〉見たのも忘れてたし。あなたはバンコクで会ったときからって言うけど、あたしはそのときからだったのに。二人で阿峴洞《アヒョン》の薄暗いビデオカフェに座って、そのセリフを聞いたときから。ほら、〈夢中人〉の最初のシーンで林 青 霞《ブリジット・リン》が言うじゃない。死ぬときは一緒だって言って。死んだあとの寂寞に耐えられそうにないから」

二十歳前後のいつかのように、ジョンヨンはセリフを暗誦した。

「寝言みたいなセリフだ」

「今聞いたらね。あのときはそのセリフ、あたしと全く一緒だって思った」

「そりゃそうさ。若いころって、人生は自分のだけが残るまで、時間をふるいにかけることだと思ってたけど、三十になってみると、違うらしい。いざ三十になってみると残ってるのは何もない。みんな他人《ひと》のなんだ。自分のは一個もない」

するとジョンヨンがため息をついた。

「そうね。まる二年勤めたのにクビ。あたしに残っているの、一個もなし、すっからかん。何よこれ」

この三月、勤めていた会社を辞めたあと、そうやってひと月が過ぎたとジョンヨンは言った。そのひと月がどんなひと月だったか、ソンジンは察することができた。やることも、行くところもなく、家にいながら今か今かと花が咲くのばかり待っていたのに、ご承知の通り、この四月はどんなに寒かったか。何だって冬がこんなに続くのというため息が、ジョンヨンの口から離れなかった。そうしてせっかく友人の誕生日だからと外出し、午前零時すぎに酔っ払って帰宅した日のこと。ジョンヨンはタクシーの後部座席に座り、黙って指折り数えてみると、午前零時を過ぎていたからもう四月十三日だった。そう思ったとたん、気分がよくなった。今から何もかもがうまく行きそうな気がした。家に着いた彼女はその足で浴室に駆けこみ、服も脱がずに水を浴びた。数年前、二十四歳、夢多き新社会人だったころ、彼女はタイのパーイからチェンマイへ下ってくる途中、そのように水浴びしたことがあった。ソンクラーン、四月十三日のタイ正月だった。そのときのことが思い出され、自分の新年は今からだと思って水を浴びたのに、水は冷たすぎた。とっさにお湯をひねったが、温水はなかなか出てこなかった。そうして水を浴びながら立っていると、ずぶぬれのままブルブル震える自分の姿が鏡に見えた。

「なんでそんなことしてたの？」

「あなたはなんであんなことしてたの？　四年前」

ソンジンは答えなかった。もう頭の中で考えていることを全部口にしなくてよいくらい分かっていたからだ。だけど、ジョンヨンにもっとけしかけられていたら、こう言ったかもしれない。そのときは毎晩真っ暗な部屋で横になり、昼間読んだ面白そうな話を孤独な妻に聞かせてやる老人がこの世にいるなんて知らなかったからだと。ほどなく静かないびきが聞こえてきても、その老人は話をやめず、また彼が聞かせてやったのは、まるで生きた人がそのまま固まってしまったような兵馬俑、夫に見守られながら死んでいった女たちの砂漠、首が切られたまま廃墟の寺院に鎮座している石仏や、冬山の雪解け水で栽培したブドウについての話だと知らなかったからだ、と。

「とにかくあたしの三十歳は誰が何と言おうと今からなの。過去の自分はきっぱり忘れることにした。あなたに残ってるあたしの痕跡も一切消しちゃいたくて。そしたらちょっと悔しくなった。あたしが先に三十になってたら、あたしのほうからかっこよく振ることもできたから。ちぇっ、こんな形であのときのあなたの気持ちを一気に理解しちゃったなんて、悔しいけど」

「だから君は返上を求めたのか」

これも口にしなきゃよかったのに……そんな会話をしながら清渓《チョンゲ》三街を過ぎ、鐘路《チョンノ》三街の地下鉄駅まで歩いてやっと、二人は別れることができた。ジョンヨンは五号線、ソンジンは一号線だった。五号線の改札に向かって歩きだす前に、ジョンヨンは新聞紙に包《くる》まれた兵馬俑の模型が入った白いビニール袋を上げて見せながら「無駄な時間ばかりじゃないでしょ？」と訊いた。返事の決まっている質問で、ソンジンは答えた。

「ああ」

「ところでさ、さっきおじいさんが首のない仏像のこと話してるとき……」

ソンジンは言いたいことは分かっているというふうにうなずいてみせた。

「でしょ？　あなたも思ったでしょ？　あの菩提樹。お釈迦さまの顔のこと」

ソンジンはずっとうなずいていた。そして二人は別れた。土曜の午後の乗客たちのあいだで地下鉄を待っていると、ソンジンの頭の中にその菩提樹の姿が徐々に浮かびだした。いつだったか水色のワンピース姿でベッドに寝そべっていたジョンヨンのように、ソンジンは両目を閉じた。あの日、ホテルの部屋はひんやりしていた。釜山映画祭の期間で、ジョンヨンは昼間見たペルー映画のことをつぶやいていた。彼女の話は退屈で、けだるく聞こえた。やがて話が途切れた。どうしたの？　彼が訊いた。考えてる。彼女は目を閉じたまま答えた。何を？　眠りにつくとき、ときどき考えること。お釈迦さまの顔。どんなお釈迦さま？　ソンジンが訊いた。あたしたちがアユタヤで一緒に見たお釈迦さま。そのことばかり考えてたら、この世界がとってもステキに思えてくるの。あれがそんなにステキ？　ソンジンも彼女の隣に寝そべった。そして彼女のように眼を閉じた。そして考えた。アユタヤを侵略したビルマ軍が仏像の首を切ったときに転げ落ちた頭の一つに菩提樹の根がかぶり、長い時間をかけてその頭はもとからそうだったかのように根と一つになった。二人は横並びで根の中のお釈迦さまの顔を見つめた。その顔は目を閉じていた。ソンジンはその顔を思い出したとたん、本当にこの世界がステキに感じられた。その間、ソンジンはジョンヨンの息遣いが少しずつ変わっていくのを感じた。低く、静かに、すやすやと、規則的に。ソンジンが菩提樹の根に包まれたお釈迦さまの顔のことを考えているあいだ、世界がステキになっていくあいだ、一歩後ろに下がれというアナウンスがあり、いよいよ地下鉄が駅構内に入ってくるあいだ。

# 深夜、
# キリンの言葉

## 1　ママとパパは私たちを動物園に捨てようとしたことがあった

テホが〝キリン〟という言葉に反応したときから、自分は気づいていたとジニが言った。テホがあの日のことを覚えていることに。ジニは絶対あの日が忘れられないと言うが、さて、私はよく分からない。白い桜、その蔭になった道が明るい春の日だったのを思い出すだけ。大公園の入口は花見に来ていた人たちの黒い頭で埋め尽くされていた。人波に押され、花道沿いにしばらく歩くと動物園に出た。パパが入場券を買った。ママと双子の私たちの分まで。テホはそのとき乳母車で寝ていたから当然無料《ただ》だった。私たちは、白いワンピースにこっけいなほど太い金のネックレスをして乳母車のハンドルをつかむママの両脇に立ち、記念写真を撮った。動物園の入口に置かれたプラスチック製の動物マスコットの前だった。タヌキなのかリスなのかサルなのか。それはテホの初動物園記念に撮った写真だったのに（「いや、最後にあたしたちの姿を残そうと撮った写真だってば！」）、今や私たちのラスト動物園記念写真となった。その後、私たち一家が一緒にどこかに遊びにいったことは一度もなかったからだ。それがもう五年前のこと。

「最初はシマウマだったじゃん。でしょ？　あたし覚えてるよ」

ジニがテホに言った。テホは足を引きずって歩いた。テホの歩調に合わせるせいで、歩きの速度はのろかった。夜十二時が近づいていた。こんな遅い時間に外出したことは一度もなかったから、その夜の全てが神秘的で新鮮で怖かった。

「いいや、フラミンゴだったわ。フラミンゴが立ってて、池が真っ赤に見えたじゃない」

テホの代わりに私が答えた。

「そうだったかな。えー。フラミンゴだったっけ。テホ、合ってる？　あんたが一番よく覚えてるでしょ。被害者はあんたなんだから」

テホは何も答えなかった。

「フラミンゴだったよ。フラミンゴ。で、その次はキリンだった」

〝キリン〟という単語が出てきたとたん、テホは喜んだ。私はしゃべりつづけた。

「あのとき入口でママが嫌みたらしく言ったの、覚えてる？　これ何？　動物園？　人間園？　それでパパの答えは……」

私たちは同時に叫んだ。

「人間も動物じゃないか！」

テホもやはりこんなことを覚えているのだろうか？　フラミンゴを見て、もう少し進むとキリンが現れた。遠くから歩いていくときはキリンの顔が見えたのに、近くまで来ると大人たちに遮られてよく見えなかった。パパは屏風のように広がった人の後ろに乳母車を置き、テホの両脇を両手で抱えて高く持ち上げた。かと思うとパパはテホを抱えなおし、反対向きにしたあと、肩車をして「ほら、キリンだ。えさ、貰ってないのかな、ガリガリだ」と言った。人に遮られ、キリンを見られなくなった私たち姉妹は、パパの首に乗っかるテホを羨んだ。今もそのときも、テホは何も言わなかった。泣きもしなかった。ばたつきもしなかった。キリンを見もしなかった。ただ小麦粉が入った黒いビニール袋のように、テホはパパの後頭部に貼りついていた。もう少し進んでいくと、私たちの目にまたキリンが見えた。キリンは遠くから私たちのほうを見つめていた。私たちはキリンに手を振った。キリンは何も振らなかった。キリンは何も言わなかった。

そのあと、私たちは子供動物園というところにいた。ゾウに似たすべり台、ラクダの形をしたスプリング椅子、ジャングルを模したコンクリート迷路などが思い出される。ウサギやハムスターやヤギのような大人しい動物も数匹いた。歩きまわりながらせわしく鳴く黒いオンドリもいた。私たち三人はその片隅にある砂場に座っていた。ママとパパはちょっと歩いてくると言って席を外した。このことのせいでジニが非難するのだ。砂遊びをする年齢《とし》は過ぎていたから、私たちはベンチに座っていた。しばらく鳥たちを見上げていると、テホがちょっと変、とジニが言った。砂を撒き散らしながら遊んでいたテホは振り返り、私たちをまじまじと見上げていた。すると首を外側に向けたその姿勢のまま、砂場に向かって前のめりに倒れ込んだのだ。まるで頭が重すぎてもう耐えられないというふうに。ふざけていると思って、私たちは倒れていくテホをただ見つめるばかり、倒れたあとは手を叩いてキャハハと笑った。テホは砂場に顔をうずめたまま、じっと横たわっていた。捨てられたクマのぬいぐるみのように。ママとパパはいくらたってても戻ってこなかった。テホがおかしいと小児科に精密検査を受けにいく一日前のことだ。

「ママとパパはあのときあたしたちを捨てようとしてたのよ。じゃなきゃ動物園に行く人じゃないもの。ママはこれまで動物の詩は一編も書いたことがない。パパは動物園の動物はみな精神病にかかっているっていつもあたしたちに言ってたし」

「パパが動物嫌いなのは事実。キリンも嫌いだったわ。だけどあたしたちは動物じゃないじゃん。パパの子じゃん」

「忘れたの？　人間も動物よ！」

ジニが叫んだ。

「馬鹿らしいって思えるくらい正確に話さなきゃ。じゃないとあたしたちを捨てる理由はないわ」

〝テホだけ捨てるならまだしも〟。馬鹿らしいって思えるくらいなら、そこまで言うべきだったけど、テホの聞いている前でそんなことは言えなかった。そのうえ、言わなくてもジニは私の言わんとすることが分かっていた。

「あたしたちにテホを任せようとしてたんでしょ。実際あの二人よりあたしたちのほうがましよ」

「そう言われると、あたしたちがいなかったらテホは一日たりとも生きれない。ママはこの子のせいで、死にそう、死にそう、って言ってるけど一番長生きしそうだし。パパはよく分かんない。不満のかたまりだから」

「あたしたちがいなかったら長生きするよ。ママにはパパが必要なの。あたしたち三人はいなくなったほうがいいのよ」

「あ～あ、むなしいこと言わないで。いなくなったほうがいいだなんて。あんたがそう思ってるだけでしょ」

「キリンだったら今ごろあたしの言っている意味を分かってくれるわ。早くキリンを助け出さなきゃ」

「とにかく、早くキリンのところに行こ。行くよ、テホ」

私たちはテホを見つめた。テホはまばゆいほど明るいロータリーに少々戸惑いの様子だった。私たちはテホが私たちの手を振りほどいて道路へ飛び出すのではないか、心配だった。

## 2　たった一つの希望は石ころのように硬くなる

ママが好き？　パパが好き？　実に久しぶりに聞く、子供たちに投げかけられるもっともくだらない質問だ。誰かにそんなことを訊かれたら、ちょっと躊躇《ためら》いそうだ。ママは自分が正しいと思ったら誰の言うことにも耳を貸さず、最後まで我が道を歩む意地っ張りだし、パパは世の中に不満だらけの悲観主義者だった。そんな両親のあいだに生まれた私たちは、二つの月のように暗い家庭の隅っこをぐるぐる回っていた。だから私たちは必ず明るく輝いていなければならない。なので私たちはとりあえず、ママも好きだし、パパも好きと答えたろう。なぜ好きなのか、理由はあとから見つけてもよい。パパの長所は？　強いて言えば聡明で正義感があるところ？　パパは爪先ほども他人に危害を加えられない聡明な人、大学時代から社会の不条理を見ると我慢できない性格だった。これが長所なのか短所なのか私たちにもよく分からなかったけれど。ここに二箇所の小児科から広汎性発達障害の疑いという診断がテホに下されたあと、パパの記した行動指針がある。私たちはその指針を〝我が家の歴史〟に保存した。

—完治なんて言葉は忘れよう。美しすぎる。美しすぎるものは真実たりえない。
—馬鹿らしいと思えるくらい正確に話そう。今テホは深い井戸に落ち込んでいる。俺たちの声はそこまで届かない。

――この物語は退屈なほど長くなるだろう。たぶん一生にわたる物語になるだろう。

――まずは忍耐力を養おう。想像力を発揮しよう。感覚を呼び覚まそう。毎日毎日観察しよう。俺たちの言葉を伝えよう。俺たちは今ここにいて、お前を助けてあげられるのだと。

――俺たちみんなでテホになろう。


だが、この指針に反して、診断初期、パパは全く忍耐力を発揮できなかった。パパは片っぱしから関連書籍を買い込み、ウィンドウが開くままにネットのサイトを読んだ。やがてパパには多少なりの知識ができた。パパは、韓国の医者がウサギよりダメな臆病者で、爪先ほどの責任からすら逃げるのにあくせくし、韓国の病院は市場《いちば》の商売人よりダメな詐欺師が運営しているせいで、食事制限で治る患者を外来に回し、薬を生涯売りつけている、と批判した。そのころのパパには、漠然とではあるが、もっとも多くの希望があった。しかし、病気についてより深く知るほど、パパの希望はだんだん減少し、そのぶん頑なになった。いくつかある希望の一つなら、叶っても叶わなくてもだが、そこにたった一つの希望しか残されていないなら、それは石ころのように具体的なものになろう。そして、白い雲が黒い空をとめどなく流れる十月のある夜、パパは食卓に座ってママにそのたった一つの希望について口にした。

「この本にこう書いてある。〝この時点に至り、親はおよそ子供より一日でも長生きできるのを切に願う〟。子供が自分より一日も早く死ぬのを切望する親がこの世にいようとは、全く思いもよらなんだ。ところが今の自分はそんな父親になっている。俺たちに残された希望はそれが全てだ」

そしてパパは悲鳴を上げるように短く泣いた。

3　ママが見える？　かわいい？　ママ、かわいい？　私があなたのママよ

ママはひとりつぶやきはじめた。ママは勤めていた出版社に退職届を出したあと、テホを後部座席に乗せ、大学病院へ足しげく通った。テホを外に連れ出すのは、ちょっとした戦争だった。後部座席のチャイルドシートに座ってもテホは足をばたつかせてわめいた。開いた口からはよだれがひっきりなしに流れ出た。ママはひとたび意を決して仕事をはじ

めると、どんな困難にも屈しないので、そのよだれにショックを受けたり、驚いたりはしなかった。代わりにママは一言ずつテホに語りかけた。

テホ、服を濡らすためによだれを流しつづけることはないの。
テホ、顔全体でしゃべらなくてもいいわ。
テホ、ママは笑顔だけが見分けられるの。
テホ、大声出したって聞いてる人が納得するわけじゃないわ。

だが、テホはママの言葉に全く耳を貸さなかった。だとすれば、その言葉は実に寂しく悲しいと言うべきだろうに、だとすれば、その言葉を口にする人も実に寂しく悲しいはずなのに、その言葉もママも寂しくも悲しくもなかった。ママはテホが自分の言葉を聞き取るまで、そしてたとえテホが自分の言葉を聞き取れなくても、ずっとつぶやきかけるつもりだった。家と病院を往復する車内は、ママがつぶやきかける単語と文章であふれ返っていた。

あるとき、車の窓に頭をぶつけつづけるテホをとめるため、右手を後ろに伸ばしたことがあったとママは言った。ママが身体を後ろに向けると同時に、車は中央線を越え、正面からやってくる対向車に向かって突進した。前と後ろから、ほぼ同時にクラクションが鳴った。水を浴びせかけるように、正面からやってきていた車がハイビームでパッシングした。我に返ったママは辛くも元の車線に車を戻した。

「そのとき、あるアイディアにママの心臓は握りつぶされそうになったの」

「どんなアイディア？」

私たちは口をそろえて訊いた。

「いいアイディア。なんとなくそうやってテホと二人で死んでもいいやって。テホがいなきゃ私にとって一秒も永遠も同じ。パパはテホより一日でも長生きするほうを選ぶって言ってたけど、ママは一秒も生きたくない」

顔色一つ変えずにママが言った。

「ちょっと待って。あたし、ちょっと」

ぎこちない表情でジニは席を立ち、自分の部屋へ入っていった。しばらくして、私の鼻頭は赤くなった。だが、それを知ってか知らずか、ママはその瞬間もずっとテホにしゃべりかけたのだと平然と言った。

テホ、今私たちが死んでたら、ママはあなたのママじゃなくなって、あなたもママの子供じゃなくなってたはずよ。

テホ、身体がちぎれる苦痛は長く続かないの。

テホ、あなたは今すぐ死ぬこともできるわ。

テホ、だけどあなたは好きなだけ生きることもできるの。


相変わらず後部座席のテホは全然耳を傾けない、それでいて寂しくも悲しくもない言葉。そのうちふとママは車内が静かになったのに気がついた。後ろを見ようとルームミラーをのぞき込んだとき、ママはあやうく声を上げるところだった。そのミラーの中でテホはママをじっと見つめていたのだ。しっかりした眼差しで、さっきまでの話全部聞いてたよというふうに。自分も死ぬのかとびっくりしてこんなまねを？　そう思いながら、ママはその優しくつぶらな瞳に吸い込まれた。それでもママはつぶやきかけた。言葉があふれるとその言葉はいつか深い井戸の底にも届くはずだから。

テホ、ママが見える？　かわいい？　ママ、かわいい？　私があなたのママよ。テホのママ。

あなたに会えてとってもうれしい。愛しているわ、テホ。

私の名前はチョン・ヒヨン……

今度はテホの小さな両耳がその言葉を聞いているように思われた。するとその言葉は急に寂しく悲しく聞こえ、ママは最後まで言えなかった。ママは恥ずかしかったという。病院の待合室で、駐車場の清算所で、ショッピングセンターで、狂ったようにつぶやいていたのが。そのあとは津波のように際限なく、悲しみが喉元まで突き上げてくるようだったという。そうして一年ほどテホは、ママのつぶやきを聞きながら病院に通い、言語治療と遊戯療法を受けた。その一年が過ぎるあいだ、ママはこれまで自分が何かを本気で我慢したことが一度もなかったのに気がついた。忍耐力とは、何かが成し遂げられるまで我慢することでなく、完全にあきらめることを意味していた。耐えるではなく、敗北する。ママが見出した忍耐力の意味で合っているなら、その一年が過ぎて以来、ママは本当に忍耐するようになった。診断初期はまだ〝ママ〟〝マンマ〟〝おんぶ〟くらいの簡単な単語を口にできていたテホは、もう何も言えない、あるいは言わない子になったのだから。

## 4 ジニは部屋に入り、布団を頭からかぶって泣いた

私たちは一度もテホがおかしな子だと思ったことはなかった。他の子のようにしゃべらないからおかしいというなら、私たちもおかしな子のはずだから。ジニと私は生まれつき口にしなくても互いの気持ちが分かった。なぜ分かるかは私にも分からない。双子だからだと思う。ジニが悲しがると私も悲しくなった。だからママの話を聞いているあいだ、ママが私たちよりテホのことをもっと、そして深く愛しているせいで、ジニが悲しがっているのを私は感じ取れた。ダメだと分かってはいるけれど、テホがいない世界では一秒たりとも生きていけないというママに、ジニは裏切りの感情を抱いていたのだ。ジニほどはっきりとではないが、テホの気持ちも感じ取れることがあった。いずれにせよ私たちは家族で、テホは私の弟だから。テホは凡人とは違うやり方で気持ちを伝えるだけだ。どんなのかと言うと、恐らくキリンとテホが話すやり方ではなかろうか？

去年の夏、ママは疲れきっていた。夜になると眠るまいとするテホのおかげで、ママの両目の下からはくまが取れなかった。私たちの前でも死にたいという言葉を躊躇なく吐き出していた夏だった。ジニはもう何でもないように、嫉妬せずその言葉を聞き流していた。そんなある夜、ママはドライブしてくると言いながら、車のキーを取ってテホと一緒に出かけた。ドライブ？　しかもこんな夜にテホと？　私たちの不審を買うに充分なドライブだった。私たちはどう見てもドライブじゃなさそうだと言い合った。いよいよ私たちがマンションの駐車場に駆けつけたとき、ママの車は赤い灯りを残し、マンションを出るところだった。行かないで！　と首がもげそうなほど私たちが叫んでも、ママには届かなかった。家に戻ったジニは部屋に入り、布団を頭からかぶって泣いた。ジニが何を考えているか全部分かった。目の前で見ているように鮮明だった。

つぼみのような灯りが揺らめきながら、ママとテホが乗った乗用車の後方に遠ざかる。夜の道路は、仕事帰りの車や、荷物をびっしり積んで夜通し走るつもりのトラックや、疲れきった立ち客が一列に並ぶ座席バスなどでいっぱいだった。ママはどの車を選ぶか考えながら、対向車線をやってくる車を一台一台窺う。道路は郊外に向かって緩やかにカーブしている。道の向こうで雲が集まる。そして雨粒が一つ二つ落ちてくる。ママは自分が生きてきた三十八年の人生を回想する。のどかな日々もあり、雨風吹きつける日もあった。双子を産むなんて夢にも思わなかったし、テホのような目のきれいな息子に出会ったのも僥倖《ぎょうこう》だと思う。テホがいなかったら、死ぬほど誰かを愛した経験もないまま、ママはこの世にさよならすることになるのだから。ああっ！　ダメ！　ママ。

不安と恐怖の時間《とき》が過ぎ去ったあと、やっとママとテホが玄関を開けて帰ってきたとき、私たちは一度死んで生き返った人を見るように喜びながら、ママのところに行ってしがみついた。ところがおかしなことに、あの世に行ってきた人たちからは、どこかいいにおいがするのだった。

「え？　これ、何のにおい？」

ジニが尋ねた。

「におう？　テホとフライドチキン食べてきたの」

「なんで、テホと二人だけで？」

「テホ、フライドチキン好きじゃない」

ジニは両手を握りしめ、わなわなと震えながら言った。

「ママ、あたしもフライドチキン好きなのに！」

ジニは部屋へ駆け込んだ。そこでジニが何を言っていたか、もはや双子でなくとも察せられよう。少々申し訳なさげに、ママは川辺までドライブしてきたと言った。水辺の駐車場に車を止めたあと、車内に座り、向こう岸の団地マンションの明かりを眺めながら、中学生のころ抱いていた様々な将来の夢について考えた。最初はアナウンサーになりたくて、次は漫画家だった。そのころ、成長ホルモンの分泌が集中し、将来の夢はでこぼこしていた。ある日、花屋になるのが夢と言っていたかと思うと、翌日は外交官だと言った。そうやって中学卒業のころにはじめて詩人という夢を抱きはじめた。だけどママは詩人になれず、結果、内向的な双子としゃべれない自閉症児のママになった。どこの女子中学生が将来大人になったら、内向的な双子としゃべれない自閉症児のママになりたいと夢見よう。ママは自分の人生を完全に負け組だと思った。ママは再びエンジンをかけた。

そうしてたどり着いたのが市内のロータリー近くのチキン屋だった。ママはフライドチキンを一羽たのんでテホと分け合って食べた。フライドチキンはご飯をとっても嫌がるテホのなによりの大好物だった（「あたしもフライドチキン、好きなのに！」「分かった、分かった」）。だからママとテホが仲良く分け合ったなんて絶対にありえない。テホがフライドチキンを食べるのを一度でも目のあたりにしたことがあるなら、私の言っている意味が分かるはずだ。テホを巡る日常がだいたいそうであるように、これも一種の戦争だ。けれどその日はママも負けじとフライドチキンにかぶりついたという。一羽のチキンが一瞬でなくなった。骨までかみくだいて食べられそうだったとママは言った。鶏肉にかぶりつきながら、二人はお互いをこの上なく憎み合った。そうやって一羽のフライドチキンを食べつくしたあと、二人はお互いを、あるいは少なくともママはテホを受け入れた。ママは車を走らせ、また家に戻った。

## 5 〝我が家の歴史〟に私たちはママの書いたものを集めはじめた

猛烈にフライドチキンを食べて戻って以来、ママは夜になると食卓に座り、何かを書きはじめた。最初はただ書き散らしたような文章だった。恥ずかしくないのか、書いたノートをそのままテーブルに広げてあったので、私たちはママの書いたものを読むことができた。そこにはこんなことが書かれてあった。

私たちの目には見えないけれど、私たちの頭上には巨大な耳のようなものがある。どんな些細でとるに足らない言葉でも、私たちのその言葉をその耳はみんな聞いてくれる。だからといって成就せぬ愛を結びつけてくれたり、自分の内に満ちた悲しみを消してくれるわけではないから、どんなカップルの役にも立たない、大きいだけの耳とも言える。だけど、そんな耳があるから、深夜私たちがめいめいつぶやく独り言は寂しくも悲しくもないのだ。

ママの文章は次第に難解になっていったが、後日、私たちはそれが詩と知った。そのときやっと私たちは、ママが中学時代の夢を取り戻したのに気がついた。内向的な双子としゃべれない自閉症児のママになるなんて夢にも思わなかったとか、だから自分の人生は完全に負け組だと思っているとか、ただ適当なノートを持ってきて、その上に改行しながら何かを書けば、中学時代の夢が実現することにママは気づいたのだ。そうやって書いた最初の詩が「見える望みは望みでないはずだから」。私たちはやはりこの詩も〝我が家の歴史〟に書き写した。

たった一つの夏は過ぎ
世に出てもう三日目の秋

風車の青い円の中に晴空
子供は石榴のように笑う

見える望みは望みでないはずだから
見えるものを誰がさらに望もうか*

詩というのは全くもって理解しがたい。風車の青い円の中に晴空というのは、その夜、北上していた台風四号を意味するのだろうか？　子供が石榴のように笑うというのはどういうことか？　またなぜ見えない望みだけが本当の望みだというのか？　私たちはショッピングセンターに行き、石榴まで買って食べてみたけれど、石榴のように笑うというのがどんな笑い方か、いまだによく分からない。その代わり、私たちはその石榴がイランからやってきていたのを知った。口に入れ、石榴を一粒一粒はじけさせながらその遠い国を想像したけれど、イランについて私たちが思い浮かべられるものは何一つなかった。

その一編の詩でママが長年の望みをかなえたというなら、テホの命は子犬が救ったのだ。その日の夜、チキン屋で会計をして振り返ると、目の前にいたはずのテホがいなくなっていたという。なにせ黙って放っとけば、どこかへ逃げる子で、ひとときも目が離せなかったのに、ママはやってしまったのだ。ママはあわてて店を飛び出し、通りを見回した。テホはチキン屋から十メートルほど離れたペットショップのショーウインドウに鼻を押しつけていた。テホはまるで子犬の温かみが感じられるかのように右手をショーウインドウにあてていた。ショーウインドウの中にはマルチーズの子が体を丸めて眠っていた。人間を含む、生きている動物にテホが興味を示したのはこれが初めてだった。ママが近づくと、ショーウインドウの中のマルチーズは目を開き、テホを仰ぎ見た。テホは喜んだ。翌日、担当医に相談したママは、もしそれが事実なら大きな変化なので、テホに子犬を買ってあげるのがよいだろう、との回答を得た。子犬を買いにみなで再び訪ねると、驚いたことに、テホは前日の子犬を見分けたのである。テホは子犬を胸に抱えた。ママは涙した。

その晩、ママは台所の食卓に座り、こんな文章を書いた。

聞こえない声、見えない道、つかめない手……。宇宙は果てしなく広いと言うから、どこかにそんな物だけでできている世界もきっと存在しよう。その世界では見える道は私たちをどこへも連れていってくれまいから、誰もが世界中の誰も知らないうちに望みの場所に辿りつこう。ひいては自分も知らないうちに。もし私たちが聞こえない声を聞き、見えない道を歩き、つかめない手をつかむことさえできるなら。

## 6　じゃあ、名前はキリンで

私たちはテホが連れてきたマルチーズに名前をつけることにした。

「白いから、ソルタン（砂糖）ってどう？」

ジニが言った。

「ソルタン！　タン！　タン！[一]　変だよ、これじゃ。銃声みたいだ。タンタンタン！

俺は平和主義者なんだ」

パパが反対した。

「シュガーって呼べばいいじゃん」

「雄なのに？」

私が言った。

「じゃあオスって呼ぶとか」

ジニがやけくそに言った。

「お前は何てつけたらいいと思う？」

パパが私に訊いた。

「スノーウィー。S・N・O・W・Y」

「悪くないな。けど発音しにくくないか？」

さすがあら探しの達人、難癖博士キム・ミンギュ。

「だからヌニて呼ぼうって言うつもりだったのに。ヌン（雪）にYをつけて」

「ヌニ？　いいね。ジニはどうだ？」

「あたしはオスって呼ぶ」

やなヤツ。

「ヌニ！」

「オス！」

黙って寝転がり、天井を見上げてばかりいるテホの傍に子犬はぴったりくっついていた。

そのとき、ママが自分の部屋から出てきた。

「子犬の名前ならテホがもうつけてあるわよ」

「えっ？　テホが？　何て？」

パパが驚いて尋ねた。

「キリンよ」

「キリーン？」

私たちは口をそろえて言った。

「テホがキリンて？　訊いてみたのか？」

ママはうなずいた。私たちはわけが分からなかった。話によると、子犬を家に連れてきたあと、ママは一時期毎朝テホに読んであげていた手のひらサイズの単語帳を開き、名前をつけようと一枚一枚そこに書かれた単語を大声で読んだという。イチゴ、リンゴ、スイカ……、あるいは鉛筆、ノート、机……といった単語を。どの単語にも興味を示さなかったのに、ママが「ライオン、トラ、キリン」と言ったとたん、テホが喜んだらしい。なのでまた「ライオン、トラ」と言ったところ無表情だったのが「キリン」と言うとテホはまた喜んだ。だから子犬の名前をキリンにしたというのがママの言い分だった。私たちは信じられず、寝転がっているテホに向かって叫んだ。

「ライオン！」

無反応だった。

「トラ！」

やはり反応はなかった。

「キリン！」

テホは喜んだ。

「ホント、不思議。キリンって言ったら喜ぶわ」

私たちは立て続けに「キリン！　キリン！　キリン！」と叫んだ。そのたびにテホは喜んだ。私たちが何度も声を張り上げるから、目を閉じてうずくまっていたキリンがのそのそと隅のほうへ這っていった。それが自分の名前とも知らずに。

# 7　二〇〇九年秋、真の友情の始まり

名前からしてそうだったが、キリンはとても特異な子犬だった。見た目は他のマルチーズと大差なかった。シュガーとかヌニと呼ばれてもよいほど白い毛に、いつもしっぽを振ってまわっていた。違うところがあるとすれば、人が、中でもテホのことが大好きだということだった。テホの傍からほんのちょっと離れただけでキャンキャン鳴いた。もともとテホは隣に誰かがいても一切気づかなかった。幼いころ、私たちは順番にテホを抱っこしたりもしたが、綿のかたまりが入ったクマのぬいぐるみを抱いている感じだった。人じゃないようだった。ところが、テホはキリンだけは隣にいるかいないか分かった。魂がつながり合っているように、近くにいなければ二人とも不安がった。パパはそれを分離不安だと、本来よいとは言えない習性だけど、「テホにとってはアームストロングが月に第一歩を踏み出したより意味ある進展」だと言った。パパが何かをよいと言ったのは本当に久しぶりだった。

こうしてみると、キリンとテホは似通った点が多かった。例えば、特定の音に敏感なところ。掃除機の音が聞こえたら、キリンはどうしてよいか分からず、ぶるぶる震えながら端っこへ逃げていった。ときには掃除機の音から逃げる最中、椅子で頭をぶつけたりもしたが、それは幼いころのテホを彷彿させた。そんなときはテホがキリンを呼んだ。私たちのように「キリン」とか「大丈夫?」とは言えないけれど、テホが出す声は、風船や自転車のタイヤから空気が抜ける音のようでもあり、赤ん坊におしっこしなさいと母親が出す声のようでもあった。キリンがリビングを歩いているときもテホはそんな声を出すことがあったが、それは気をつけてと注意する声らしかった。テホとキリンはそれなりにコミュニケーションを取っていた。私たちはテホとキリンが体を寄せ合って眠る姿を写真に収め、〝我が家の歴史〟に貼りつけた。写真の下に私たちは〝二〇〇九年秋、真の友情の始まり〟と書いた。

二〇〇九年の秋の空はとても青かった。毎日真っ白な雲が空に浮かんでいた。我が家にとってはテホが生まれて以来、もっとも美しい秋だった。ママとパパは毎朝キリンの足に口づけすることもあったろう。その小さな子犬が深い井戸に閉じこもっていたテホを引っぱり出し、少しずつ外の世界に出させたのだから。その年の秋、ママはある詩専門誌の新人賞候補に選ばれ、正式に詩人になった。授賞式に参列するため、私たち一家は五年ぶりに服をあつらえて、全員一緒に出かけた。キリンも一緒に。騒がしく不慣れな空間にいるので、キリンはどうしてよいか分からず、せわしく四方八方を走りまわった。当然、テホもキリンのあとについて参列者のすき間をかき分けていった。私たちはそれぞれキリンとテホを捕まえに走りまわった。おかげで授賞式が多少慌ただしくなったけれど、ママは手放しに喜んだ。その日、ママの受賞を祝いにきた人の中には、ママが以前勤めていた出版社の同僚もいた。トイレに行くと、そのおばさんが私を呼びとめた。おばさんは左手で細長いタバコをふかしながら、右手で私の頭をなでた。

「あなたたちの初誕生日祝い、ついこのあいだだった気がするけど、もやしみたいにすくすく成長してるわね。弟のせいであなたたち、苦労が絶えなさそう。あなたはお姉さん？妹さん？」

「妹です」

知ってどうするというのだ、私は姉だけど。その日のうちに私たちにもう一回会ったとして、事実を言ったところで、今しがた自分と話したのが私かジニかも分からないくせに。おばさんはトイレでタバコを二本も吸ってからやっと授賞式会場に戻ってきた。後で聞いたところによると、そのおばさんはおばさんじゃなくて、四十代半ばになっても結婚せずに独身暮らしのお姉さま、四匹も犬を飼っているということだった。そのおばさんは、授賞式会場でせわしく駆けまわり、椅子や人の足にぶつかって、かわいいとなでられでもすればびくっと驚き、人の手に噛みつこうとするキリンを見て、ママに「お宅のワンちゃん、病気持ちみたい」と言った。だけど、ママはその場で病気の話はしたくなく、おばさんの言葉が聞き取れなかったふうをした。病気のことはママが受賞者の一言で直接言った。

「この場で告白しますが、うちの息子は心を閉ざした子です。どんなに大声で愛してると言っても、うちの子には届きません。私にとって言葉とはどれほど無力か知れません。誰も聞いてくれない言葉は寂しく、悲しいものです。あるときは疲れきり、一緒に死のうと車で暗い夜道を走ったこともありました。そのとき最後に、うちの息子にママの夢を話してあげたかったのです。私は息子が好きなチキンのお店で中学時代の自分の夢について聞かせてあげました。そのとき、フライドチキンを一羽食べおえるまでに、私は詩人になろうと決意しました。フライドチキンがなかったら、今、私がこの場に立つこともなかったでしょう。自分の詩が誰かにとってそんな温かいフライドチキンみたいなものになってくれればと思っています」

その晩、自分たちもフライドチキンが好きだと哀願する私たちのやかましさに敵わず、授賞式後に開かれた簡単なティーパーティーのあと、ママはそのチキン屋に直行した。車に乗ってゆくあいだ、私は横に座るジニの手を取った。ジニも私の手を取った。そしてジニは横に座るテホの手を取った。テホの膝にはキリンがいた。手を取ったまま、私たちは中央ライン越しに対向車線を車がやってくるたび、ハンドルを切ろうか切るまいか葛藤するママの姿を想像した。ママの言う通りだった。あの日のフライドチキンがなかったら、今の私たちもいなかっただろう。

## 8　ママは指でキリンの目をつき刺そうとした

しばらくフライドチキンを食べていると、トイレでタバコを吸っていた例のおばさんからママの携帯に電話がかかってきた。ママは電話に出た。キリンに関することだった。全く疲れを知らないうざったいおばさんだ。「動物病院になぜ？　子犬を擬人化しちゃダメだって言ったの、あなたじゃない？」とママが言った。話しているとママの顔がだんだん曇ってきた。「本当？　それがそういうやつなの？」ママが言った。電話を切ったあと、何だったのかとパパが訊いた。ママは返事もせず、もういらない、と握っていたフォークを下ろした。ママは席を立ち、テホの足に寄り添って座るキリンの顔をのぞきながらしゃがみこんだ。キリンをひとしきり見つめていたママはいきなり人差し指と中指を立て、キリンの両目に向かってブスッと突き刺そうとした。「ママ、どうしたの？　頭、大丈夫？」鶏肉を口にくわえたまま、ジニが叫んだ。だけど、いざキリンは大人しくしていた。ただ鼻をクンクンしながら、ママが近くに来たと知って、しっぽを振るだけだった。

## 9　テホがまた喜んだ。テホは喜びつづけた

十二時が過ぎた街は暗黒の世界とばかり思っていたけれど、ことのほかきらびやかな光の世界だった。色とりどりのネオンサインがきらめき、どの居酒屋も店内が明るく灯っていた。私たちとは違う世界で暮らしているような、表情の明るい細身な兄さん姉さんたちが馬鹿笑いしながら街を歩きまわっていた。音楽、車の音、人の騒ぎ声に加え、きらめく明かりまで、街はめまいがした。テホは私とジニの手をぎゅっと握った。私たちはロータ

リーで信号が変わるのを今かと待っていた。

「どっち?」

私がジニに訊いた。

「夜だとどこがどこだか分かんない。あっち? いや、こっち?」

「そんなんだったらあたしでも言えるよ。あっちじゃなきゃこっち。ママに訊いてみよっか」

「携帯持ってきたの?」

私はうなずいた。

「なら早く切って。ママが電話してきたらどうするの」

ジニがあまりに急かすので、私は電源を切った。そのときもまだ、ママは私たちがこっそり外出したのを知らず、眠りについているらしかった。信号が変わった。

「とりあえず渡ろ」

私たちは歩きつづけた。ロータリー側がもっとも華やかで明るかった。もう少し歩くと、明かりはもちろん、人通りも多くない暗い通りに差しかかった。

「あ、もう分かりそう。あそこの角《かど》のパン屋を曲がってもうちょっと上ったらよ」

「あんたが一番いっぱいチキン食べといて、どこだか分からないの？　早く着かないかしら。怖いわ。それにこの子ももう疲れたみたい。あんまり歩けないわ」

「まだ明るいうちよ。十二時過ぎなのに。とにかく全部パパのせい。いくら前が見えないからって、どうやったらキリンをまた店に置いてこれるわけ？」

「あの子犬屋で目が見えない犬なのに知らん顔して売ってたってことじゃん。ぶっ潰すって出ていったけど、まさかそれであの店が見つかんないわけじゃないわよね？」

「いつも口だけじゃん。うちのパパは」

「テホもよくないのに、子犬まで目が見えないとなったら、あたしがパパでもそうしたと思うわ」

「信じらんない。だから最初はテホも捨てるつもりだったのよ」

「違うわ。そうじゃない」

「そうよ。あたしたちを捨てようと動物園に行ったのよ、あのとき」

私たちはああだこうだ言い合った。やなヤツ。そろそろ足も痛くなってきたし、怖くもあるのに、パン屋の角を曲がってもう十分《じゅっぷん》ほど行ってみたが、パパがキリンを押しつけてきたというペットショップは現れなかった。そこにペットショップがあったとしても、そこは真っ暗闇でもう一歩も進みたくなかった。

「いずれにしても明るいときに来なきゃ。どこがどこだか全然分かんないよ」

私が言った。

「何言ってんの？　この暗闇でキリンがひとり鳴いてるのを考えてみて。あと、この子。テホも」

「あたしのほうが泣きたいよ。あんた、帰り道、分かってるの？　ねえ？」

「当然。来た道を戻ればいいじゃない」

もちろん理屈ではそうだったが、またもと来た通り歩いていけばいいのだが、どういうわけかずっと逆を行っても例の明るいロータリーには出ず、暗くて小さい十字路ばかり。方向を間違ったと思い、私たちはそこをまた左に入った。そこは全ての明かりが完全に消えていて、車の音もよく聞こえない道だった。はなからそっちへ行かないのが一番だったのに、ジニが突き当たりを右に曲がればパン屋だとあまりに言い張るものだから、三人でしっかり手をつないで暗闇の中を歩いた。テホはしきりに手を揺さぶった。手を握っていようとすると、私の手もつられて揺れた。手が揺れると身体も震えてだんだん怖くなった。そのとき右の路地から何かがものすごい速さで跳び出した。

「きゃあ！」

私たちは慌てて走った。そうやって走っている最中も私たちは手を放さなかった。放したら永遠の別れになるかのように。怖くて声も出ず、私たちは暗がりを走った。右に曲がればあると言っていたパン屋はなかった。そこはもとから何も店がない狭い路地だったが、たちまち後ろから襟首をつかまれそうな気がして振り返りもできず、私たちは走りに走った。路地を抜けると、右に明るいロータリーが見える大通りに出た。私は吐きそうになり、両手で膝を支えて咳をした。

「で、さっき一体何が追いかけてきたの？」

ジニもハァハァ言っていた。

「分かんない。どっかの犬、犬？」

「犬よりはずっと大きかったと思うけど……」

「じゃあヒョウ？　ライオン？　トラ？　キリン？　サイ？」

ジニが動物の名を挙げると、テホが声を上げた。

「そっか、この子はキリンって言われたら喜ぶんだった。動物園に行ったの覚えてるんじゃないかしら」

テホがまた喜んだ。私たちは脱力した。

「で、キリンはどこにいるわけ？」

テホがまた喜んだ。

「ママに電話して訊いてみる？」

私たちは再びロータリーに向かって歩いた。

「ボコボコにされるわ。パパに」

ジニが首を左右に振った。そう、パパはこらえ性がなかったのだ。

テホがまた喜んだ。

「もうっ、どんな言葉でもうれしいのね」

ジニが言った。また喜んだ。

「もうキリンって言わなくても喜ぶわ」

私が言った。今度は当然喜んだ。

テホがまた喜んだ。テホは喜びつづけた。そんな私たちの真横に明かりの消えたペットショップはあった。ペットショップのショーウインドウにキリンは座って、痛ましい表情で、見えない通りと、その通りを歩いてゆく私たち姉妹と、そのあいだでただひたすら喜ぶテホを眺めていた。私たちが近づくと、キリンは口を動かした。キャンキャンというその声が私たちの耳に聞こえた。ショーウィンドウは厚く、そんなはずはなかったが、私たちはその声を聞くことができたのだった。

〈原注〉

＊「ロマ書」八章二十四節から引用。

〈訳注〉

（一）タン……韓国語では親しい友人や自分の子などを呼ぶとき、その名前が二音節（韓国人の名は二音節が多い）かつ二音節目が子音終わりである場合、二音節目のみか、あるいはそこに母音「i」をつけて呼ぶことがある。よって、「ソルタン（설탕）」の場合、二音節目の「タン（탕）」だけで呼ぶことになる。ただ、「ソルタン」の「タン」は、韓国では銃声と同じ発音になってしまう。

# 四月のミ、七月のソ

その年の春、ジンギョンは僕と別れる覚悟のうえ、ニューヨーク留学へ旅立った。入学許可証《アドミッション》が届いたあとになって、留学することにしたと言ってくるから止めようがなく、「よかったな、そうでなくとも君は物を知らなさすぎるから、生涯学習が必要だったよ」と冗談半分本音半分、僕は彼女を送り出した。だけど、ジンギョンが入国審査場へ入った瞬間、彼女なしの人生は何の意味もないと明らかになった。それでも数ヶ月は耐えた。しかし、しばらくぶりにメールを受け取ると、もう我慢できなくなった。メールには学校や教会で出会える多種多様な韓国男性のことが長々と書かれてあった。その一週間後、フラッシングの韓国人下宿に帰宅したジンギョンは、キッチンテーブルに座った僕が大家のおばさんと大統領弾劾について話しているのを目の当たりにし、その場で気絶せんばかりの悲鳴を上げた。それは僕が聞いた中でいちばん幸せな悲鳴だった。それを聞いた僕は、この女性が自分の妻になると確信した。三ヶ月間のニューヨーク生活で、ジンギョンは野心あふれる冷血女子から人の懐を恋しがる多情多感な女性に変わっていた。こうして僕のもっとも美しい夏休みが始まった。僕らはレンタカーを借り、ニューヨークを出発した。立ち止まることなくひたすら南、南へ！

　フロリダの小さな海辺の村、セバスチャンのパム叔母さんちまで行くことになったのは、純粋にそのときの僕らが若干正常じゃない状態、何というか、一種、恍惚の境地にあり、この世のなんでも受け入れられるなんでもアリ状態だったからだ。そうじゃないと、あの短い休みのあいだにフロリダまでレンタカーで走ろうとは思わなかったはずだ。夜、モーテルで寝たのを除けば、二日間ほぼ休まず運転した。高速道路《ハイウェイ》のルート95に乗り、アメリカの東海岸沿いを真っすぐ南下した。二十時間余り、そうやって運転するあいだ、僕らは実に多くの会話を交わした。その時間がなかったら、今の僕らもなかったはずだ。運転のあいだじゅう、パム叔母さんがニューヨークからほど近いニュージャージーやメリーランド辺りでなく、フロリダ在住なのに感謝したくらいだ。ポールはニューヨークから二日で来たと聞いて僕をクレイジー扱いしたが、パム叔母さんは大笑いしながら喜んだ。叔母は「今この子たちは、話してるあいだにパタゴニアまで行けるほど溺れ合ってんだから、フロリダくらい……」とポールを叱責した。出発の前日、アメリカはちょっと行くのも難儀というから、行ったらフロリダにも寄って、パメラがどうしてるか必ず見てきて、と母さんに言われた。そのときはまだ叔母に会うことになろうとは全然思ってなかったので、アメリカは慶尚《キョンサン》なに道だと思う？　と精一杯の皮肉を言い、後日散々愚痴を聞かされた。アメリカから戻ってしばらくのあいだ、母さんは僕の顔を見るたび、「フロリダとは言わない。慶尚道でいいからあたしも旅行につれてってよ」と執拗にねだった。

　復讐や怨恨への意趣返しにかけては母さんと互角、と紹介するのがふさわしいパム叔母さんは、七人兄妹の末っ娘《こ》である。チャ・ジョンシンという本名があるにもかかわらず、女子高生時代からパメラという名を自分につけていた奇想天外な子というのが母さんの言。二番目の姉で、叔母さんにとって親戚とも似た母さんは「金泳三《キムヨンサム》は中学のころから机の上に〝将来の夢　大統領〟って書いて貼りつけてたらしいけど、だったらお前の叔母さんは中学時代から将来の夢、〝アメリカ人の嫁〟よ」と舌打ちしたことがあった。「ともあれ叔母さんは夢をかなえたことになるね」と言うと、母さんは「なに、あの子だけが夢をかなえたわけじゃない。金泳三もかなえたし、私もかなえたわ」と答えた。で、母さんの夢が何だったのか尋ねると、良妻賢母だったとか。果して母さんはその夢をかなえたと見るべき？　本人を前にそう苦悶すると背中をひっぱたかれた。つまり、良妻賢母だとしたら、母さんは実に激しい手のひらを持つ良妻賢母だった。

パム叔母さんちに二泊するあいだ、僕らは実に様々な種類のワインをしこたま飲んだ。ポールは地下室に冷蔵施設と換気装置まで備えたワイン貯蔵庫を作り、毎年ワインを箱買いしていた。ポールが、自分のコレクションなんだから死ぬまでに全部飲みきる、と言えば、叔母さんは、つまり死ぬまでワインを飲むってこと？　とつっこんだ。どう見ても同じことを言っていると思うのだが、二人はいつもこんな感じだった。叔母は若い僕らが飲めるだけ飲んでなくならせるのが自分たち夫婦を救う道だと言いながら、毎晩いろんなワインを食卓にずらっと並べ、一本ずつ開けては、飲み比べするよう勧めた。ポールは自分のがなくなるとぶつくさ言いつつも、叔母さんに言われた通り、貯蔵庫からワインを持ってきて、一口味見するとその場を離れた。はじめは僕ら同士積もる話をしながら有意義な時間を過ごせるよう配慮してくれているものとばかり思っていた。だけど、ボトルを一本ずつ開けるたび、叔母さんはこれまで誰にも話さなかったことを、何事でもないように初対面の僕らに打ち明けた。アメリカへ発つ前、叔母さんが映画に出演していたことも、ポールがすい臓がんになって、その年の春、手術を受けていたことも、そのとき初めて耳にした。すい臓がんにも驚いたが、若いころ女優だったという話は全く衝撃だった。何の映画かというと、僕も名前を聞いたことがある、四十代前半の比較的若くして亡くなった、ある監督の最後の作品だった。

「ええっ、母さんはなんで言ってくれなかったんだろ」

「いまだにあたしがどこかに出かけたら、老いも若きも女性は横目で見てくるわよ。女同士だとどんなに弾圧が激しいか。あんたの母さんも子供のころからあたしにかなわなくてやきもきしてたわ。あんたはでも母親似じゃなくてラッキーね」

「大ショック、叔母さんが女優だったとは……そりゃまぁそんなこともあるとして、僕が母さん似じゃなくてよかったなんて。母さんのゲンコツが聞こえそう」

「いまだにゲンコツ自慢してるの？　あんたの母さんは」

母方の親戚たちがもとから毒舌なのは重々承知していたが、こうも一言一句がバンバン炸裂するとは。そんな人が韓国語でのおしゃべりを我慢しながら、中学時代の夢をあきらめず、アメリカ人の嫁になったかと思うと本当に尊敬に値した。のちにジンギョンは、親しい人とその日あったことを駄弁《だべ》る、そんな日常がとても懐かしくなってメールしただけで、嫉妬を誘うためにあんな多くの男のことを書いたのでは絶対にないと言い張った。だがいずれにせよ、その一週間後、下宿の食卓に僕が座っているのを見て激しく心が揺れ、パム叔母さんと僕が我先にこれでもかと母親をけなす姿を見て、僕との結婚を決意したらしい。嫁姑問題が起こっても、この男なら姑につくことはないだろうという、全く誤った判断から。強いて言えばそれは、母さんのゲンコツを味わう前の、彼女の一方的な憶測に過ぎなかった。冗談はさておき真面目に言うと、その日とその翌日の晩、パム叔母さんに聞かされたいろいろな話が、僕らの結婚に大いに影響を及ぼしたのは事実だ。

「死ぬ瞬間、最後に見るのが誰の顔か、あたしは気になるの。一体どんな顔だろう。おなかの中の子も似たようなこと考えてるんじゃない？　外に出たら一体どんな顔したやつをいの一番に見るんだろう？　羊水の中をごろごろしながらそんな疑問を抱いてるわよ」

「叔母さんみたいな子ならそうでしょうね」

「だまらっしゃい。とにかく、だとしたら子供がいるおなかに手をあてて言ってあげるの。ほら、胎児は全部聞いてるって言うじゃない？　愛してるって言ったら喜んで、憎たらしいって言ったら嫌がる。だからこう言うの。とりあえずそこから健康に出てくるのが最優先だけど、出てきたら嫌でもあなたが最初に見る顔があるはずよ。誰って、あなたのママ。そのママは死ぬとき最後にたぶんあなたの顔を見ることになる。人生はそんなふうに公平なの。あなたのママの人生に必要以上の苦しみと涙さえなければ、ね。だから、死ぬ瞬間、最後に見る顔が生涯愛した人の顔じゃなきゃ、どんな人生を送ったって不幸でしかない。だからつべこべ言わずに結婚して子供を産みな。言いたいことはそれだけ」

「じゃあさっきまであれこれおっしゃってたのは？」

「何か言った？」

二年後、有給を取ってニューヨークに行ったときは、妻も僕もお互いフェロモンの分泌が確実に減り、もうレンタカーを借りてフロリダまで爆走する余力みたいなものは残っていなかった。アメリカは慶尚道じゃなかったのか？　代わりに僕は過密日程の合間を縫って、飛行機でひとりセバスチャンに行ったが、それがワインを飲みきるためだと言ったら、それを聞いた母さんがそうだったように、みな僕を行きつくところまで行ったアルコール中毒扱いするだろう。だけど何だというのか？　それが事実だからって。僕らが訪ねた一年後、ポールのガンは再発したと聞かされた。母さんに電話してきたパム叔母さんは、ポールの白目が黄色くなったと言いながら、めそめそしていたという。セバスチャンの例の白い家を訪れると、叔母は有無も言わさず僕の手をつかんで地下貯蔵庫へ下りていき、残ったワイン箱を見せながら「人生はこんなに短い。ひとりの人が生まれ、これっぽちのワインも飲みきれずに死ぬの」とため息をついた。だからその日、僕は残ったワインを飲みきるつもりだったのに、その量から察するに、そうしていたら恐らく僕の人生は間違いなく短くなっていたはずだ。その日、その家を買うのに決定的な役割を果たしたというポルティコ、すなわち石柱で支えられた玄関の柱廊に置かれた椅子に腰かけ、夜空を眺めながらワインを飲んでいると、酔っぱらった叔母が急に立ち上がったかと思ったら、「O dark dark dark. They all go into the dark, the vacant interstellar spaces, the vacant into the vacant（ああ、闇、闇、闇。全てがその闇の中に入ってゆく、星のあいだのぽっかりした空間へ、ぽっかりした空間の中のぽっかりした空間へ）」と、女優の声で朗唱しだした。それはとっても長い、しかも驚くべき物語の言わばプロローグ格の詩。つまり、T・S・エリオットの「四つの四重奏」の一部だった。

I said to my soul, be still, and wait without hope
For hope would be hope for the wrong thing: wait without love
For love would be love of the wrong thing: there is yet faith
But the faith and the love and the hope are all in the waiting.

Wait without thought, for you are not ready for thought:
So the darkness shall be the light, and the stillness the dancing.

自分の魂に言った、静かに、そして待たれよ、希望なく
希望とは間違ったもののための希望だろうから——待たれよ、愛なく
愛とは間違ったもののための愛だろうから——でも信頼はある
しかし信頼と愛と希望はみな待つことの中にある
待たれよ、考えずに、まだ考える準備ができていないだろうから——
それゆえ闇は光に、また静けさは踊りになろう。

叔母さんは一日一日を麻薬の力で持ちこたえていたポールにこの詩を読んであげたらしい。そう言いながら叔母は、自分の夢はもう絶対に叶わないとつけ足した。叔母の夢は〝アメリカ人の嫁〟ではなかった。夢は素朴。愛する人の顔を見ながら死ぬことだった。だけど叔母が愛した人たちはみな先に死んだ。必要以上以上以上の苦しみと涙でめちゃくちゃになった叔母の顔を見ながら。叔母が病床のポールに読み聞かせたその詩は、もとも

と叔母の出演映画を撮った監督に読んでほしいと言われた詩だった。一番先にその人が死に、次に叔母さんのおなかの子が、世界は暗闇だけじゃなく光もあるのを知らぬまま息を引き取った。そして最後にポールが死を迎えた。もう叔母に死にながら見る顔は一つも残っていなかった。生まれてすぐそこに、自分の人生に、ママの顔がないと知った子のように、ポールが息を引き取ったとき、叔母はもの悲しくも哀れな、言うなれば孤児になったような感覚を覚えた。

「煩悩の妄想が輪廻を生み出すって仏教の教えくらい、あんたも知ってるだろ？」

ポールの最期をひとしきり語ったあと、叔母は訊いた。僕は肯いた。僕は八正道も知っていた。

「ポールはその言葉を頑なに信じてたけど、お釈迦さまの御《み》言葉だから正しいんだろ？」

「どうしてです？　叔父さんは仏教徒でしたか？」

「死の直前は若干仏教徒だった」

「若干仏教徒？」

「死の直前、ポールがしきりに西帰浦《ソグィポ》に行こうって言うの。一人じゃ隣の病室にも行けないくせに。なぜって訊いたら、行ってどのくらいの大きさの町で、どんな格好《なり》した人たちが住んでて、どんな地形なのか詳しく調べて、あと、町の全般的な感じはどうなのか知らなきゃそこでまた生まれ変われないって。そう、また。もう一度生まれ変わると。何かと思ったら、あたしの読みかけの本。カンボジア出身の和尚が書いた仏教書。その本に載ってた、煩悩の妄想が輪廻を生み出すって文を完全に間違って理解してたの。自分は煩悩や妄想が多いから正しいんだ、生まれ変われるんだ、じゃあ今日から俺は仏教徒になるぞって、こうなったの、あの人が。喉のここまで、この肉体の人生は一度きり、この身体で二度は生きられない、みんなこの命で一度生きて、あとは永遠に死んだ状態になるの、まぁそんな言葉が出かかったけど、言い出せなかった。あんたも目を見ると、正しくても人が聞きたがらないことは絶対言えない人ね。あたしも。だから、ブッダの言葉よ。そうね。あなたは煩悩も妄想も多いからきっと生まれ変わるわ。待っててあげるから生まれ変わって。馬鹿げた話じゃない？　そしたらポールは、きっと生まれ変わるぞー。また若くて健康な身体で生まれ変わってお前とセックスするぞーって。しまった。自分だけ若く健康な身体で生まれ変わってどうすんの？　こっちはしわくちゃばあさんなのに」

「だけど、どうしてよりによって西帰浦で生まれ変わろうとしたんでしょう？」

「おととしあんたがあんたの妻になる人と一日十時間運転でニューヨークからここまで来

たとき、昔を思い出してポールにこんな話をしたの。昔、映画を撮ったあと、いついつ劇場公開だなんだ言って忠武路《チュンムノ》の喫茶店で会ってたチョン監督が、突然あたしの手を取り、行きたいとこがあるって言うの。で、ついていったら西帰浦に着いちゃった。そう、愛の逃避行。近ごろだったらパタゴニアかマケドニアみたいなとこに逃げるんだろうけど、あのころは外国へ行けなかったから、とにかくできる限りいちばん遠い所まで行ったってことね。そうやって西帰浦市正房洞《チョンバンドン》一三六番地の二で、海を見ながら三ヶ月余り暮らしたわ。トタン屋根の家だったから、雨音が最高だった。暮らしはじめた四月はミくらいだったのに、だんだん高くなって、七月にはソくらいまで上がってた。あの人の奥さんが子供をつれてやってこなかったら、シくらいは行ってたんじゃないかしら？　その三ヶ月間、夜になると監督の胸の中で雨音を聞きながら横になってた。あたしはうらみもつらみもしないから、あのとき奥さんに殴り殺されてもよかったのに、何だって温厚に夫の手首をぎゅっとつかんでつれてくのか。その奥さんと子供と監督と四人で、徳成園という二人でよく行ってた中華料理屋で食事して別れたんだけど、どんなに平穏だったか、まるで休暇で来て帰る一家を見送る安宿の主人になったみたいな感じ。姉さんらに殴られて育ったせいか、あたしはそのほうが悲しかった。人間扱いすらされてないみたいで。そうやってあの人が家族と去ってくのを見ながら、きちがいみたいに手を振って、西帰浦の家にひとりで帰ると、あたしだけ世界に取り残された気がして、どれだけ泣いたかしら。後になってあの人、そのとき病気だったと知った。なんだか目はノロジカみたい、怯えてて、ちゃんと空気も読む人だったのに、西帰浦まで逃げる勇気を出してたなんて。全部自分が残り少ないと知ってのこと。だったら同情しちゃだめでしょ」

後日、パム叔母さんを〝あのきちがい〟と呼びながら聞かせてくれた母さんの話と、母さんを〝パッチ〔訳注：韓国の昔話『コンチとパッチ（콩쥐팥쥐）』に出てくる意地悪なほうの人物〕以上に憎らしいパッチのママみたいな姉さん〟と称しながら聞かせてくれた叔母さんの話を総合するに、祖父の命令で叔母を産婦人科までつれていったのは母さんだったようだ。勇ましく産院の前まで行った叔母は、でも絶対入らないと電柱にしがみついてぶら下がり、母さんを困惑させた。母さんが言うことをきかない叔母さんをゲンコツしなかったのはこのときが最初で最後だったという。母さんは地面に土下座し、必死で叔母に頼んだそうだ。すると叔母さんも同じく土下座して頼んだ。二人の姉妹が産婦人科の前の電柱の下で土下座し、手を合わせて頼み合う場面を想像すると胸が痛む。ともあれ、我慢比べで先に根を上げたのは叔母のほう、最後にそんな叔母を立たせ、産院につれて入ったのは母さんだった。叔母さんは、祖父と母さん、あとそれと

なく幇助した家族の残り全員を許せなかった。銀行に就職した叔母さんは『オデュッセイア』に出てくるペネロペさながら、大勢の男からの求婚を拒みつつ、数年間がむしゃらに金を貯めたあと、ブローカーの斡旋《あっせん》でアメリカから招聘状《へい》をもらった。チャ・ジョンシンからパメラ・チャに変身したのはこのときだ。パメラ・チャになりながら、叔母は過去の自分と完全決別した。そして長年叔母は韓国に帰ることも、自分から実家に連絡することもなかった。祖父が亡くなったときも、叔母はただフロリダで冥福を祈ると言った。

「あのきちがいがフロリダで冥福を祈るって、へえー」

これが母さんに聞かされた言葉なら、

「誰のせいでアメリカ人の嫁になったのよ、どこ見てそれがあたしの夢だったたって?」

これがパム叔母さんに聞かされた言葉だ。


去年の夏、韓国入りして済州島《チェジュド》でひと月ほど過ごしたとき、叔母さんは西帰浦《ソグィポ》の中文観光団地《チュンムン》近くの猊来洞《イエレ》に、お気に入りの家を見つけたと僕に言った。同年秋、叔母はフロリダ生活を切り上げて韓国に永住帰国した。「あいつの気まぐれのおかげであたしの人生、苦労ばっかか」、ぶつくさ言う母さんをはじめ、母方の親戚が順に西帰浦へ行き、叔母の定住を手伝った。ときおり叔母に電話をすると、酔っ払ったみなの歌声がやんやと聞こえたものだ。そんなとき僕は毎回受話器に向かって必死に叫ばなければならなかった。「ちょっと母さんに替わってください。家に帰ってきてって！」。叔母は二度目の人生を送っているようだと言った。声を聞いただけでもそんな感じだった。叔母の帰国は成功だったと言える。昔の知人たちと会っている最中《さなか》に情報が漏れ、映画雑誌に叔母が韓国へ戻っているというニュースが載ったほど。そうして年が明け、冬は過ぎた。西帰浦とセバスチャン、どちらの冬が寒いのかな、まぁときどきそんなことが気になったりもしたが、それ以上叔母に関心を寄せることはなかった。妻には二人目ができ、僕は課長に昇進した。三十五を過ぎると、メリーゴーランドのように牧歌的だった人生が、ジェットコースターのように走りはじめた。そんなある日、叔母から電話があり、どうしてこっちに遊びにこないの、と訊かれた。前年の秋、妻と一緒に行って以来、冬のあいだに三、四回電話したのが全てだった。ところが叔母さんの声はたいそうもの寂しく聞こえ、すぐ行くよとか、とっても忙しくてと答える代わりに、何かあったの？　とまず訊いた。

「何もない。あたしはここで毎晩ポールと元気にやってる」

叔母は答えた。

「その通りなら、とんでもないことが起こってるってことじゃないですか。一体どういうことです？　亡くなった叔父さんと元気にやってるだなんて」

「う、うん。まぁあたしにだけ分かる、そんなのがあるの。来たら教えてあげるから。それはそうと来週の土曜日、来れる？　ある人がやってくることになってるんだけど、一人で迎えるのはちょっと……」

「ど、どうしたんです、叔母さん。まだ誰か来るんですか？　僕が悪かったです。とにかくそっちに行きますから」

「あんたも知ってるはずだけど……ほら、昔、チョン監督がさ……」

「叔母さん！　西帰浦は空の国なんですか？」

「まあ、そうね……だからこんないいとこになんで来ないの？　来週の土曜は必ず来るのよ。一人じゃ到底チョン監督と会えそうにないから」

こうして次の土曜日、妻と息子をつれて猊来洞《イエレ》に行くことになった。その家は外地人用に建てられた二階建ての別荘で、海が見える眺望や村外れというロケーションなど、何一つ欠けたものはなかったが、地方建築業者の観念にのみ存在しそうな無国籍建築様式が実に目障りだった。玄関前にギリシア神殿のような石柱が四本立っていて、遠くから見たら白いペンキが塗られた公民館のようだった。

「これが例の、ギリシア・イオネスコ式の石柱ですか？」

雑な仕上げのセメント柱を指しながら僕が尋ねた。柱の内側には白いテーブルクロスの上にスイセンを活けた花瓶とフルーツバスケットが置かれた鉄製のテーブルと椅子があった。

「あなたの言ってるイオネスコってフランスの戯曲家じゃない？　柱ならイオニアよ」

ジンギョンにつっこまれた。彼女もうちのノリに慣れたのだ。

「あんたらはセバスチャンの家にも来たから分かるだろうけど、ポールはこんなポルティコが大好きだった。下に座ってワインを飲んで、雑誌も読んで、うとうと居眠りしながら余生を送るのが長年の夢だったの。なのにフロリダに素敵なポルティコの家を買ってすぐ病気になっちゃうなんて、想像もできないわよ。ほんとあたしたちは分からない。一寸先も分からない。あのワイン覚えてる？　行きつけのワイン屋に買い取ってもらったんだけど、トラック一杯分あったわ。一箱だけ残して全部売っちゃった」

それはアメリカ人画家ラリー・リバースの男性スケッチがラベルに描かれたドミナス・エステート一九八四年産のワインだった。一九八四年は叔母さんとポールが結婚した年だ。

結婚記念にポールはその年の葡萄酒を一箱購入した。冬のあいだじゅう、叔母は寂しくなるたび、庭のワシントンヤシが見えるポルティコの下に座ってその葡萄酒を飲んだ。一本飲んだら大変だからグラスを二つ用意して、ポールに一つ、自分に一つ。毎晩ポールと元気にやっているとはそういうことだった。ポールをきちんと送り出す手続きのようなもの。そして今残ったのは二本。僕らが行ったとき、叔母はそのうちの一本を開けた。ポールが紙に書き留めておいたビンテージ情報を叔母が読むあいだ、妻と僕はその葡萄酒を味わった。

「冬の降水量は三十五・六八インチで不足気味だったのに、十一月と十二月は二十五インチ下がった。五月、六月、八月の気温は平年並みだったのに、七月と九月はどんなに暑かったか、華氏百度以上の日が二十日あった。七月は六日間、九月は八日間。だったら合計十四日、残り六日はどこに行ったのか？　俺も分からない。一九八四年九月二日に収穫を始め、一九八四年九月十二日に収穫を終えた」

たどたどしい韓国語で翻訳しながら、叔母が一九八四年のアメリカ・カリフォルニア・ナパヴァレーの気象情報を読むのを聞いていると、蒸し暑いその年の夏の日差しが、そっくり喉元を過ぎるようだった。叔母さん曰く、その年の自分は実際にまばゆいほど美しく、誰も自分を直視できなかったそうだ。母さんに訊いてみないと、事実かどうか判断できないけれど、イオネスコだかイオニアだか、とにかくどこか異国的な石柱の下で、高価で貴重なビンテージワインをただ飲みしていたせいか、生まれて初めて叔母の〝自酔〟がもっともらしく聞こえた。若いころの叔母の姿は、金浦《キンポ》空港からアメリカ行きの飛行機に乗る直前、母さんと外祖母《おばあ》さんのあいだに座り、前かがみになって何か言おうとしている写真を見たのが全てだったが、またその写真で叔母は、ドナルドダックの彼女デイジーダックみたいにピンク色のヘアピンをして、唇をにゅっと前に突き出していたが、それでも叔母さんがいかに美人だったか分かりそうだった。

あっという間に三人で一本を空けたあと、ホースで庭に水をまいてママと遊ぶ子供を二人で眺めていた。子供はもう四歳だった。子供がまく一筋の水の上に小さな虹が現れて消えた。僕が最後の一本の栓を開けようとすると、叔母が僕の手をつかんだ。

「もったいぶっていらっしゃるんですか《アッカウシンガヨ》？」

「いや、これは別の人用に取ってあるのさ」

「さっき、泣かれたのか《アッカウシンガヨ》？　と」

叔母は上手いと大笑いした。パム叔母さんの前でなければ、絶対使えない寒いジョークだったのに、叔母はよく笑った。だから僕は叔母が好きなのだ。

「もうあたしゃ泣かないよ。わが甥っ子にかけて誓う」

「犬、一匹飼ったらどうです？　庭も広いし、あと家《うち》も大きいし」

「そうねぇ、どっかにあんたみたく面白いこと言ったり、無鉄砲にニューヨーク行きの飛行機に乗ったり、そんな犬なら一匹飼ってみたいけどね」

「家が大きいから飼う犬が、僕そっくりの必要はないでしょう」

僕は吠えた。

「どうせならいいのを、ね」

「家で飼うのは普通の犬でいいですよ。それにもう叔父さんは送り出してください。まさか叔父さんが生まれ変わると思って西帰浦まで来たんじゃないでしょ？」

「あんたはどう思う？　そんな気がする？」

「母さんの話じゃ、叔母さんはそれでもおつりがくるって」

「あんたももう結婚したから分かるだろうけど、あたしらって思う存分生きたじゃない？だから人生をやり直せるんなら、当然別の人とよね」

「つまり、叔母さんは春香《チュニャン》にはなれない、と？」

「あたしは春香の母親より年上《うえ》なの。貞操云々言ってる時間はない」

人生をやり直せるなら、恐らく叔母は正房洞一三六番地の二、あのトタン屋根の家を訪ねるはずだ。未来のない二人の恋人が三ヶ月間住んだ家。先述した通り、その家の何が良かったって、雨音だと叔母は言っていた。賃貸で入居した四月にミだったのが、七月にソまで上がったという雨音。その晩、〝チョン監督〟に会うため、西帰浦へ出かける途中、叔母とその家に立ち寄った。叔母は、屋根を直して増築してはいるけど、家の原形は変わってないと言った。他は悪くないけど、あの薄いトタン屋根がカラー鋼板に替わっているのは残念と叔母は言った。だけど、地球を半周もしながら半生を送り、再び舞い戻った叔母にとっては、その家に、その場所に、立っていること自体が奇跡でもあった。叔母に本当なのかと、本当に雨音が四月にミくらいだったのが、七月にソまで上がったのかと訊くと、叔母は少し顔を上げ、空を見上げてしばし思いにふけっていたかと思うと、うなずきながら、そう、と、本当に雨音が変わったのと答えた。以来、叔母は一度もその雨音を聞くことはなかった。毎晩、夜通しチョン監督の腕を枕に横になり、ひょっとして夜が明けるとこの人は、跡形もなく消えてしまうんじゃないかと心配になって、眠りかけては起き、眠りかけては起きて顔をのぞき込み、そうこうしているともう眠れず、動いたら彼が起きるんじゃないか、身動き一つできず聞いていたあの雨音のこと。昨日降った雨のよう、まだ鮮やかな、けれどももう永遠に聞けないあの雨音。

僕らはそこから徳成園という中華料理屋まで歩いていった。そこで〝チョン監督〟が待っていると叔母は言った。二週間ほど前のこと。夜、電話があり、何も考えずに出ると、中年男性が「チャ・ジョンシンさん、いらっしゃいますか?」と訊いてきた。その声に叔母の心臓はとまるかと思った。死んだチョン監督の声だった。間違いない。どうしてあの声を忘れられよう。どんなに驚いたのか、叔母はそのまま電話を切り、電源まで切ってしまった。翌朝電源を入れると通話記録に010で始まる番号が残っていた。空の国にいる人の携帯番号である可能性はほぼなかった。だけど、電話をかけ直す気になれず、一日じゅう電話を待った。再び電話があったのは夜。出るとまた「チャ・ジョンシンさん、いらっしゃいますか?」。例の声。叔母が愛したあの声。「私がチャ・ジョンシンです」。叔母の喉はつかえた。「僕はチョン・キルソン監督の息子、チョン・ジウンと申します。以前一度西帰浦でお目にかかったことがありますが、ご記憶にないでしょう。韓国に戻られたのは雑誌で知りました」。そのときやっと叔母は自分の頭がおかしくなったのではないと気がついた。叔母は中華料理屋での最後の食事を思い出した。チョン監督夫婦と息子、そして叔母、四人で角テーブルに座ってチャンポンを食べた。叔母は夫人に面目なく、お別れだと思うと涙も込み上げ、うなだれて、麺がどこに入っているかも分からぬままチャンポンを食べた。夫婦が外食に来ているかのように、病床に伏している親戚の状態について話していたのを、叔母はいまだに覚えていた。

チョン・ジウン監督なら僕もよく知っている。これまで四本ほど映画を撮ったが、全て好評価、興行もそこそこ成功していた。いつだったか新作映画を紹介するテレビ番組で彼がインタビューされているのを見たことがあった。目が大きく端正な顔立ちの、一目で繊細な芸術家タイプに見えた。声は低く柔らかだった。叔母の愛した男がどんなスタイルだったか察せられた。彼は父親の最後の作品をたいそう惜しみつつ、そこに出てくる叔母の演技も大好きだと叔母に言った。なのでぜひ一度お会いしたかったと、また差し上げたい物もあるとつけ足した。何？　と叔母が問うと、チョン・ジウン監督は、父の資料をひっくり返していたら、叔母の映像と写真を見つけたのだと説明した。彼は父親の人生を客観的に記録するため、フィルムをきちんと保存していたのだが、それを渡したいというのだ。そうして会うことになった場所がこの徳成園、つまり叔母が最後にチョン監督と食事をした中華料理屋だった。チョン監督と叔母が暮らしていたトタン屋根の家からその中華料理屋までは徒歩約十分。中に入ろうとすると、叔母に腕を引っぱられた。動悸がするのでもうちょっとしてからというのだ。しばらく待っていると、大丈夫と言うので入店した。店内を見回すと、隅に座っていた四十代前半の男性が立ち上がり、叔母に挨拶をした。彼に近づき、毅然とした表情で叔母はその挨拶を受けたが、声の震えは一目瞭然だった。僕も彼に挨拶して同席した。数回ぎこちない言葉が交わされたあと、彼はカバンから封筒を一つ取り出した。中にはビデオテープと一緒に写真が入っていた。

「まだ、ごっちゃなんです。撮影のとき撮ったのと、そうじゃないとき撮ったのが。これは撮影現場ですね。どこなのかはよく分かりません」

「西帰浦ですよ」

見るなり叔母が言った。彼が指さす写真には、ショートカットで、グーにした両手を左右に広げたまま、カメラに向かって突進するようなポーズの、二十代前半の叔母の姿が写っていた。次の写真では、書き物机に頬杖をついて座り、振り向いてカメラを見つめていた。写真の叔母は驚くほど若く、一切怖いもの知らずな顔。パメラ・チャに変身する前、チャ・ジョンシンとして生きていたころの顔。人生でもっとも幸せな時期を過ごしているとも知らず、腕枕でじっと横になり、夜を明かしながら雨音を聞いていた、若かりし日々の断片。叔母は写真を一枚一枚舐めるように見た。しばらくして叔母は眼鏡を外しながら言った。

「西帰浦時代の自分に再会できるなんて夢にも思わなかったわ。あたしってこんな子だったのね。とってもかわいい。これでうちの甥っ子も信じてくれそう。あたしがどんなにかわいかったか」

「お若いころは途轍《とてつ》もない美人だったんですよ。いまだに先生呼ばわりする人が大勢います」

甥なのにそんなことも知らないのかというふうに、彼が僕を睨みながら言った。

「いや、叔母さんは昔から西洋的な美人ですけど、僕は国文科出身なんで」

彼はもう一度僕を睨みつけると、注文しようと言った。彼はメニューを取り、叔母にあれこれ料理の説明をした。彼が気立てよく振舞うと、叔母は椅子をそっちに移しながら一緒にメニューを選んだ。

「国文科はキムチで飯食うんだろ？」

叔母が僕に言った。

「国文科は漢字の勉強もいっぱいするんですよ」

料理を食べるあいだ、彼は二十七年前のあの日、この中華料理屋を出た直後から、病院でチョン監督が死ぬまでのことを語った。次は叔母が、時間を遡り、西帰浦で暮らしていたころと、初めてチョン監督に出会ったころのことを語った。自分の父親に関する資料集めが目的だったので、彼は叔母の言葉を全部録音し、確認のため必要に応じて訊き返した。話が最後まで終わったとき、僕は満腹ではちきれんばかりだった。だが、二人はチャンポンを食べなきゃというのだ。彼は店員に一人前を二皿に分けるよう言いつけた。

「あのとき、チャンポンを食べてたとき、僕はずっと先生を見ていたのに、先生は一度も顔を上げられませんでした。食べてるあいだじゅう、先生の頭のてっぺんを見ていると、なんとも言えない悲しい感じがしたんです。どれほど困惑したか知れません。僕は母のことが好きでしたから。映画でも小説でも、何か作りたいとそのとき初めて思いました。先生の頭を見ながら。あのときのチャンポンの味がするか分かりません」

最後のドミナスをチョン・ジウン監督と仲良く分けて飲んだパム叔母さんは、彼と別れ、猊来洞《イエレ》へ戻る道中、後部座席に座り、父親と息子は何だってあんなに姿かたちや言葉遣い、行動まで似るのかだの、あの人に会うと自分が本当に愛すべき人を愛したようでよかっただの、明日すぐチョン・ジウン監督の映画を見なきゃだの、返事もしていないのに独り言をつぶやきながら、やがて眠りについた。叔母がつぶやくあいだ、僕はヘッドライトが照らすアスファルトと、ときおり街灯で明るくなる道路、その明かりの外側にある闇夜を見つめていた。そしてその暗闇のどこかにあるはずの海と森と山のことを思った。あと湖と霧と雲を、台風と夕立と強い雨脚を、そして四月のミと七月のソを経て、チャンポンのことを思った。チャンポン、そして「だったら合計十四日、残り六日はどこに行ったのか？俺も分からない」と言っていた叔母の声を。叔母の声をまねて僕もひとりつぶやいた。

「だったら合計十四日、残り六日はどこに行ったのか？　俺も分からない」

すると、話しかけられたと思ったのか、叔母が返事するように言った。

「で、韓国映画の将来はどのくらい明るいの？」

韓国映画の将来はどうか知らないけれど、帰り道が明るいのは確かだった。夜の道路は海伝いに柔らかく黒い丘を越え、明かりのともる中文《チュンムン》へと続いていた。

天気予報の
技法

その年の春から夏にかけて、ミギョンの夢にはオオカミに変身したドクター・カンが登場しはじめた。納涼特集の深夜ミニシリーズのように数日間隔で、忘れたころにまた現れること数回。むろん、僕らに会うたび、いつも慈愛に満ちた表情で一万ウォン札を一枚ずつくれたドクター・カンは、ミギョンの夢に自分がそんな姿、二本の黄色い牙がにゅっと突き出た凶悪な獣姿で登場していようとは想像だにしていなかったはずだ。もしドクター・カンがそのことを知ってたら、僕たち一家の人生は変わっていただろうか？　もし僕が、妹が夜、そんな夢を見ていると知っていたら？　僕だったらたぶん、それは夢のできごとにすぎず、夢と現実のあいだには決して越えられない高い壁があるので、そのオオカミは現実に現れるわけがない、オオカミの夢は善を暗示している、と言ってあげたろうに。それが吉夢だという根拠は、少なくとも犬が出てきやしないじゃないかという、つまり犬《クソ》夢じゃないじゃないかということだけだったが。しかし、今回、小正月にミギョンに聞かされたことを思うと、あいつは犬が出てくる夢が不吉だという僕の意見に、きっと同意しないと思う。地球を見下ろしながらご飯を食べる犬が登場する話、今日はその話をみなさんにお聞かせするつもりである。

ミギョンが僕にその夢のことを話したのは、あれから半年が過ぎたあと、つまり、ドクター・カンが悲しげな顔で僕に「お母さんは君たちを愛しているんだそうだ」という、言わずもがなの真実を語り、もう我が家に来なくなって以降のことだ。夢のことを打ち明けるまで、ミギョンにとってその半年間は、人の仮面をかぶってまわるオオカミ人間の正体を暴き、家から追い出す方法を見つけ出すための個人的な研究期間だった。そのときのミギョンはわずか八歳、僕は十四歳だった。そう聞かされたとき、僕はミギョンが本当にドクター・カンをオオカミだと信じていると知り、妹の科学に対する常識がかくも欠落しているのに少々驚いた。そんな過去が恥ずかしかったのか、でなければ十歳前後にはレテ河のような忘却の深淵が存在するのか、後にミギョンはそんな夢を見ていたのも、オオカミ人間の正体を暴く方法を研究していたのも、一切忘れてしまっていた。だが、僕らの人生の他事同様、暗幕の向こうに隠れているだけ、その記憶が完全に消え去ったわけではなかった。

いつかミギョンは「もう取り返せないのが悔しいだけ」と言ったことがあった。そしてあいつは、めそめそと涙目で自分の手の甲を見つめた。青く力強く、骨とその骨のあいだの関節を通り、肉の中へ、身体のどこかへ流れてゆく血管の様子を。その日は、悪戦苦闘と孤軍奮闘と生死決断で綴られたミギョンの恋愛史（この世にそんなのを専攻する史学生の選抜試験みたいなのがあったら、確実に僕がトップ合格する）の中でも、最初の指で数えられるべき大事件であるヒョンシクの結婚式だった。高校のころからミギョンとつきあっていた、だけど大学生になるや見事にフラれたヒョンシクは、ミギョンでなくとも世の中に熱愛対象の女性はいくらでもいると身を以って証明してみせるかのように、摂氏三十度を優に超えた七月下旬の土曜を結婚式の日に選んだ。そのとき、既に二人の関係は、微積分を一緒に解いていた高校時代の親友に戻っていたのに、さらに当時は結婚を考えるほど真剣につきあっていたレジデントがいて、また自慢げにそのことをヒョンシクに教えたのも当のミギョンだったのに、ヒョンシクの結婚を知らされたあいつは、まるで大虐殺やホロコーストを無力に見守る従軍カメラマンのように、自分にできることが何もないのに大きなショックを受けた。

そんな中、あいつが見つけた一縷《いちる》の望みが思い出だった。ミギョンは毎晩ヒョンシクに電話をかけた。「あのときあたしにパット・メセニーのCDをプレゼントしてくれたじゃない。覚えてる？　なんであのＣＤにしたの？」とか「ああしてあなたがあの場を去っても、あたしはしばらくあそこに座ってた。暗いケヤキの下にあたし一人。そのときあたしが何を考えてたか分かる？」といった問いを投げかけるために。明らかにヒョンシクの返事は求められていなかった。重要なのは、二人に決して忘れてはならない大切な時間《とき》があったのを確認することだったから。おかげで毎回ヒョンシクと通話する機を逸した彼の婚約者が感づき、狂ったように跳びはねるまで、鋭い質問と釈然としないはぐらかしの電話が毎晩延々と続いた。婚約者が泣きわめきながらヒョンシクの見ている前で高価な食器セットを割ったと聞き、ミギョンはそれ以上ヒョンシクに電話をしなくなった。その時分には、ミギョンの彼氏だったころが人生で一番幸せだったという返事を、ヒョンシクから聞いていた。そのうえ、その女性が自分より先に音をあげてくれて、ミギョンとしてはありがたくもあった。最終的にミギョンは「大変な子に出会ってあなたも苦労しそうね」という、慰めとも皮肉ともつかない言葉で元恋人の結婚を祝した。

だったらもう気はせいせいすべきだったはずなのに、ところがそうはいかなかった。ヒョンシクが結婚するその日まで、ミギョンの心の内には染みのような何かが残っていた。

いくら洗い落そうとも消えなかった。最初はそれを、食べたくはないけど捨てるにはもったいない、そんなものだろうと思った。しかしいざ当日、元恋人の結婚式に行くべきか行かざるべきか、行くなら一体どんな服を着ていくと元恋人を後悔させられるか、式直前まで悩みつつ、時計を見るのをやめ、気絶してはじめて、ミギョンは自分がヒョンシクをいまだ愛していることに気がついた（もちろん僕は、そのときミギョンが倒れたのは、オゾン注意報が発令されるほど蒸し暑い日だったにもかかわらず、ウエストがタイトなワンピースなんか着ようと何時間も部屋にいたせいで、暑さにやられたからだと思っているが）。ミギョンの言葉をそのまま借りるなら、それは「まるで金縛りにあって身じろぎ一つできない状態で暗い天井を見上げて横たわっているのと似た感じ」だった。加えてミギョンは前世の罰でも与えられているようだと言った。前世の罰なはずがあろうか？　罰だとしたら、それは恐らくドクター・カンの呪いだったろう。人生はえてしてそんなものだと知らしめるためのの。

実際、ミギョンが母の誕生日にやってこなくなったのは、天文気象学科を卒業し、気象台に勤めはじめてからだからだいぶたつ。なにせ転勤の多い職、三、四カ所の気象台を経て、今、ミギョンは西海の、某港町に勤務中だ。そこから実家までは車で四時間の距離ゆえ、今年もあいつが母の誕生日に現れないに、僕は二人娘のブタの貯金箱をかけてもよかった。母は小正月（陰暦正月十五日）生まれだが、毎年一週間前になると、娘の恩恵に与《あずか》ろうと、ミギョンに電話し、その日の天気を訊いたものだ。ミギョンがどれくらい当てたかって？　何度か訊いたあと、母は、あの子がどう騒いだにせよ、当日の朝起きたら分かる、という結論に達した。果たして今年も娘が自分の誕生日にやってくるか知れず、一週間前になると予報を訊くふりして電話をし、娘の胸中を探らなければならないのが僕らの人生なのに、いくら二〇〇九年最優秀《ベスト》予報士だからって、どんなすべを使ったら一週間後の天気をピンポイントで当てられるというのか？　ミギョンがこの文章を読んだら怒りそうだけど、冗談でもこんなつまらない冗談があろうか？

それでも毎年娘に堂々と電話し、十五日の晩の天気を訊けるのは、母の誕生日の晩になると家族全員で裏山に登り、月を眺めながら願い事した美しい思い出を、母娘《おやこ》で共有していたからだ。子供のころ、母の誕生日の朝になると、僕らは父さん（僕がまだ若いから父さん《アッパ》と言っているのでは決してない）がくれる目出た酒を飲んだあと、ワカメスープに五穀飯を混ぜて食べた。本来その酒は男だけだったのに、いつの年かとうとう口達者なミギョンが泣く泣くせがんで、あいつも一緒に飲むようになった。ところが僕らは目出た酒を飲んだのに、あいつが飲んだのは声出た酒だったのか、ひとたびしゃべりだすとやかましくてかなわなかった。声帯がどれだけでかいのか、男に生まれていたら大物になっていたはずだと言い合った。だから、盆正月になると母の台所手伝いで、お焼き作り、果物の皮むきが得意だったので「この子は家事の天才」とお褒めの言葉をもらっていた僕といつも比べられたものだ。

目出た酒として飲んだ清酒の、いまひとつの舌触りにほろ苦い後味がまだ口の中に残る夕刻の田んぼ、僕らは赤いプラスチックランタンを前にかざした父さんを先頭に山道を登っていった。そのころ何遍も聞かされた話によると、母と父さんをつないだのは月らしい。母方の叔父が、看護大の最終学年だった母と中学の物理教師だった父さんを橋渡しし、二人はお見合いすることになった。父さんは月、中でもアームストロングが第一歩を踏み出した、静かの海を眺めるのが大好きだったらしい。父さんは学校の授業を終えると、隣町まで鈍行列車でやってきた。母はその町の道立病院で実習生として働いていた。窓を開け、たばこを吸いながら、猛烈な勢いで汽車についてくる月を眺める若い父さんの姿を、僕は充分想像できた。月好きとつき合っていたので、母も薄暗い喫茶店やケーキ屋みたいな場所でのデートより、夜の散歩を好みだした。赤いプラスチックランタンは、初デートのとき、暗いのは嫌という母を安心させるため、近所の専門業者から買ったものだった。その月明かりの下で二人は多くの会話を交わした。夜の暗がりでは、いろんなことが起こっただろう。そのいろいろには、当然愛も含まれていたはずだから、一人目の僕は言わばその月明かりを食べて育った月の遺産。だから生来、僕が上品で情深い性分なのは当然なのだ。

十歳を過ぎたころからは、父さんに代わり、僕がそのランタンを持ち、先頭を行った。いざランタンで道を照らして歩いてみると、満月の月明かりの下では、照らしても照らさなくても一緒だった。のちに父さんが亡くなり、母が苦労するのを見るたび、僕は小正月に山道を照らしていたランタンのかすかな明かりを思い出した。僕らにとって父さんはその明かりみたいなものだった。僕らの人生から父さんはあまりに早く消えてしまった。父さんがいなくなって最初の小正月も、僕たちは裏山に登り、願い事をした。そのとき僕は何をお願いしただろう？　あんなに月好きだったら、たぶん今は高く明るい場所に行っているはずだから、家族がうまく行くよういつも見守ってくださいと祈ったと思う。父さんが亡くなってからというもの、僕は母の、妹の心配だらけだった。そんな僕の隣で、ミギョンは大粒の涙をこぼしながらわめいていた。自分は宇宙飛行士になって宇宙へ行き、ライカに会い、父さんにも会って、みんなで一緒に食事するのだと。こんなことを言ったらあいつにぶちのめされそうだけど、まるで例の夢に出てきたオオカミのように、月を見ながらわあわあと。結局、願い事の世界でも声帯のでかい者が勝つのだろうか？　とにかくミギョンは天文気象学科に進学したのだ。まだ韓国の宇宙科学技術は発達していないので宇宙飛行は思い通りにならないが、あいつの神妙な精神状態からして、普段から地球に暮らす人に見えはしない。一方、何も言わず心の中で祈ったせいか、僕の願い事は一向に叶わなかった。数年後、愛する人ができたのに、母はその愛に努めて目を閉じ、ミギョンは愛する男と結婚したあと、それが愛ではなく憐れみだったと気づいて離婚したのだから。僕に正月の満月を見上げる顔がないのか、正月の満月に僕を見下ろす顔がないのか。

自分が電話したとき、ミギョンは酔っぱらっていたようだと母は言った。

「酒？　正月の朝っぱらから？」

僕は顔をしかめながら訊いた。母はうなずいた。

「食前からなぜお酒なのって訊いたら、あの子は、これは ハナ輪酒《ハナ輪酒》よぉ、こう叫んだの」

「牛になるつもりか？」

「あんな牛、誰が育てるの？」

「確かに……」

僕らは呆気にとられ、無言でじっと食卓に座っていた。

「今年は天気どうなのって訊いたんだけど……」

ややあって母が言った。先述の通り、これは自分の誕生日に帰ってこられるか探る慣用句。

「自分は、予報を外した全国の恥さらしなんだから、そんなの訊くなとさ。代わりにこれまで気象台で天気を誤報してきた責任、全部自分が取るんだと。身の回りのこともできないくせに、数週間後の気温と雲の量までピンポイントで言った罪まで全部かぶるって」

「あいつがなんで？　ホントに鼻に穴あけて牛になって人類を導くつもり？　たいしたもんだ。やりたい放題だったやつが……」

「頭おかしくなったのよ、あの子。夫《つれ》なしで一人暮らししてるから、とうとういかれちゃったのね」

僕は母を見上げた。

「じゃあ母さんは早くからいかれちゃってたってこと？」

「あの子と一緒にしないで。品が違うわ」

と言ったかと思うと、母は何がおかしかったのか、ゲラゲラとひとしきり笑った。

「そう言われたらいかれてたわ、あのころは。だけどミギョンなんてほったらかしといても雑草みたい勝手に育ちそうだけど、お前はなんたっていい子だからお前のためにもいかれちゃだめだって。で、我に返ったの」

「僕のおかげだ」

「とにかく今年も夜勤で行けないってきっぱり断った子が、夕方になって、すっかり酔いの冷めた声で電話してきて、こっちに来るって言うの。何の心変わりって訊いたら、今回の満月はひと際大きなのが見れるから、自分にもしなきゃいけない願い事ができたとかなんとかわめいた挙げ句、犬のためって言うから、何のことか分かんなくてひとしきり考えたわよ。電話切ってよーく考えたら、朝の電話で、ちょっと前うちで飼ってたチョロン《ぶりき》が死んだこと話してたの。それで、酒に酔って悲しみが込み上げたのか、大泣きしたんだと。でもさ、あの子にいつチョロンと仲良くなる時間があった？　とにかく犬がかわいそうだから今年はこっちに来るだなんて。娘の顔を一目見ようと思ったら、毎年犬を殺さなきゃならないのかねぇ」

「ひっどい話」

僕は顔をしかめた。

「とにかく宇宙飛行士になって戻ってくるって大学に入学して以来、宇宙を飛びまわってたんだか、ちっとも顔を見せなかったのに、チョロンと仲良しになる時間があったとして、あんなに涙するかしら？　とにかく自分の腹を痛めて産んだ子だけど、心まではあたしが産んだんじゃないみたい」

チョロンは十三年間自宅《うち》で飼っていたプードルだった。僕が軍に入隊し、ミギョンも大学進学でソウルに出ていく中、寂しくなった母が市内のペットセンターでお金を払って譲り受けた、血統書つきの子犬だった。そのとき一等兵最後の月に休暇をもらった僕が、母と一緒に子犬を買いに行ったのだ。雪を見たら反射的に雪かきを思い出していたころで、路地に積もる雪を単なる風景として見るのがいかに人間的か気づかされた覚えがある。たぶんその雪のせいだったと思うが、母と僕は手をつないで歩いた。いつからか、ふらついて倒れそうなほど振らないと人と手をつなげなくなった、だからか、今は誰かの手を取るだけでも、ふらついて倒れそうなほどめまいがするの。僕の手を取って歩いていた母はそんなことを言った。今ある程度生きてみると、その言葉は全的に正しいと分かる。もう僕も、父さんの突然の死という、月明かりでもランタンでも照らせない人生の闇を前に、涙に暮れる十歳の少年じゃないから、もう僕も不惑だから、去年を境に父さんが生きられなかった年齢《とし》に突入したのだから。

どこか釈然とせずにいつつも、母は、チョロンを失った自分の悲しみに共感し、ミギョンがそう滝のような涙を流したのだと、またそれで自分を慰めに今年の誕生日は来ると言っているのだと信じたがっている様子だったが、僕に言わせれば、絶対にそれはありえない。だから僕がミギョンに電話し、だしぬけに「お前、最近、恋してんの？」と訊くと、「兄さんには座布団あげなきゃならないわ」とキャハキャハ笑った。大切なのは座布団より観察だった。これまでミギョンがいつ涙を流したか、注意深く観察してきた人なら、あいつが生前まともに抱っこしてあげたこともないペットのために来るはずないことくらい、すぐ分かろうものだ。そう言うと、二〇〇九年最優秀予報士は自分でなく僕じゃなきゃならなかったと、そして「やれやれ、兄さんはあたしの研究が生きがいみたい。まぁ兄さんじゃなくても、男ってみんなそんなものよね」、なんて大風呂敷を広げたのだ。他のことはいいから、今回は一体どんな男に心を奪われたのか詳しく聞かせろと言ったら、そんな

信じるも信じないも、ミギョンが電話で話してくれたその純愛の顚末《てんまつ》はこう。じゅーんあーい？　純愛？　え？　遊び半分じゃなくて純愛なんだそうだ。

ミギョンがセジンという名の青年に目を止めるようになったのは、新人歓迎パーティーの席だった。自己紹介の中で彼は、自分が気象庁に入ることになったのは、専らその前年十二月の霧のおかげだと言った。話によると、採用試験の準備中、高校時代からつきあっていた彼女と別れることになり、試験をあきらめそうなほど落ち込んだらしい。そんなある晩、彼を慰めにきた一人の友人と酒を飲み、外に出ると、そこで彼らを待っていたのは視界が三メートルもないほどの濃霧だった。それは単なる気象現象ではなく、浮遊する喪失の塊のようだったとセジンは回想した。居酒屋で友人にかけてもらった慰めの言葉ははかなく消えたのに、霧の中を歩くのだけは慰めになったと。大気中を循環する風と水滴と暖かく冷たい空気が彼をつつみ、〃大丈夫、大丈夫だよ〃とささやいている感じだったと。そうして霧の中を歩いてるあいだに、彼を取り巻いていた苦しみと不安は徐々に消え、家の前まで着いたとき、セジンは心の安らぎを手にしていたと。それで再び試験準備に没頭でき、結果、気象庁に入ることになったのだと。その間、彼は初雪の日に彼女と再会を約束していたが、それまでに素敵な予報士になり、彼女の愛を取り戻そうと決めていた。

ミギョンがその青年に心を奪われた主な理由は、もちろんほくろ一つない端正な顔立ちと、この上なく純粋そうな瞳のせいだったが、信仰告白にも似たその霧の話も一役買っていた。長年つきあっていた彼氏を振ったのは自分のくせに、ミギョンはセジンがハンサムだという理由だけで、自分もやっぱり利己的な愛の犠牲者だったのだと、同病相憐んだのだ。だから後日、気象台長にセジンの教育係を命じられたとき、ミギョンは彼のほっぺにキスしたいくらいだった。二人一緒の勤務初日、定刻になり、パソコンから観測時報を告げるアラームが鳴ると、ミギョンは屋外にある観測露場へセジンをつれ出し、雲の形状、視界、降水量などを調べたあと、地上気象観測野帳に観測結果を記録するやり方を教えた。午前はミギョンが手本を見せ、午後はセジンが教わった通りに記録した。その際、まずはじめにページ上の観測者欄に名前を記入しなければならないのだが、丁寧に三文字を書く彼の右手を見つめながらミギョンは、手の骨が真っ直ぐそろっている、と思った（足の骨はそろっていなかったのか！）。日差しを浴びる指はキビのように細長く、陶磁器のごとくきらめいていた。

青年から野帳を渡されたミギョンは、記載ミスを逐一指摘しつつ、セジンの記録をきめ細やかに点検した。ミギョンが話しているあいだ、セジンの濃い眉毛は、そこに彼が書きとめたのをそのまま引用するなら、秒速三メートルの南西風で小刻みに揺れていた（秒速三メートルだったら何だって揺れたのではないか！）。説明を終えてから、ミギョンは点検者欄に名前を書きながら言った。

「こないだのパーティーで、去年の十二月に視界が三メートルもない霧を観測したことがあるって言ってたでしょ？」

セジンがミギョンを見つめた。

「ちょっと変だなと思って、十二月の特報事項をざっと調べてみたの。そしたら視界三メートル以下の濃霧が発生した日は一日もなかった。いちばんひどい日で三百メートルだったけど、それも十一月二十七日。その霧の中を歩いたのは何月何日？」

「十二月のラッキーセブン、七日です。十二月七日」

ミギョンはうなずいた。

「その日も濃霧注意報は出ているわ。ご承知の通りここは港町、冬のはじめになると霧の出る日が多いから。霧の中で慰められたのもその一日だったんでしょう」

「ええ、そうでしょうね」

新人として本庁での研修を終えた彼が、一ヶ月の現場研修を受けにミギョンが勤務する気象台に来たのは、自宅から近いところ、場所第一主義《ファースト》のためだった。なので、どんな霧にもセジンは精通していた。

「でも、視界三メートル以下の霧はありえない。素敵な予報士になりたいなら、そんなこと言っちゃダメ。確実な観測結果からのみ、語らなきゃならないわ。正確な観測から正確な予報が出てくるの。ちょっとデータをミス入力しただけで、結果は想像以上に変わるのよ」

「バタフライ効果、ですね。僕も知ってます。数日前の台長面接で伺いはしました」

セジンが言った。

「バタフライ効果を？」

「いいえ、崔《チェ》主任が今年の最優秀予報士に選ばれたのを、です。それで僕は、ぜひ崔主任から学びたいと志願したんです」

「こんなときは、でかした、って言わなきゃならないんでしょうね」

「そう言われたらうれしいですけど」

セジンはミギョンを見上げた。

「今後教えてくださることは何一つ洩らさず全部覚えます。一生懸命勉強します。必ずや素敵な予報士になって彼女の前に堂々と立ちます。でも、あの日の霧だけは僕が見た通りだと言ってください。あの霧がなかったら、僕はここまで来れなかったはずですから」

ハンサムな若い男にこんなこと言われたら、ミギョンは一昨年十二月七日の日別資料を修正しかねない子だった。そんなやつが、こんなときは、でかした、って言わなきゃならないんでしょうね、だなんて。身の毛がよだち、手足が萎縮せずにいれないのに、兄としてそんな妹の言動に人知れず歯ぎしりするだけの運命が恨めしい。いずれにせよミギョンの話は続く。数日後、コーヒーを立て続けに飲んだにもかかわらず、ほぼ居眠り状態で懸命に初夜勤を終えたセジンは、仕事帰り、ガサガサの顔で助手席に座り、ミギョンに「主任はなぜ気象台で働こうって思ったんですか？」と訊ねた。ミギョンはセジンと一度目を合わせたあと、回想にふける目にしっとりした声で語りはじめた。

「子供のころ、スプートニク二号で宇宙飛行した宇宙犬ライカの話を父さんから聞いたことがあるの。幼な心にまだその犬は宇宙船に乗って地球を回ってるんだって思ってた。だから宇宙船を見つけようと昼夜問わず空を見上げてた。何か見えたら手でも振ろうと思って。そんなことしてると空を見上げるのが習慣になって……」

「でもライカはすぐ死んだじゃないですか」

セジンがあくびをしながら言った。確かに。宇宙へ行って何時間もたたずにスプートニク二号は温度装置が壊れ、人類初の宇宙犬ライカは名前だけ残してもくずと消えた。

「私は感受性豊かなの。だからそれを知ってどれだけ泣いたか、このきれいな目がくぼんだわ。宇宙飛行士のヘルメットをかぶった子犬が、宇宙船の窓に顔を押しつけて地球を見下ろす場面を想像してたのに、実際は缶詰みたいにぎゅうぎゅう詰めで、身動きする空間すらなかった。いや、よくは知らない。昔はそんなふうだってこと。不憫なライカは宇宙まで拡張した米ソ軍備戦争の犠牲だったたってことね。ところが、私がやたら泣くものだから、うちの父さんはこう言ったの。温度装置が壊れる前、スプートニク二号が予定の軌道に乗って、心拍数が正常に戻ったとき、ライカが真っ先にしたのは、飯を食うことだったって。地球を見下ろしながらご飯食べるなんて、とっても素敵じゃない？　でしょ？　そのとき病床に横たわったまま、父さんは言った。ライカがかわいそうってのは、地球でしか生きたことない俺たちの考えにすぎないかもしれないって。だって、私たちは一度もライカみたいに宇宙飛行したことないんだし。あとになって、父さんもそう宇宙に旅立ったんだと思った。だから私も宇宙飛行士になりたかったのに……」

痛く感傷的になり、声を押さえつつしゃべっているのに反応なし、横を見ると、セジンは助手席で眠っていた。オーマイガーッ！　ミギョンはセジンの顔をまじまじ見つめた。こんなハンサムなのに。もう我慢できなくなって……だから……続きは母さんの誕生日に直接聞かせてあげる、とミギョンは言った。もうみなさんも同じ気持ちだろうが、やはり僕も叫んだ。切らずに最後まで言えよ。早く。だけど電話は切れてしまった。

「早く聞かせろよ。で、その青年とはどうなったわけ？　いまだに大人しくしてるってことはないだろ？」

久しぶりに来ては、母にありったけの愛嬌《きょう》を振りまいたり、まるで朝学校に出て晩帰宅した小学生のように振る舞うミギョンの手首を引っ張りながら僕は訊いた。

「それより兄さん、ほら昔、ドクター・カンっていたじゃない。お正月にごろごろしてると、急にあの人のこと思い出したんだけどね。ほら、あのときドクター・カンと母さん結婚しようとしてたでしょ？　どうなったか覚えてる？」

「なんで、急にあの人？　覚えてるさ。お前に呪いをかけてくれたありがたいお人だけど」

その言葉にミギョンは目をまんまるにした。

「え？　どうして？　なんであたしに？」

「お前がドクター・カンをどんだけ嫌ってたか。だからだよ。あの人、週末になるとなんとなく一人で壁に向かってテニスするただの寂しがり屋だったのに」

「ホントに？　あたしが？」

ミギョンはそんな話は初耳というふうに、驚きの表情だった。

「何だよ、話の続きは？」

まぁとにかく、毎回こんな感じだった。純愛話を聞こうとしているのは僕なのに、結局のところ僕がしゃべっているのだ。とにかく僕が知っているのと、後に叔母さんたちから聞いたこと、母からの内緒話を総合して話を続けるなら……つまり、ドクター・カンが僕らの人生に登場したのは、父さんが亡くなって四年後のことだった。その四年間、父さんを失った我が家は、マストが折れたまま沈む難破船のように、徐々に貧困のどん底へ落ち込んでいった。しばらく父さんの退職金で生活した母は、これ以上お金を無心しないわけにはいかないと、コネで近所の個人病院に看護師として就職したが、そこがドクター・カンが院長を務める姜《カン》外科だった。

病院の待合室にかけられた額縁の卒業証書を見ると、ソウルの名門大医学部卒に違いないのに、どうしたわけかドクター・カンはいまだ独身、その理由を巡り、町内にさまざまうわさが立っていた。若くして結婚したがすぐやもめになったせいで、以来死んだ妻を想いながら女性への関心を断ち、仕事だけに没頭しているといったふうの、どこかもの悲しい事情が隠されているのが常なうわさは、立つやいなや姿をくらまし、だいたい、使用不能、と一言で片づけられるうわさだけが生き残り、長らくドクター・カンにつきまとった。そんなうわさのせいで母がその病院を選んだはずはないわけで、そのころはあれこれ考えを巡らす余裕が、時間的にも精神的にもなかったのだろう。そうして六ヶ月ほど病院で働いたあと、母は三十八歳だったドクター・カンが、まだ一度も恋愛したことのないうぶだと知った。これはすなわち、ドクター・カンがそれを母に打ち明けるほど、二人が気持ちの面で近づいていたのを意味していた。ご承知の通り、僕ももう四十だ。人生がいかに孤独か、今の僕は分かっている。当時四十代前半、若いと言えば若い母が、恋慕を吐露する三十八歳の外科医にどんな気持ちを抱いていたかも、今なら分かる。

　だが、当時の僕は、普通の仲じゃないから、ドクター・カンはしょっちゅう我が家《うち》に来るんじゃあるまいか、と漠然と思っただけ、彼からお小遣いをもらう楽しみに気を取られ、このことが僕らの未来をどう変えてしまうかについては、深く考えていなかった。だけど、ミギョンは僕とはやや違い、お小遣いをもらうときは同じく、お人形さんのように笑いながら、うれしい、と言っても、夜の暗がりでは、両牙むき出しで自分を狙う凶悪なオオカミの姿を見ていたのである。要するに、人はある程度まともなら金で買収もできるのであって、ミギョンのように幼いころから四次元を行き来している子には無駄遣いになるだけだ。とにかく、にもかかわらず、その翌年だったか、母の誕生日にドクター・カンがやってきて家で一緒に食事をしたのは、僕にとっても大きな衝撃だった。院長を正月一人にさせるのは気の毒だから一緒にご飯でもと思って呼んだ、というのが母の言い分だったが、だったら飯だけ食って帰んなきゃだろ？　僕の言葉に、じゃあお酒も飲んだってこと？とミギョンが訊き返した。ドクター・カンからもらった緑の紙幣は数枚だけど、酒が少しばかり入るからって、僕にどうしろと言うのか？　三人で月を見に裏山に登るのに、自分が先頭を行く、とドクター・カンが、僕が仕方なしに持っていた赤いランタンを奪おうとしたのだから。

「へー、父さんのランタンを？」

ミギョンは目を丸く見開いて、驚いた表情で僕を見つめた。

「で？　で？　兄さんはそれをそのまま渡したの？　そのときあたしは別のことしてて、あの人がランタン取ろうとするの、見てるだけだったの？」

呆気にとられて、僕はミギョンを睨みつけた。

「ホントに何も覚えてないのか？」

「何を？」

「あの日の食事中、お前がわめきながらスプーン投げて一大事だったのを。ドクター・カンに、オオカミって分かってんだから失せろって。お前のせいでドクター・カンは、五穀飯だ何だ、目に入るわ鼻に入るわ、ちっとも食べれなかった。たぶん母さんのことが好きではあったけど、そのときのお前を見て心が萎えたんだろ」

「ハハハ、そうなの。あたし、そんなことしたんだ」

ミギョンが気の抜けたように笑った。

「そうやってあたしが母さんの未来を台無しにしちゃったのか」

それはミギョンがそう思っているだけ、母がミギョンを部屋に連れてなだめているあいだ、僕はドクター・カンと二人で食事を続けていた。ドクター・カンが清酒を一杯どうだと言うのでもらった。僕が一気に空けると、ドクター・カンはいいけるねぇともう一回手を伸ばした。それももらって飲んだ。僕は混乱していた。そのときはじめてドクター・カンの存在を真剣に考えたのである。母には母の人生があると思った。だけどその人生のために自分の人生が変わるのも嫌だった。困惑して座っていると、ドクター・カンが「私は不思議な力を持っている。誰かを嫌いになったら、その人は一生いいことがない。だからなるべく誰も恨まないようにしてるんだよ」と言った。たぶん、だから彼はこれまで一度も恋愛できなかったのだろう。返事は求められていなかったので、僕は大人しく座っていた。「空気を変えようと思ったジョークだったのに、お母さん似であんまり笑わないね」。空気は余計悪化した。間違いない。「いちばん好きなスポーツは？」ドクター・カンが再び訊いてきた。これには答えなきゃならない気がして「バスケです」と言った。するとドクター・カンは「私は壁打ちさ」と言った。それは性行為の特定の体位《立ちバック》を意味する隠語だったので、思わず吹きだしてしまった。僕が笑うとドクター・カンは喜んだ。しかし、お互い誤解していた。ドクター・カンが言う壁打ちは、一人で壁に向かってテニスボールを打つことだった。壁打ちがいちばん好きなドクター・カン、とひとりつぶやけば、今でもどこからともなく悲しみのようなものが込み上げてくる感じ。その日の月見は、母さんとドクター・カンと僕、この三人で行なった。いつものように、昇りかけたばかりの月は巨大なカボチャ飴のように、大きくて丸い薄黄色だった。酒のせいか、その月を見ているといい気分だった。だけど、もしかしたらそれは酒のせいでなく、玄関前で母が出てくるのを待っているあいだ、ドクター・カンに言われた言葉のせいだったかもしれない。酒で顔が赤らんだドクター・カン、壁打ちがいちばん好きなドクター・カンは、僕に「私は君たちのお母さんを愛しているんだけど、お母さんは君たちを愛しているんだそうだ」と言った。かと思うとドクター・カンはつけ加えた。「えてしてそんなものさ」。

現場研修が行なわれた一ヶ月間、二人がどれほど一緒だったか、気象台は二人を巡り、何かと話題に事欠かなかった。だけど、ミギョンの性格を知っているから、誰ひとり、聞こえるところで口をほころばせることはなく、気象台を夜間警備するガードマンが、こんな奥まったとこに座って人を驚かしちゃだめだよ、と辛うじて告げただけだ。ミギョンが勤める気象台は、市内郊外、西海を一望できる丘の頂きにあり、年中海風が絶えなかった。なので、春は雪のように散るサクラ、夏は色とりどりに絶えず咲く花、秋は夕陽のように地面に敷かれた落葉、冬は湿気をたっぷり含んだ綿のような雪片を、逃さず見ることができた。だから、研修を終え、本庁復帰が近づいたある日、セジンが早く初雪を見れたらいいのにと独り言をつぶやいたとき、ミギョンは自分と一緒に見たくて言っていると思ったらしい。

もちろんそれはミギョンが言うところの、数千万回の勘違いのうちの一つだった。セジンの彼女は、別れようと言えない性格のため、しばらく距離を置いて過ごしながら二人の関係を考えてみようと言ったのだろう。それがもう会うまいの意味だとも知らず、セジンは、じゃいつまで考えたらいい？　と訊いたはず、女性は深い意味もなく、来年の初雪が降るまで、と答えたのだろう。どうやったらその女性の気持ちがそんなに分かるのかって？　えてしてそんなものだから。だが、現場研修が終わる少し前、セジンは、別れた彼女がお見合いで知り合った男と婚約し、二人でアメリカに留学するという話を友人づてに聞いた。そう聞かされても、セジンにできることは何一つなかった。できることといえば、港町の丘の上で毎時定刻に空を見上げながら、風向きと強さ、雲の量なんかの観測のみ。

「だけど、こんなのが一体何の役に立つんです？　あと何日かしたらあの子はアメリカに発つのに。僕らは二度と会えないかもしれないのに」

地上気象観測野帳を指さしながらセジンが言った。ミギョンは何も言えなかった。しょんぼりしたセジンを見ていると、勘違いに気づき、ずっとうずいていたことは一つも思い出せなかった。

その日の午後、五時の予報文を作成しようとしたミギョンが叫んだ。

「ほら、見て！　今、雲がこっちにやってきてる。明日何かが降るのは間違いない。雪か雨か当ててみせるからこっち来て。まずは地上の気温から予測するの。過去三年間、この地域の統計気温の分析から、気温が六度以上のとき雪だったケースは〇・〇三パーセント、マイナス二度以下のとき雨だったケースは〇・〇二パーセントだと分かってる。だから、六度以上だったら無条件雨、マイナス二度以下だったら無条件雪って思っていい」

「マイナス二度と摂氏六度のあいだだったら？」

「そりゃ、雪または雨よ。だいたい予報文にはそう書くわ」

ミギョンの言葉にセジンはいくぶん失望した様子。

「結局分からないってことですね。初雪が降るか降らないか」

「分からないなんていつ言った？　地上の気温がそのあいだのときは、九二五ｈＰａの気温を見たらいいの。九二五ｈＰａの気温分析資料を見ると、この地点の気温がマイナス五度以下だったら雪、摂氏四度以上だったら雨」

「やっぱりそのあいだだったら？」

「そのときはまた八五〇ｈＰａの気温を確認。その地点の気温がマイナス十度以下だったら雪、摂氏二度以上だったら雨。こんなふうにずっとやってみるの。七〇〇ｈＰａの気温分析、高層資料、氷結高度、マイナス十度の雲高度とか、雪か雨か判断できるあらゆる統計資料を、一個ずつ全部代入してみるの。そうしたら最後は分かる。雨なのか、雪なのか。その女性に会えるか会えないか。ほら、見て、明日の天気。高気圧の前面に位置した気圧の谷の影響を受ける明日は、最高気温十一度、最低気温六度を予想するから……」

当然雨と書きべきなのに、ミギョンが書いた予報文の予想は初雪。予想気温が高くても低くても初雪。同じ時刻、全国のあらゆる町の予報士が、穏やかな天気で一時雨が降る模様という予報文を作成しているのに、ミギョンだけは初雪。お前らのとこの気象台だけ天気が狂ってるのかと抗議電話が殺到するのは、火を見るよりも明らかなのに、ミギョンだけは無条件初雪。何があっても初雪予想。はじめて気象台で働きだして予報文を作成したときのように、ミギョンの胸は震えた。ミギョンはその予報文をテレビ局と新聞社に送信した。あとのことについてはこれ以上語る必要はあるまい。初雪という予報が出たあと、セジンは彼女に電話をし、ニュースを見たかと訊いた。今日、初雪が降るって言うから会わなきゃならないんじゃないか。その言葉に彼女はもう遅いわと言った。遅いんじゃなくてむしろ例年より二週間も早いんだとセジンは言ったが、彼女は「例年より二週間も早い」の意味を理解できなかった。電話を切ってから、セジンは暖かい秋雨が落ちる街をあてどなく歩き、ミギョンは事務室に座って、世に存在するありとあらゆる愚弄、嘲弄を聞いていた。


前方を僕ら夫婦が、ミギョンの純愛話を聞きながら山道を歩いていると、後ろから子供たちと手をつないできていた母が言った。

「あれこれ考えないで、お前のこと好きだって人がいたらとにかくお前も好きだと言いな。ひとりで年とったら骨の髄まで寂しいわよ、これが」

その言葉に僕らは笑った。

「あーぁ、もうあたしのこと好きって青年は、地球上にひとりもいないから一生寂しそう」

ミギョンはつぶやいた。

「だから母さんも寂しかったたって言いたいの?」

僕が母に訊いた。

「お前たち、あたしが手つないでるの見なさい」

母が孫の手をつかんだ両手をさっと挙げて見せた。

「お前たちも子供のころはこうしてあたしとよく手をつないでたのに。あたしのどこに寂しがる暇があった？　だけどミギョンにはこうやって手をつないでやる子供一人いないから」

「兄さんの話だと、母さんがつっぱねたせいで、あたしだけドクター・カンの呪いを……」

僕はその口をふさいだ。その拍子にランタンの明かりが黒い木々のシルエットの上で好き勝手に舞った。満月を見にいくときはいつも、大して役立たない明かりと思っていたけれど、その夜だけは大助かりだった。頂上まで登っていくと、低い雲が一面に広がるばかり、月明かりなどちっとも見えなかったからだ。朝から曇り、雨になると天気予報が言っていたにもかかわらず、せっかく帰ってきたんだから、月を見ながら願い事に行こう、とミギョンにせがまれ、登ってきた道だった。念じたら厚い雨雲も晴れるんだとか。

「気象台は雨天の日を選んでピクニックに行くって言ってたけど、数年ぶりに母さんの誕生日だからって戻ってくるのも、ちょうど月のない日を選んだんだろ」

母がぶつくさ言った。

「何よ、雪じゃあるまいし」

ミギョンが言った。

「とにかくあの雲の向こうに月があるのは間違いないから、お願いしても大丈夫。みんな、あっち見ながら願い事しなさい」

　すると、ミギョンが母に訊ねた。

「母さんは小正月生まれだから、毎年誕生日に月を見ながらお願いしたんじゃない？」

「だから？」

「願い事はいくつ叶った？　叶った確率はどのくらい？」

　その言葉に母はちょっと考えたかと思うとこう言った。

「さあねぇ、うまくいきそうなことはほったらかしといてもうまくいくし……うまくいきそうにないことはいくらやってもだめだったからねぇ……半々？」

「半々ならすごいわ。あたしは十回に一回あたるかどうかなのに。ホント、呪われてるわ」

「全くだ」

　僕が手のひらを広げた。

「お前の話じゃ、今年はひと際大きな満月が見れるってことだったけど、雪だよ、ほら。さっさと願い事済ませて下りよう」

　ランタンで下り道のほうを照らしながら僕が言った。ランタンの明かりの中へ、小さく白いものが落ちてきていた。それは初雪も初雪、今年になって初めて降った雪だった。

# ジュセントゥティピニを
# 聴いていた
# トンネルの夜

心臓がぽっかり空いた男のように、常緑樹《サンノクス》駅前に立って、黒い夜空を見上げていた記憶。日曜日の午前零時ごろ、家の近くの二十四時間営業の大型ディスカウントモールで上の姉に会うまで、安山《アンサン》について僕が知っているのはそのくらいだった。そこに何とかトンネルがあるかないか、そんなのは考えたことすらなかった。左手にビニール袋を持ち、店の入口に立っていた姉は、僕の車を見つけると、嬉しそうに手を振って素早く助手席に乗り込んだ。自分の車は五階の駐車場に止めておいたと姉は言った。そのときもまだ僕の頭は安山、安山でいっぱいだった。

「母さん、安山に何かゆかり《ヨンゴ》があったっけ？」

カーナビにそのトンネルを入力しながら、あたかも知らないように姉に訊ねた。

「軟膏《ヨンゴ》どころか絆創膏もないわ。あんたも母さんのこと、よく分かってるでしょ？」

シートベルトをしながら、姉が答えた。

「そっちからおっかない話しといて、全くお気楽だねぇ。手に持ってるの、何?」

「ああ、これ?　行きがけ用の缶コーヒーとあめ玉。下りてくる途中に買ったの」

「じゃあそれは?　ウイスキーなんてなんで買ったのさ」

「しらふであの声を聞けってわけ?　ビールはトイレに行きたくなるからウイスキーにしたの」

「トイレに行きたくなるほど飲もうっての?　今から?」

そのときカーナビから、目的地までの距離は六十三・一キロ、所要時間は五十二分という音声が流れてきた。同じ首都圏、三つの高速道路で直結しているのを考えると、思ったより長い時間だった。横を向き、こんなに時間かかるけど絶対行かなきゃダメ?　という目で見つめると、作戦前の軍人さながら、姉の表情はこわばっていた。この人は本当にそこに母さんがいると信じてるんだ、と思った。だが、僕が姉の言うことをちゃんと聞かない末っ子だということ、それが問題なのだろうか?　トンネルまで五十二分だったら、百四分でまたこの店の前に戻ってくるぞ、そう覚悟し、サイドブレーキを下ろしたあと、僕はアクセルを踏んだ。

複雑な道ではなかった。自由路《チャユロ》に入って城山《ソンサン》大橋方面へ行き、インターチェンジに出たら、ルート１００、15、50の順に高速道路を乗り継ぐだけ。ナビに案内されるのが煩わしいほど簡単な経路だった。案の定、外環道路に乗り、金浦《キンポ》料金所を過ぎると、ナビは次の案内まで直進せよと言ったきり沈黙した。音声案内がないと車内は寂寞とした。かといって、二人で話すこともまるでなかった。僕はラジオをつけた。スピーカーからはアイドル歌手が司会を勤める深夜番組が流れてきた。日曜の深夜だからか静まり返っていて、非日常的な雰囲気だ。妙なことに夜の高速は昼間より明るく感じられた。幾重にもくねった街路灯の明かりで、僕らが向かう道の形状が推し量られた。夜の光景は相変わらず新鮮だ。零時すぎ、もぞもぞ這い出てきた霧に覆われて薄ぼらけの半月や、ちらほら窓明かりがついたマンションの肉厚な胴体のようなものたちが。徐々にスピードを出しはじめると、ナビの女性も取締カメラがあるから注意せよというようなことを言いだし、それが合図のように、姉も口を開いた。だが、ほとんどが気乗りのしない話ばかり、トンネルに向かうのと関係したことは何も話さなかった。

「あたしたちがこうして深夜にふたりで車でどっかに出かけるのって初めてじゃない？」

「僕らがまともに生きてきた証拠さ」

「うるさい。めまぐるしく生きてきたから、姉弟《きょうだい》間でさえ、こんなゆとりすら持てなかったんでしょ」

「零時に、生まれて一度しか行ったことない安山なんかに行ってんのに、姉さんの目にはこれがゆとりに見える？」

「一度？　あんた安山に行ったことあるんだ。あたしはテレビで見るまで、どこなのかも知らなかったのに」

「安山市民が聞いたら怒るよ。僕が今年でいくつよ、安山も行ったことなさそう？」

「そこ、暑い？」

「そこ、暑い？」

僕は姉の言葉を繰り返した。

「なんで暑いわけ？　そこもかしこも。韓国の国土がなに、中国ほどとでも思ってる？」

「だから、あたしはどこかも知らなかったって言ったじゃない。で、あんた、なんでそんなとこ行ったの？」

「用事があったから」

「用事？　何の？」

そのとき、ナビから、インターチェンジへ入るから右車線を走行せよという音声が流れてきた。

「着くよ、もうすぐ。あとちょっと先のインターチェンジを過ぎて嶺東《ヨンドン》高速道路へ乗り継いだらそのトンネルだ。耳をおっ立てて、よーく聞くご用意でも」

減速車線へ入ろうと右のサイドミラーを見ると、助手席で姉ががさごそしていた。

「何だってウイスキーをそう流し込むように飲んでんの？」

「震えが止まんないからこれでも飲まなきゃ。ところで、あんた、耳いい？　まだ衰えてないよね？」

いざトンネルが近づくや、姉が慌ただしい声で訊ねた。

「まだ大丈夫だよ」

「ならよかった。あたしが最大限耳を傾けて聞くけど、ひょっとしたら低周波みたいなのが出てるってこともあるわ。だからあんたも絶対聞き逃さないでよ。分かった？」

「諦聾波《テイシュウハ》って、呪いの声ってこと？」

「は？　あんた、わざと言ってんの？　あたしが言ってるのは低周波・高周波ってときの低周波。特に低い音に注意して聞くのよ」

僕はブレーキを踏みながら、減速車線へ進入した。ランプウェイに従って車が大きな半円を描きながら曲がると、地平線まですっかり下りていた月がフロントガラスを横切りながら右へ消え、僕らの前には次の高速道路が広がった。僕はまたアクセルを踏んだ。僕の右足の強弱に合わせてエンジンはうんうんうなりもし、ぶるぶると低くささやきもした。耳を傾けると、そこにあるのはエンジン音だけではなかった。車内には他の音もたくさんあった。風が車内に漏れこむ音やタイヤが道路を転がる音、あるいは車体が震える音のようなものもあった。姉の言うように、そこには僕らがよく聞きとれない低周波や高周波もあったろう。だったらまぁ試しに、そんな気持ちで低い音、より低い音に集中したあと、次に高い音に耳を傾けてみた。結果、僕らがよく聞きとれない音ならよく聞こえなくて当然という、つまり分かりきった結論に達するころ、カーナビの画面に、まもなく目的地、と表示された。

「このトンネルに間違いない？」

ナビを指さしながら僕が訊ねた。姉はうなずくのみ、またウイスキーをあおった。姉は窓を下した。僕も窓を下した。両側の窓を開けたとたん、夜の空気が滑らかな質感で僕の耳をかすめながら、車内に押し寄せてきた。夏だから風は涼しかった。まるで帆船で海の上を疾走している気分だ。トンネルに進入するころ、僕は姉に訊ねた。

「スピードは？　スピード、ちょっと落としたほうがいい？　ねえ？　どうする？」

姉のほうを横目で見ながら訊ねた。

しかし、まもなく車がトンネルに入ると、僕の声はやかましい騒音にすっかりかき消されてしまった。姉の耳には僕の声が届かなかったらしい。

「ねえ？　スピードはどうするの？」

僕が声を張り上げた。すると姉は「静かに！　静かにして！」と言いながら、左手で僕のあごを小突いた。横を見ると、姉は窓の外に半分ほど顔を出したまま、目をつぶり、トンネルから聞こえる音に耳を傾けていた。一つ置きに両側から交差するように点《つ》けてあった二列の照明が、僕らの頭上を過ぎていった。トンネル内は他の車もいたので、複数の車から出るタイヤの摩擦音とエンジン音と風の音が自然と混ざり合い、トンネル内を駆け巡った。通過に要した時間はさほど長くなかった。だいたい二十秒ほどだったろうか？

「聞こえた？　何か聞こえた？」

トンネルを抜けきったあと、僕は姉に訊ねた。

「何か聞こえるような気もしたけど、トンネルがあまりに早く終わっちゃった。あんたは？」

「スピード出しすぎてたかなぁ？」

「あんた、まだ大丈夫なんでしょ？」

「運転に気を取られてうまく聞けなかったんだ」

姉はウイスキーをもう一口飲んだ。

「もう終わったのになんでまだ飲むわけ？」

「緊張が解けたからよ」

するると姉が左手で僕の肩をつかんだ。

「もっかい行かない？」

「また？」

そのときでさえ僕はそれがいかれたまねだと思っていた。でも、トンネルがあまりに早く終わったのが多少心残りでもあった。だからもう一度だけ、今度はゆっくりそのトンネルを過ぎてみようと思った。僕らは三キロほど離れた料金所で高速を下り、Uターンしてもと来た方向へとまた乗った。ここからそのトンネルを過ぎ、さらに六キロ行けば再度Uターンできる料金所があった。その声は江陵《カンヌン》方面へ向かうトンネルでだけ聞こえると言うから、もう一度通るには、そうするしかなかった。時刻は午前一時を回っていた。

そうしてその深夜、姉が用意したウイスキーを飲みきってしまうまで、僕はその道を四往復したのである。

*

安山に行かなきゃなんだけど運転お願い、と姉から電話があったのは三日前のこと。正確に安山のどこへ行きたいのか尋ねると、何とかトンネルと言うから僕は鼻で笑ってしまった。だが、必ず深夜零時過ぎに行かなきゃならないと聞かされたときは、もう笑えなかった。僕は姉が書いているという小説を思い出した。連続殺人鬼の小児精神科医が登場するスリラーものだという話を何年も前から聞いていたが、姉はまだその小説に取りかかっていた。内心、僕は姉が小説を書いているのか疑っていたけれど。とにもかくにも本業だけでは足りないのか、副業で殺人まで、しかも完全犯罪を夢見て緻密な連続殺人を計画しながら生きなければならないその孤独な一中毒者に、死体遺棄の場所が必要なようだと、勝手に想像してしまった。

「出勤の邪魔する気はないから、今度の日曜零時にあんたんちを出ればいいわ」

「零時に姉さんの顔を見る、と？　ホラー映画でも撮るの？　僕は夜寝ずにトンネルみたいなとこ行く人間じゃない！」

「とにかく行ったらあんたも考えが変わるわよ。それに家族同士、何が怖いって言うの？」

「家族同士だから余計怖いんだよ。ひょっとして僕にも何か恨みがあるんじゃない？　例の小児精神科の殺人鬼小説も、どっかの医者が憎くて書きはじめたんだろ？」

「一切恨みがないって言ったら嘘になるけど、憎くてもかわいい弟じゃない。あんたをサイコパスにできる？　よし、正直言うね。実はそのトンネルに母さんがいるのよ」

「何だって？　そんなんだったら、逆に正直に言うなよ！」

「驚くのも無理ないわ。あたしも最初は耳を疑《うたぐ》ったもの。で、どうする？　絶対母さんの歌声なの。間違いなく」

「連続殺人犯の物語を書いてるうちに、とうとういかれちゃったんだ。でしょ？」

僕は本気で訊ねた。すると姉も切なそうに答えた。絶対にいかれてないと。話を聞いたら、僕も納得するはずだと。その話とはこんな感じである。ある日、姉はケーブルチャンネルを適当に替えていると〈ミステリーの世界へ〉という番組を見つけた。素直そうな顔にずうずうしい性格とは裏腹に、子供のころから世のあらゆる怪談、奇談、怖い話と推理モノを制覇した人らしく、こんな番組を見逃すはずがなかった。そこで冷蔵庫からリンゴを一個出してきて、果物ナイフでゆっくり皮を剥きながらテレビを見ていると、死んだ娘が十年ぶりに家へ帰ってきてインターフォンを押したというありきたりな蘇生談に続き、〝トンネルの怪声〟というタイトルのエピソードが始まった。それは江陵《カンヌン》と仁川《インチョン》を行き来しながらイカを配達する、ある中年男性の情報提供を再現したものだった。零時を過ぎたある深夜、彼は江陵方面へトラックを走らせていた。その日に限ってなかなか眠気がとれず、窓を全開にして走っていたのだが、そのトンネルに着くころには、いつの間にか目を閉じてしまっていたという。行ってみたら分かるが、そのトンネルは緩やかな左カーブで、ハンドル操作をせずそのまま走行したら、じきに壁に衝突して横転するはずだった。ところが、ある瞬間、窓の外から「こら、シャキっとせんね!」と叫ぶ声が聞こえてきたという。その声で目を覚ました男性は、トラックがトンネルに入っているのに気づき、急ハンドルを切って事なきをえた。車通りが少なくなる深夜、そのトンネルでおかしな声を聞いたのは、この男性だけではなかった。トンネルでおかしな声が聞こえる理由を求め、周辺地域を探索していた取材班は、トンネルの上の丘が共同墓地だという事実をつきとめた。そのくだりで、共同墓地で幽霊を見たという地域住民の証言もいくつか紹介した。ここから話がありきたりになる感がなくはなく、姉は薄くスライスしたリンゴを一枚ずつ口に入れていると、突然画面に「ところが!!!」という黄色いテロップが出た。「ところが、トンネルでおかしな声を聞いたという人々の証言には、ある共通する点があり……」とナレーターが言った。

「みなある歌声を聞いたというのだ」

姉はささやくように言った。

「そんな声、出さないでよ！　そうじゃなくても鳥肌モノなんだから」

僕が声を上げた。

「あんたを驚かそうとしたんじゃなくて、ナレーションの声をまねただけよ」

姉は地声に直って言った。取材班はその数日後の僕らのように、何度もそのトンネルを通過しながらマイクで声を収録した。録音ファイルを再生してみたところ、風の音以外にも得体の知れない様々な雑音が聞こえたが、歌声はおろか、人の声に似たものすら確認できなかった。それでもう少し正確な分析をするため、ファイルを音響学者に送ったところ……、

「送ったところ？」

僕が訊ねた。

「続きは一緒にそのトンネルに行きながら話してあげる。それはそうと、あんた、小学校の卒業式のとき、母さんに来るなって言ったの、覚えてる？」

姉は急に話題を変えた。

「え？　僕が？　それに母さんは来たよ。記念写真もあるし」

「行くことは行ったのよ。いくら恥ずかしいって言われても、一人息子の卒業式に行かない母親はいないわ」

「卒業式が恥ずかしい？　なんで？」

「なんで？　あんたが母さんにおばあちゃんみたいだから来るなって言ったんじゃない」

「母さんがおばあちゃん？　今の姉さんより若かったはずだけど」

「そうね……だからあんたは絶対に行くの。行ってその歌声を聞かなきゃ」

姉は言った。それが僕が絶対に行かなきゃならない理由になるのか分からないが、姉にどこかに行こうと言われたら、午前零時でも何時でも、共同墓地でも火葬場でも、一度は必ず行ってあげなきゃと思った。それは姉に対してすまない気持ちがまだ残っていたからだ。

二年前、総合病院の小児科で看護師をしていた姉は、かねてからの夢だった小説家になるからと、病院に退職届を出した。旦那もいないくせに、まっとうな職場を辞めて物書きなんて、みなが心配した。僕はと言うと、姉の退職に猛反対、もし病院を辞めると言うなら、姉弟《きょうだい》の縁を切ると断言したほど。周りには、姉は小説を書くため退職すると伝えたが、実際は母のためだと分かっていたからだ。二十年近く、雨の日も雪の日も早番でも遅番でも病院勤めだった姉が、仕事を辞めて家にいながらしたことは、ペンを回したり、キーボードを叩いたりすることではなかった。そのころ、義姉さんが自宅《うち》にやってきて、義母さんを車に乗せて出かけた、という電話を何度か妻からもらったことがあった。が、単なる気晴らしと思っただけで、母と住む家を見てまわっていたとは夢にも思わなかった。後日、二人で見た家のうち、公園を見下ろせて、日当たりのよいマンションを契約したあと、姉は自分がお母さんの世話をすると僕らに言ってきた。僕らはいささか困惑した。

姉さんは、母さんの世話じゃなくて、売れ残る前に相手を探して旦那の世話したほうがよくないかと僕が言ったときも、姉は「あたしは行く先々で、あんたの嫁自慢ばっかりしてるわよ」と的外れなことを言った。姉の言い分がどういう意味か知りたくば、もうちょっと聞かないといけない。続きはというと、普通は病気の姑の介護といえば、独身の小姑に押しつけるものなのに、不平不満ひとつこぼさず母の世話をしているから見上げたものだ、と、でももう仕事も辞めて時間が余っているから、介護は専門家の自分に任せてほしい、ということだった。物腰は柔らかそうでも、姉の言葉にはとげもあり、骨もあった。いくらでも僕は手柄を口にできようが、もともと母の面倒を見ているのは妻なのだから、この問題に口出しするなという意味だ。としたら、僕としてもそれ以上引き留めるすべはなかった。そうして姉は自宅《うち》にいた母を連れ、新しく買ったマンションへ入居した。

　マンションは監獄跡に造られた公園の横だった。日本植民地期から死刑囚の処刑場として悪名高く、僕は内心少しやり切れなかったが、表には出さなかった。母はその見晴らしを大層お気に入りだったからだ。ドアを開けて中に入ると、ベランダ全体から公園の木々が目に入り、まるでソウルでないような気がした。電話で近況報告を聞くたび、母はそのベランダに座っていると世界はとっても素敵で、一日じゅういても時間を忘れると言った。がんの再発前、僕の家にいたときもよくそんなことを口にしていたけれど、その家の風景を思い浮かべると、なんだかより説得力を持って聞こえた。よかった、と僕は思った。だが、母は翌年の三月を前に亡くなった。病状が悪化しホスピス病棟に入るまで、二人がそのマンションで毎晩どんな気持ちで過ごしていたか、想像もつかない。母はよく泣いていたらしい。母の亡きあと、僕は姉に、その家を出てはどうかと強く勧めたが、姉の返事は、小説を書きおえるまで出られない、だった。小説？　中毒小児精神科医が出てくる例の小説だ。四十九日が過ぎたあと、その公園には春が訪れた。こう言っては何だが、春の公園は、世界はとっても素敵だと母が言っていた冬の風景とは比べものにならないほど美しかった。

＊

トンネルを二回目通過するときも、もう一回、とせがみこまれて、三回目通過するときも、相変わらず僕たちの耳には自動車の轟音が響くばかり、人声のようなものは、しかも、母の声のようなものは聞こえなかった。そのころ次第に舌がもつれだしていた姉の説明によると、僕が聞かなければならない低周波（だか高周波だか）は〝ジュセントゥティピニ〟だった。それは取材班からファイルを引き継いだ音響学者が、再生速度を変えたり、逆再生しながら、あるいは何かが聞こえるまであれこれ切り貼りした末、見つけ出した声だった。文字で書けば〝ジュセントゥティピニ〟だが、テレビでは怪物のような声に聞こえたことだろう。ほらよくある、録音テープをゆっくり、または速く回すと、ゆがんで聞こえる声みたいなの。ところが姉は、それが死んだ母の声と言ってきかないのだ。僕は、もう四回目はない、人生で安山のトンネルを一晩に四回も通過することは断じてない、自分に言い聞かせながら、次のインターに向かって車を走らせた。

「ジュセントゥティピニ？　アフリカかどっかの言葉？　どういう意味？　なんだって母さんがそんな歌を歌っているのさ」

僕は姉に訊ねた。

「ほんとにあんたって子は！　アフリカって何よ？　あはは、アフリカ《アプリカ》の青春だ、てか？　アフリカじゃなくてジュセントゥティピニだってば！　ジュ！　セン！　トゥ！　ティ！　ピ！　ニ！」

アルコール中毒者のように安物の国産ウイスキーに酔っ払い、適当なことを、一時期よく出ていたベストセラーの書名―つらい《アプニカ》から青春だ―を利用してくだらないジョークを言っては、ひとりでうけてゲラゲラ笑っていたから、姉が言ったその〝ジュ！　セン！　トゥ！　ティ！　ピ！　ニ！〟が、フランス語の〝Je sais tout est fini〟、すなわち〝何もかも終わったのだと私は分かっている〟という意味だと、どうやったら僕が知りえたろう？

だから僕が、真夜中に安山のトンネルを三回も通るなんて正気の沙汰か、と思ったのも当然と言えば当然だった。既に時刻は夜中の二時近くだったから。車内はもう窓を開けないと、僕までも酔ってしまうほどウイスキーの匂いが充満していたから。僕はそろそろ眠くなりはじめていたから。にもかかわらず、アルコールが入ったせいか、さもなくば暗がりで連続殺人物語に考えを巡らせ、昼夜逆転しているせいか、姉は生き生きしていた。その生き生きした顔で、けれど舌のもつれた声で、姉は叫んだ。

「こう見えてもあたしはアジアの青春よ、こら！　聞け！　聞いたらあたしがなぜこんなことしてるのか、あんたもあたしの気持ちが分かるわよ」

「あぁ、かもね、心置きなく話しなよ。その代わり、もうトンネルには行かない。もう帰る」

再び高速道路へ進入しながら僕が言った。そのときはまだ、二度と深夜に安山のトンネルを通ることはあるまいと思っていた。だけど、誰が未来を断言できよう。僕でさえその日もう一度、つまり四回目、そのトンネルを通ったというのに。すぐ目の前のことを予測できないという点において、いくら年をとっても、僕らは青春のはずだ。アフリカの青春であれ、アジアの青春であれ。

今残されたのは、光速に近いスピードで出発地の大型ディスカウントモールに戻ることだと思ってハンドルを握ったのに、姉が毎朝写真を撮っていた話を切り出した。その話は母が姉の家に持ち運んだ服から始まった。姉に全部おさがりするつもりか、母は何着もあった服をみんなまとめて家を出た、とは妻から聞いて知っていた。が、姉曰くそうじゃないらしい。

「いや、あたしにおさがりしようとしたんじゃなくて、単にもったいなくて背負ってきたのよ。結婚前に着てた服もあったから。あんたも分かってるでしょ、母さんの性格。片づけてももったいなくて何一つ捨てられやしない。で、その服を一つ残らず持ってきたの。あきれたわ。あとどんだけ生きるつもり？　その服を一つ残らず、よ。そうして自分が着れなきゃ、あたしに着ろってことだったんだけど、わたしはいい、って言った。この機会に着ない服はきれいさっぱり処分しようってきつく言ったわ。そしたら涙がぽとり。亡くなる前の母さんはほら、爪の先がかすっただけで涙、だったから。もう無理。あたしもおかしかった。そのときはその服、背負ってきたのを、なんであんなに見たくなかったのかしら？　だから涙する母さんを見ながら、その服は処分って言いつづけた。そしたら、このままじゃ捨てられない、もったいなくてほとんど着てない服もある、一回ずつ着てから捨てる、って言うの。だから、そうして、って言った。誰が止められる？」

　姉の話は一旦途絶えた。僕は前を直視した。二つのヘッドライトが一つの光となり、がらがらの高速道路を照らしていた。また何かがさつく音がすると思ったら、姉がウイスキーを飲んでいた。僕も飲みたくてたまらなかった。嫌味たらしく、もう飲むなよと言ったが、馬の耳に念仏だった。とにかく話を続けると、そうやって母はそれまで着ていなかった服を選んで一着ずつ着たのだ。もともと肉づきのよかった母は、病気になって以来、食事がままならず、身体がやせた、というよりは、縮んでいた。そして一度縮んだ身体は二度と膨らまなかった。だから服が体に合うと、二人で大喜びしたそうだ。捨てると思うと切なすぎたのか、母は一度着た服をなかなか脱ごうとせず、それを見て姉はよいことを思いついた。毎日、昔の服姿の母を写真に残したらどうだろう？　四十路を過ぎるころから行動力が人一倍ついた姉は、その足ですぐ南大門《ナムデムン》市場に行き、キャノンのデジタル一眼レフカメラを買ってきた。冬なので外に母をつれだす気は毛頭なく、春になれば野外撮影もするとして、とりあえずは公園が見えるベランダで撮ることにしたらしい。姉は三脚の上にカメラを取りつけ、毎日同じ場所で母を撮った。液晶モニターに写った母は、着る服によって三十代になったり、五十代になったり、また四十代になったりした。母にとっては当たり前のことだけど、姉にもその一つ一つの服に思い出はあった。だから母がその日どの服を着るかによって、姉も中学生だったり、地方総合病院で実習中の看護大生だったり、女子高生だったり……とにかく二人はその冬のあいだじゅう、これまでの人生を縦横無尽に駆け巡った。

「そんなある日、母さんは全くの新品みたいな赤いスカートを出して穿いたの。あんた、そのスカート覚えてる？　あんたの小学校の卒業式でたった一度だけ穿いたやつ。ふふっ」

おぼろげながらではなく、はっきりと覚えている。母は僕の卒業式の日、ショートスカートを穿いてきた。そんなに暖かくもない日だったと思うが。卒業式のとき撮った写真がまだ残っているので、僕はその日のことを比較的詳細に覚えている。記憶の中の僕はおかっぱ頭。前腕に赤と白の腕章をしているみたいに、赤白模様が派手な群青色のパーカーを着て、姉たちが持ってきた花束をかかえたまま、校庭に立っている。母は毛皮のコートにその赤いスカートを穿いており、父はバーバリーコート姿だった。その日、父は母に不満たらたらだった。父の不満については、目下ウイスキーをほぼ飲みつくした未来のミステリー作家が、舌のもつれた声で証言するところだ。

「寒いのに白い大根足を出してまわっとる、って父さんがどんなに罵倒《けな》したかしら。あんたが覚えてる例の写真を撮ったあともずっと、スナックの女じゃあるまいし、そんなスカート穿いてまわってるって。そうぶつくさ言うのって、父さんに瓜二つなあんたのほうがよく分かると思うけど。とにかく、だからあの写真を見たら、父さんは完全にしかめっ面。あんたは何が何だか分からず立ってるし。でさ、母さんの表情、よーく見たことある？母さんの顔だけ明るいの。あんな罵倒されてたのに。そのスカートを穿いてると、そのときの表情になったの。自分が老けて見えるから一人息子が恥ずかしがるのかと思って買った服なのに、だけど服は羽〔訳注：よい服を着るとどんな人でも外見がよく見える、という意味の諺〕って言葉の通りか、そのスカートを穿いてると、気分よかった。空を飛びまわってる気分だったってね。そうしたらあの歌を思い出すって。結婚前、近所のお姉さんが歌ってた曲、サントゥアマミ。もとはウンヒがリメイクしてたけど、その姉さんはフランス語で歌ってた。それがかっこよかった。歌ってるとき、まるで空を自由に飛びまわってるようだったって」

そのあと、姉はまだ何か言おうとして言えず、また言おうとして言えず、そうして結局一音節も吐き出せぬまま、ダッシュボードに突っ伏して、子供のようにエンエン泣いてしまった。その日、車通りがほとんどない日曜深夜の高速道路で、姉がついぞ僕に聞かせられなかった母の言葉はこうだった。人生をやり直せるなら、自分もあの姉さんみたいに、まるで空を自由に飛びまわるように、フランス語で歌って、大学で勉強もし、何回か恋愛もして、遠い外国も思いきり旅行したいという言葉。その言葉。

*

夜だった。月ももう沈んでしまった、とても深い夜だった。ひとしきり泣いた姉は、死ぬ前、母はアダモの原曲を繰り返し聞きながら、ハングルでその歌詞を書きとっていたと言った。ジュセントゥティピニ、ジュイペリタクピアンサン、ムィオムマジュトゥパリ、ドマカルデマシャンソン……紙を見るとそんな変な言葉が書かれてあった。それがこんな意味だと母は知らないでいた。いや、そんなふうに歌ってはフランス人でも分かるまい。〝何もかも終わったのだと私は分かっている。愛は去っていったから。もう一度だけ二人で愛することはできないか〟。姉は、この世で、いや、あの世までも含め、全宇宙をひっくるめ、その歌をテレビに出てきたように、そんなふうに歌うのは母だけだと言った。姉が幻聴を聞いたり、曖昧な声を自分に都合よく〝ジュセントゥティピニ〟と聞いた可能性は依然として高かった。一方で、本当にテレビに〝ジュセントゥティピニ〟という歌詞が出たのなら、母の声しかありえない、という言葉にも一理はあった。僕は一理あるからと全部信じる人ではない。けれど、そこは前後を行きかう車のほとんどない外環道路だったから、こうして深夜に姉と僕がどこかを走るのはこれが初めてだったから、そして僕は一度も母の歌うシャンソンを聞いたことがなかったから、最後にその言葉をもう一度信じてみてはどうだろうという気になった。僕は姉にもう一回行ってみようと言ってから、次のインターで下りた。

再び安山のそのトンネルに着くまでに、姉はこんなことを聞かせてくれた。葬儀を済ませたあと、いろんな服を着てそれまでに撮った母の写真を一枚ずつ見ていると、姉はその写真を撮っているあいだ、二人は人生をやり直していたはずだということに気づいたという。服を出して着るたび、母はその服にまつわる話を聞かせてくれ、姉も自分の覚えているそのころの母について話したらしい。一つ屋根の下、同じ釜の飯を食べて暮らしてきたが、その間、互いに眺めるものも考えることも変わって、家族でも結局は他人だと思ったらしい。だからか、母の記憶と姉の記憶は少しずつ違っていたという。母と姉の記憶はたぶん僕のとも随分違っているだろう。けれど、それでも姉は、二人の人生が重なり合っているのに気づかされたらしい。だから母が人生をやり直せるなら、それは自分ももう一度やり直すことになる。言い換えると、自分が人生をやり直せるなら、母も人生をやり直せる。自分たちはそうやって繋がっているのだと。

「そうやって写真を一枚一枚見てると、母さんの遠く後ろの公園に、何かできているのが目についてね。あたしたちがその家に入居した十月末から、母さんがホスピス病棟へ入る二月初めまで、写真の中でそれはずっと建てられつづけてたの。翌朝からその建物を注意深く見守った。そしたらただ見守るんじゃなくて、完成するまで写真に収めたらどうだろうって気になって。なんでそんなこと思ったのか自分でも分かんない。なんとなく毎朝母さんの後ろで高くなってく建物が、母さんのいなくなった今もたくましく造られつづけるのに慰められたんだと思う。そうして建物の完成まで母さんが座ってたベランダを撮ったの」

五月の初め、完成後はじめて、姉はその建物が図書館だったのを、また、一人の事業家が、アメリカ入学中に不慮の事故で亡くなった次女のためにこれを建立したのを知った。図書館オープンの日、やってきたその事業家に姉は会い、アルバムをプレゼントした。アルバムにはこれまで姉が毎朝撮った写真が日付順に入っていた。そのアルバムの中で母は晩秋から徐々に死につつあり、そんな母の背後で建物はだんだん高くなっていき、ある瞬間から母はいなくなってその建物だけ残り、次第に今の姿になっていったのだそうだ。

　姉の話が終わらないうち、僕らはまた例のトンネルに到着した。僕はアクセルを踏んでいた右足の力を抜いた。エンジン音がか弱くなりながら、車は滑るようにトンネルへ入っていった。これで四回目の安山のトンネル、なぜだか今はよく知っている場所にやってきたように心安らいだ。頭上をトンネルの明かりが一つ二つと過ぎ去った。今度は真剣に声に耳を傾けてみよう、そう思ったが、しきりに母の顔が浮かんだ。僕が小学校を卒業した日の母の顔、僕が、おばあちゃんみたいだから来ないでと言っていたころ、つまり僕の知る限り、母がいちばん若々しかったころの顔。これまで三回と同様、何の歌声も聞こえぬまま、今回もトンネルを抜けるのかと思った。とそのとき、僕の耳にあの歌声が聞こえた。はっきりと聞こえた。〝ジュセントゥティピニ〟、そして〝ジュィペリタクピアンサン〟。母の声に違いなかった。気づかぬうちに鳥肌が立っていた。僕は横に座った姉を見た。姉は目を閉じていた。そうやって目を閉じて、何をしているのかと思ったら、歌っていた。ムィオムマジュトゥパリ、ドマカルデマシャンソン。フランス人が聞いても何と言っているのか全然見当もつくまいが、今、僕ははっきりとその意味が分かる、つまり〝何もかも終わったのだと私は分かっている、愛は去っていったから。もう一度だけ二人で愛することはできないか〟という内容の歌を。トンネルを抜け、僕もジュセントゥティピニ、だけど全てがそこで終わらないこともあると分かっている、と思った。いや、歌った。

青色で
僕らが
書けるモノ

二〇〇九年の春といえば、真っ先にセブランス病院のがんセンター地下一階抗がん薬物投与室、各病床に濃い茶色の遮光袋をかぶせた抗がん剤が吊るされた光景が思い浮かぶ。三十代の幕が下りようとしていたそのころ、僕はダンテが『地獄篇』の冒頭で「人生の道半ばで、正道を踏みはずした私が、目をさました時は暗い森の中にいた」と詠うときの、その暗い森の中をさまよっていた。「その苛烈《かれつ》で荒涼とした峻厳《しゅんげん》な森がいかなるものであったか、口にするのも辛い」。地獄へ入ってゆきながら、ダンテはそう嘆いているのに、がんセンター地下一階抗がん薬物投与室の、11や15といったアクリルプレートのついたベッドに座っていようとすると、その言葉にどんなに共感できたか。ダンテのおかげで僕はそんな言葉を吐き出さずに済んだ。僕より八百年も前を生きたダンテの嘆きは、僕が経験しているこの苦しみが、ともすれば全人類の人生において永遠に繰り返される苦しみでもあると証明していたからだ。だが、そのがんセンターの建物を出てちょっと歩いただけで、歩行者信号を待つ延世大《ヨンセ》の学生でごった返す横断歩道に出たし、そこに立っていると、健康で若い彼らにとっての苦しみは、別世界のもののように感じられたけれど。僕は彼らと同様若くて健康だったが、ここ数年のある瞬間、引き返せない河を渡った。その際、僕は苦しみの面においては八百年前の古人と同等になった。いわば、僕はダンテになったのだ。そのため、僕が経験している個人的な苦しみがどんなものなのか、具体的に明かすのは繰り返しになるだけだろう。抗がん薬物投与室の各自のベッドで座ったり寝そべったりしているあらゆるがん患者の苦しみがそうあるように、僕の苦しみも個人的かつ具体的だったが、またそれゆえ、世間一般的にごくありふれた苦しみだった。「笑っていても涙が出る」というヒットソングの歌詞を聞くたび僕は鼻で笑ったものだが、今やその通俗的な矛盾の世界から、たった一歩も脱け出せない境遇に陥ったのである。そうして二〇〇九年四月、その老人に話しかけられるまで、僕はセブランス病院がんセンターの地下一階にある蔭ったベッドに座り、「僕はダンテだ、僕はダンテだ」とつぶやいていたのだ。

彼は点滴針の刺さった左手でガートル台を押しながら、僕のほうへ近づいてきた。がん患者らは大抵付添人とともに病院に来て、三、四時間、抗がん剤を投与され、また家に戻った。長期間共同生活している入院患者ではないので、互いに親交を深めるひまも、理由もないだけでなく、そうするほど楽しい場所でもないから、みなベッドのあいだにカーテンをひく。よしんば会話を交わしても、上述の通り、世にありふれたその苦しみは、いざ当事者にとっては極めて個人的かつ具体的で、三期と末期の話は通じなかった。なので彼が近づいてきたとき、僕はいささか困惑した。彼は顔が小じわだらけな老人で、赤いチェック柄の開襟シャツを着ていた。ぱっと見にも年老いて見えたが、あとで聞いたら八十三歳とのこと。身長は一六五センチくらい、頭は半分禿げていて、痩身だからか、顔がとても大きく見えた。ちょっと話相手になってもらってよろしいかと訊かれ、うっかり、ええ、と答えてしまった。すると彼はすぐさま「I was born in North Korea」と言ったかと思うと、素早く「私は北の生まれです」とつけ加えた。「北朝鮮にいるときは金日成大学に通っていたと思いますが、戦後、南へ来てからソウル大学に入りました」と立て続けに言った。唐突な彼の言葉に僕がたじろぐのを見ると、老人は「私は人とふれあうのが好きなのです。あなたとは話が合いそうな気がして話しかけとるんです」と言いながら「どんなお仕事をしておるのですか？」と訊いてきた。僕はためらいがちに、小説を書いていると答えた。するると神妙な面持ちになってまた彼は「My name is Daewon Jungです、ご存知です？　チョン・デウォン」と続けた。「I had been in the States for twenty-eight years, and I am eighty-three years old. 私は二十八年間アメリカで暮らし、今年八十三歳です。あなたのお名前は？ What's your name?」と彼から訊かれ、僕は自分の名前を告げた。「OK, Mr. Kim. How old are you?」、彼はまたも訊いてきた。三十九だと答えると彼は、だったら小説家として絶頂期のはずだと言った。彼の言う通りなら、小説家としての僕は春の日の午後、がんセンターの地下一階で左腕の静脈に抗がん剤を投与しながら絶頂期を迎えていたことになる。

「小説家とは実に興味深い」と言ったかと思うと、彼はポケットから財布を取り出した。

「少々私の話し相手をするお時間はございますかな？」と財布を手にしたまま、彼が訊ねた。そのころ、僕は文章を書くのはおろか本を読む気も起こらず、小説家としては廃業状態だったし、したがって金日成大学に入学しソウル大学を卒業した老人が小説家に聞かせたい人生談に全く興味を惹かれなかった。なので、申し訳ないがひとりでいたい、と丁重に断ろうとしたのに、僕の返事も聞かずに老人は、十分前まで妻が座っていた付添用の椅子に陣取った。そして彼はアメリカへ発つ前、今は中央《チュンアン》大学になった徐羅伐《ソラボル》芸術大学で講義したことがあると言った。「学期はじめの初回の時間は決まって、クラス一のお調子者と思しき男子学生を当て、〝君の足が何と言っているか述べなさい〟と質問を投げかけたものです。すると〝揚げ足をとりました〟のように機転をきかせて答えるやつもいましたが、大抵こりゃいったいどういうことだと躊躇《ためら》います。そうしたら私はその学生の履物や靴下をぜんぶ脱がせて、目を閉じさせるのです。私は人質犯、君と私のあいだは一本橋だけ。私たちは今百階建てのビルの屋上に立っている。強風が吹いているが手すりのようなものはない。ちょっとでも足を踏み外したら君は死ぬ。ところが私が君にその一本橋を渡ってこなければ捕虜《りょ》の人質を殺すと言うから君は迷っている。だったら、誰を人質にとられていると、君は命を顧みずその橋を渡ってくるだろう？　それから一例ずつ挙げます。クラスの友人？　みんなノーと言います。恋人？　半々くらいです。兄弟や姉妹？　今度は少し多くなります。両親？　もっと増えます。目を閉じた学生がうなずけば、一本橋の上を歩いてきなさいと言って、また質問を投げかけるのです。今、君の足が何と言っているか述べなさい。すると学生たちは、頑張れ、まだ間に合うから戻ってこい、足がしびれる、あの人はそんなにお前のことを愛していない、などなど。私が聞いた答えの中で一番もっともらしいのは泣き声でした。その学生は泣いたのです。なぜならその学生の足は彼女に、命をかけるほどの人は一人もいないと言ったからです。生を理解する場合も同じです。目、耳、鼻、口だけでは足りません。全身を使わなければならないのです。ときには足が状況をもっと上手く説明してくれることもあります」

彼の話を聞きながら僕はなんだかその老人の名前に聞き覚えがあると思った。だが、がん病棟に座り、全然がん患者らしくない情熱的な態度で、どこか演劇部の新入生へ訓戒を垂れるようなのが癪《しゃく》に障り、どこでその名を聞いたのか、思い出してみる気にすらならなかった。遅い昼食を取りにいった妻が早く戻ってこの状況が終わるのをひたすら待っていると、彼は手にしていた財布から一枚の写真を取り出した。「ときとして足の裏が生についてより多くを語ってくれるという理由《わけ》はこの写真にあります。私が常時持ち歩いている写真です。アメリカでもいつも持ち歩いていました。まぁご覧なさい」と言いながら、彼は写真を僕に渡した。「私が三十五のときの写真です。そのころ私は、人生は霧雨のようなものだと思っていました」と、彼は写真をのぞき込む僕に言った。「人生を真正面から見るには闇を背景にしなければなりません。降っているかどうかのような雨脚でも、あんなに多くの雲が空を覆っている理由はそこにあります。世界を暗くしなければ、霧雨は見えませんからな。右手後方に見える階段を上ると〝ジョン歯科〟ですが、私はちょうどそこから出てきたところなのです。これまで数え切れぬほど見ましたから、目を閉じていてもその写真の中で自分がどんな格好をしておるのか分かります。田舎者っぽい縦じまスーツは、その前年、ある授賞式に参加するためあつらえたものです。きれいにたたんだハンカチまで胸ポケットに刺してあるのでまたとない紳士姿でしょう。口は事が事だけに開いておりますが、笑ってるんじゃありません。左の手のひらに何かを載せて、どうだというふうに出しとるのが見えますかな？　それが二十四番の奥歯です。なぜ左手かといえば、右手はスーツのポケットにある万能ナイフをいじくっていたからです」と彼は言った。

「写真を撮ってくれたのはその歯科に勤める看護師でした。二十四番の奥歯を抜いたあと、その女性に写真を撮ってくれと頼んだのです。写真に写る私の目玉を大きく拡大したら、看護師の姿が見えるかもしれませんな。女性の痕跡が残っているのはそこだけですから。私はほどなくその女性のことを忘れてしまいました。三ヶ月ほど昼夜肌を重ねていたのに、です。ただ女性だったとだけ覚えとります。ずっと民画ばかり描いてきた絵描きが常套的に思い浮かべる虎のように、身体の中で女性であるのを示す胸と尻のみ大袈裟なサイズで思い出すだけ、顔も、名前も、出身地も、言葉遣いも、何も思い出せません。看護師が写真を撮った瞬間、自分の中から魂が永久に脱けてしまったのに気づかされました。だから私は、シャッター音と同時に、ナイフを持った右手で自分の首を刺したのです。その看護師は肝っ玉が太かったので、カメラを放り出して悲鳴を上げる代わりに血を吹く私の姿を撮っていたら、特ダネだったはずです。そしたら少なくともカメラは壊れなかったでしょう。壊れたカメラに残ったフィルムを現像する気になったのは、それから二年後のことでした。二年間、ほんの少しずつ光がしみ込んだのか、こんなに暗い写真ができあがりました。はじめはこうじゃなかったはずです。ひょっとして、私に人生の真実は霧雨同様、闇に照らさないと見えないと教えるため、こんな写真になったのかもしれませんな」。ここまで聞いてやっと僕はその人、チョン・デウォンが何者か思い出した。

　僕の仕事場の本棚には、一九七二年十月二日に三星《サムスン》出版社から出た全百巻の韓国文学全集が、数冊の欠巻を除いて並んでいるが、その中に鄭《チョン》大源《デウォン》の『二十四番の奥歯に残った愛』もあった。定価二百四十ウォンの、この縦書きの文庫本を開くと、次のような文章が現れた。「全《ジョン》歯科で二十四番の奥歯を抜きながら私が気づいたのは、苦しみは単数形ということだった。複数の苦しみを同時に感じるケースはほぼ皆無。つまり、全歯科のドアを押して入ったとき、私にはたった一つの苦しみだけだった。私が診察椅子に仰向けになり、到底痛みに耐えられないからひとつ歯を抜いてほしいと言うと、医者は驚きながら尋ねた。今、苦痛に耐えられないので何でもいいから歯を抜いてくれとおっしゃるのですかな？　私はありったけの力を込めて医者を切に見上げた。既に私は痛んでいたから。これ以上我慢できないほど全身が痛かったから。慈悲を訴える眼差しを懸命に作りながらうなずいてみせた。こんなのはこれで二度目だ。医者は言った。私は辛うじて口を動かし、一人目はどんな人だったのか尋ねた。まだ私が歯科大に入る前、なので戦時中。ペンチを握って寄こしながら、死ぬほど痛いから早く抜いてほしいと言われたよ。そのとき私は知った、苦しみは一番強いやつが独占するのだと。二人目以降の苦しみはないも同然。その人はどうだったか知らないが、私は歯を抜きおわると、声を出して泣いた。健康な歯を抜いたのにちっとも痛くない。何もかも捧げて愛した女が去ったあと残された苦しみがそれほど大きかったからだ。だとしたら、歯科の階段を下りきった私がいよいよ自分で自分の首を刺すことになったのは、当然の帰結だった」。僕がその小説の出だしを覚えているのを知った彼は、僕が小説を書いていると答えたとき同様、呆然と神妙な顔をした。「いまだにあの小説がどなたかの本棚に並んどるとは思いませんでしたな」と彼は言った。そしてわずかに沈黙が流れたあと、「あの小説のせいで最終的に私は絶筆になったんです」と言った。

ここまで話したとき、昼飯を取りにいっていた妻が、僕のために買った海苔巻き《キムパプ》を提げて病室に戻ってきた。見知らぬ老人と気兼ねなく会話する僕の姿から、彼女は肯定的な兆しを見出した様子だったが、僕は妻が戻ったのを老人に知らせ、少々冷淡な態度で写真を返すことでその期待を裏切った。老人は名残惜しいとか残念といった表情も見せずに立ちあがると、もとからそうしていたかのように、黙って自分のベッドへ戻り、付添用の椅子に座った。まるで自分に付添いがいないのを見せつけているかのようだった。抗がん剤の投与を終え、自宅へ戻ったあと、僕はベッドに寝転がり、日がすっかり暮れてから、本棚を隅々まで探し『二十四番の奥歯に残った愛』を取り出した。小説の主人公の男は健康な歯を抜くことになった経緯を次のように説明していた。「その年の夏至から処暑にかけて、私は一日たりとも思うように眠れなかった。眠りにつけなくなったとたん、身体の感覚がおかしくなった。ひとたび感覚がこじれだすと、この上なく怪奇な現実が目の前に広がった。例えば、私は日中も死んだ人を見てまわった。いわば偶然に二重露出したフィルム映像のように、二つの世界が重なっていた。翌日は三つ、四つの世界が連続して重なった。そのようにして現実は、客観的に存在する単層的な時空間から主観的に変化する多層的な時空間へ変わっていった。妙なのはそうやって死者と話しながら街を歩きまわるあいだ、私の苦しみは洗いざらい消えていたことだった」。だが、苦しみから逃れているといって、平和な世界に留まっていることを意味しないとやがて彼は気づく。ある日、彼は「痩せた小さな若杉が丁寧に植樹された公園の道」に寝そべり、横を通り過ぎる「いたって仲睦まじそうな一家、つまり若い夫婦と小さな娘」を眺めていると、浮浪者姿の彼を見て恐れる若い夫人に夫が「あの人は無関係。普通にいないと思えばいい」と話すのを聞き、大きなショックを受ける。自分はその仲良し家族が生きる世界から消されていたのだ。ここにきて彼は世界にこれほど多くの苦しみが必要なわけを直ちに理解する。それは苦しみを感じるときにだけ、人間は存在理由を見出させるからだ。彼は「この現実は苦しみから作られている」と結論づける。

ひと月後、僕はチョン・デウォン氏から送られてきた小包をひとつ受け取った。黄ばんだ封筒を開けてみると、中には二百字詰め原稿用紙に黒のボールペンで清書した原稿が入っていた。手書き原稿を僕に送った理由は同封の手紙に書かれてあった。手紙で彼は、四月の初め、セブランス病院の抗がん薬物投与室で僕らが偶然に出会ったあと、わざわざ時間を作って教保《キョボ》文庫を訪ね、僕の小説を全部買って読んだこと、果たして、僕が単に原稿用紙のマス目埋めにあくせくする浅学非才でないのを確認したとまず明かし、前回聞かせられなかった話の残りを原稿にしたからよかったら読んでみなさいと書いていた。ともかく一時期嘱《しょく》望されていた先輩小説家にそんな言葉をかけられて悪い気はしなかったが、先述したように、当時は本を読むのも文章を書くのもままならない日々だったので、原稿の束は仕事場の机の片隅に置いたまま忘れてしまっていた。そうしてついに僕がそれを読むことになったのは、二〇〇九年五月二十三日の土曜日だった。その日はとてものどかで気温も高かった。どうして僕が今だにその日の天気をはっきり覚えているかは、特に説明せずともみなさんお分かりだろう。その日の朝九時ごろ、あなたがたはみなどこで何をしていたか知らないが、僕はハンギョレ新聞を読んでいた。週末は新刊情報や書評などが載るので、僕にとって土曜の朝は、新聞を隅々まで読むのが習慣になっていた。食卓に新聞を広げ、一つひとつ記事を読んでいると、ブックセクションの片隅に毎週載っている文学評論家のコラムが目に飛び込んできた。それはある忘れられた小説家の訃報が遅ればせながら文壇に伝わったのを機に、四・一九世代が新たな感受性の革命を率いて登場したため、韓国文学史上、不意に失われた世代となってしまった一九五〇年代作家を回顧する文章だった。みなさんはもうお気づきだろうが、そのコラムに登場する、〝人間への幻滅と人間自体に対する冷笑を現代的な筆致で形象化し〟た〝戦後の問題作家〟こそ、チョン・デウォン氏だったのである。年齢《とし》もとり、病を抱えているのも確認していたから、そう死ぬこともありうるのは充分想定内だったが、その訃報は僕を少なからず困惑させた。死ぬ前、彼が送ってくれた原稿はいわば遺稿だったのだ。突然の訃報に触発されて乱れた心は、折しもかかってきた地元友だちからの電話によっていっそう混乱させられた。友人は僕が電話に出るやいなや「大変だ。あの人が死んだ！　あの人が死んだぞ！」と言った。そのときの僕はまだ、チョン・デウォン氏が死の直前に原稿を送ってきた理由を考えていたところで、友人が彼を知っていると勘違いし、「お前も新聞見たのか？　チョン・デウォンが死んだのをなんでお前が知ってんだ？」と訊いた。すると友人は「何のこと？　チョン・デウォンって誰だよ。テレビつけてみろ。盧武鉉《ノムヒョン》大統領が死んだんだ」と言った。だが、友人のその言葉もよく理解できなかった。電話を切り、テレビのニュース速報を見てやっと、僕は友人の言っていた意味を理解することができた。

その日、仕事場へ行った僕は、机の上に置きっぱなしだったチョン・デウォン氏の原稿を読んだ。「健康な歯を抜いても苦しみが足りず、首を刺したあとに」で彼の原稿は始まっていた。「病院で目を覚ますと、私服姿の看護師が濡れた瞳でじっと私を見下ろしていた。看護師は私に〝よかった。もう大丈夫よ。心配しないで〟と言った。高音部分がわずかにかすれた感じのその声は、昨日聞いたかのように鮮明としている。私は女性がなぜ私のために涙したのかいぶかしがったが、理由を執拗に訊ねることはなかった。彼女はじんとするほど強く私の手を握りしめた。私も何かしゃべりかけようとしたが、うなり声が出るだけ、頭の中の言葉は言葉となって出てこなかった。病院から出たあと、彼女の部屋で三ヶ月余り療養しながら、私は少しずつ失恋の苦しみから脱することができた。歯科にやってきた瞬間から自分は私が小説家だと気づいていたし、失恋の苦しみにのたうちまわる姿が気の毒だったから、と彼女は説明したが、今でも私は、なぜ彼女が私を自分の部屋に上げたのか、その理由をよく理解できない。とにかくその三ヶ月間、私は彼女になぜもっと多くの苦しみを探してばかりいたのか詳細を打ち明けたが、それは彼女からの要求でもあった。病院から帰ってきた彼女のふくらはぎを両手でさすりながら、話を聞かせてあげるとき、彼女は疲れたと言いつつも、うなずきながら私の言葉に耳を傾けた。同意を示すときいつも彼女が出していた〃うん、うん、うん〃という鼻声がどんなに魅力的だったか……。ある日恐らく彼女が原稿用紙の束と一ダースのボールペンを買ってこなかったら、私たちは今ごろ夫婦として暮らしていたかもしれない。彼女は自分に聞かせたことを小説にするよう言った。そのときの私は彼女に頼りきりだったので、その言葉に逆らえなかった。以来、西の窓際に置かれた看護師の机に座り、ひもすがら頭の中の文章を書き留めはじめた」と続いていた。最初その原稿は、彼がアメリカへ発つ前、最後に書いた『二十四番の奥歯に残った愛』の執筆と、あとに続く絶筆の経緯を記した作家ノートかと思われた。

特に黒のボールペンで書いた文章と赤のボールペンで書いた文章の違いについて語るときは。

「パソコンで文章を書くのはばかげたまねだと私は思う」と彼は続けた。「私が若い作家ならば絶対にパソコンで書きはしまい。なぜならパソコンは作家から草稿を奪い取ってしまうからだ。作家の仕事とは、校正していない草稿を机に置き〝本当にこれでいいか？〟と問いかけるときがスタートなのに。そのときの私が黒のボールペンで大学ノートに何か殴り書いていたとすれば、それは作家の仕事だったというより、彼女のためやむなくするはめになった行為だった。ところがおかしなのが物書きだ。彼女に聞かせてあげた話をノートに書きおえてみると〝本当にこれでいいか？〟という疑念がわいた。私は書いた文章を読み返しながら、手直しせんと、一ダースのボールペンの中から赤のボールペンを手にした。するとあらゆる文章がぼやけだした。私は自分が何を書けずにいるのか分かっていた。例えば、愛した女の、耳にかかる髪からただよっていた香りや、手のひらをぴったり密着させないと感じられない腰と尻のあいだのくびれのようなものを、黒のボールペンは描写できずにいた。そのときはじめて私は、ボールペンを握ったとたんに頭からスラスラ流れ出る黒の文章ではなく、書けずにいる赤の文章を書かなければならないと気がついた。ならば全身に残る五感の経験を文章化すべきはずなのに、それはたやすく表現できなかった。どんなにうまく書いた文章も、実体験に比べれば、陳腐極まりなかった。作家の苦しみはこの両者の隔たりに始まる。赤のボールペンを手に苦しんでいた私は、それが人間の根源的な苦しみとさほど変わりないことに気がついた。自分の経験の主《ぬし》になれないから人間は苦しいのだ。一人の女性と別れたあとの私は、彼女を愛していたころの自分に戻れないため苦しんでいた。赤のボールペンを手に、自分が書けずにいるものを書くため、全精力を傾ける作家のように。ゆえにどうしたら作家は救われるか？　赤のボールペンで黒の文章を手直ししたらだ。私の最後の作品となってしまった『二十四番の奥歯に残った愛』は、そんな赤の文章で書かれた小説である」。

もう語るべきことは語りつくしたかに感じられたが、山場はそこから始まった。一九六二年の『現代文学』一月号に『二十四番の奥歯に残った愛』を発表と同時に、チョン・デウォン氏は文壇に復帰した。この作品は僕が持っている韓国文学全集にも収録されるほどの好評価を受けた。全てが失恋前の状態に戻ると、看護師は彼に最後の儀式を執り行おうと言った。おどろおどろしい言葉に聞こえたが、それは彼女が勤務する歯科に行き、まだ抜ける歯がないか全的に検査してみようということだった。「その瞬間、数ヶ月ぶりにまっとうな解放感を感じた」と彼は書いていた。「私は大声で笑った。まるで生老病死、人間のあらゆる苦しみから脱け出したような気分だった。〝これ以上健康な歯を抜かなくてもいいよ〟と私は言った。我が身は今や純粋な苦しみの測定者になったのだ。髪の毛一本抜かれても、健康な歯を抜かれるように、苦しみを生き生きと感じられるようになったのだ。その夜、私たちはしこたま酒を飲み、猛烈に互いの身体を貪った。そして私は生まれて初めて絶頂に達した。この世にむき出しになった苦しみのようなものがあるとしたら、それは正反対にむき出しの楽しみ、純粋な絶頂だった。そんな絶頂は、しかし二度と味わえなかった。なぜならセックスを終えたあと、彼女の身体から離れ、激しく息をする私に、彼女が『二十四番の奥歯に残った愛』には誤解があると分かっているか、訊いてきたからだ。曰く、私が二十四番の奥歯を左手に階段を下りていくあいだ、彼女は、いくら客の望みだからと健康な歯を抜くのは間違ってないか、先生に問いただしたというのだ。すると先生はにっこりしながら〝麻酔なしで抜いたのに、痛いと叫ぶどころか、顔をしかめることすらなかったら、どういう意味だと思う？〟と聞き返した。苦しみが大きすぎるってことですか？　彼女が素直に訊くと、先生は〝健康な歯じゃなかったという証拠さ〟と言った。抜いてみるとその歯は根元から腐っていた。だからひとつも痛くなかったんだ。それを聞かされた瞬間、私は自分が書いた『二十四番の奥歯に残った愛』はもちろん、どうかしたら自分の恋愛全体が巨大な幻想に基づいているのかもしれないという気がした。恋愛が巨大な幻想だとすれば、恋愛の結末が産み出した苦しみも巨大な幻想たりえる。はっとした私は立ち上がり、机に向かった。机の上には彼女から買い与えられた一ダースのボールペンがそっくりそのまま残っていたが、その中に青のボールペンもあった。私はその青のボールペンを手にし、自分の作品が載る『現代文学』を開いた。夜通し座って、私はたった一行も青の文章を書くことができなかった。明朝《みょうちょう》、私は荷物をまとめ、逃げるように彼女の家を脱け出した。日が昇る朝の空は青かった。その青空からは雨粒がひとつふたつ落ちてきていた」。

チョン・デウォン氏から送られてきた原稿を読んだその翌々日、つまり月曜日になり、僕は夕暮れどきまで迷いつづけたあげく、とりあえず一度は行ってみなきゃならない気がして一〇〇〇番の広域バスに乗り、市民焼香所が置かれているという大漢門《テハンムン》へと向かった。久々にそのバスに乗ると、さまざまな思いが交差した。振り返ってみると、その年の春はなんとむなしく過ごしたことか。最初妻に、全然一人で行ってこれるさ、と大口を叩き、そのバスで通院しはじめたころはまだ、朝夕素肌に触れる風が少し冷たい気もした。けれどサクラ満開の季節になると、空気も暖かくなり、診療初期の勇ましさがきれいさっぱり失せた代わり、残されたのは無気力、無気力のみだった。そして〝僕はダンテだ、僕はダンテだ〟とつぶやきながら全身もだえつつ、苦しみのどん底から脱け出すと、あんなにあったサクラの季節はいつしか跡形もなくなって、僕の人生でもっとも熱い夏が始まった。

西五陵《ソオルン》を過ぎるバスの中、僕はチョン・デウォン氏が送りつけてきた原稿の最後を思い出していた。そこに彼は「人々は傘を差し、雨の早朝の街を歩いていた」と書いてあった。

「路地を抜けると、市内バスが通る大通りに出た。雨に打たれながら無我夢中、市内のほうへ歩いていくと雨脚が強くなりだした。傘なしで昌慶苑《チャンギョンウォン》の前までたどり着いたころには、全身ずぶぬれになっていた。しばらく雨宿りしようと弘化門《ホンファムン》の軒下へ走った。雨天だからか、さもなくばその日に限ってそうなのか、守衛は見当たらないのに門が開いていた。二十分ほどその軒下に立っていたか？　雨脚が弱まりだした。行き交う車と通行人を眺めながら、この程度なら行けそうだと思った。ところが私の足が向かった先は、思いのほか、昌慶苑の内だった。当時昌慶苑には動物園とアトラクションがあったが、雨の早朝で荒廃した感じがするほど寂寞としていた。ケーブルカーは停まっていたし、人影も見当たらなかった。私は動物園に入った。ラクダやニホンジカやキンシコウやクジャクを見た。動物たちはめいめい軒下や木の下で、もう霧雨になった夜明けの雨を眺めていた。聞こえてくるのは雨音ばかり。もっと言えば、どの動物も鳴いていなかった。沈黙のみ。観覧ルートに沿って歩いていく途中、私はまだ右手に青のボールペンを持っていたのを思い出した。この青のボールペンで私が書けるのはどんな文章だろう？　それは雨の早朝、誰もいない動物園を埋めつくす沈黙のような文章だろう。その日、動物園を一周し、再び弘化門を出てからというもの、私はたった一行も小説を書かなかった。それから三十三年が過ぎ、組織検査の結果、胸部レントゲンに写った白い小さな穴ががん細胞だという確定診断を受けるまでは。その穴は黒のボールペンでも、赤のボールペンでも書けない非現実の実体だった」。その穴が自分の内にあるのを否定する孤独の時間を過ごしたあと、彼はその小さくて丸い白い穴を非現実のまま受け入れた。

光化門《カンファムン》で下車し、徳寿宮《トクスグン》のほうへ歩いた。特殊警察のバスが並び、目の前の世宗路《セジョンノ》が見えなかった。街角ごとに武装した戦闘警察が集まって威嚇《いかく》していた。なのに歩道を行き交う通行人は普段の倍はあり、さながら祭りの夜といった雰囲気だった。人波に押され、大漢門まで闊歩《かっぽ》していくと、明かりのついた焼香所が現れた。道路側に設けられたテントの中には弔花と食べ物と香炉を置いた祭壇が設置されていた。祭壇の上には前大統領の肖像画が掲げられており、最期の瞬間、警備員に、たばこ一本あるか？　と訊いたという報道のせいか、片隅には火のついたたばこがすき間なく置かれていた。一度に十人ほどが祭壇前に敷かれたビニールシートに上がって弔問しているのに、順番を待つ列は長かった。徳寿宮の石壁伝いに長く伸びた列の最後尾を探して僕は歩いた。歩いていくあいだ、僕は黄色い街灯の下、若者と年寄りが、男と女、大人と子供、サラリーマンとホームレスが、自分の番を待ちながら、壁の下に行列をなしている景色を見た。彼らは一様な表情をしていたが、それは悲しむでも悼むでもない、なんとも表現しがたい表情だった。僕は列の最後尾についた。僕の前には黒いブラウスを着た若い女性が立っていた。しわ一つないブラウスから弔問用の喪服と知れた。十分余り待った末、ずっと無言のまま右手で涙をぬぐいながら立っていたその女性と横並びに、亡くなった大統領の肖像を眺めた。彼の顔を見ていると妙な気がした。まるで消化器内科の専門医から「がんです」と聞かされたときのように、何か不可解な非現実を前に立っているような心持ちだった。僕はたぶん名残惜しい顔をしていたろう。そして不可解で非現実的だがどこにも根拠を求められない悲しみ、巨大な悲しみがまた僕の身体をさらっていった。二度の礼を終え、靴を履こうとかがんだ瞬間、その若い女性と目が合った。彼女はまだ泣いていた。また一〇〇〇番バスに乗るため戻る途中、僕は徳寿宮の壁の下に、行きがけは目に入らなかった木版が立っているのを見た。木版には文字が刻まれていた。〝民主受福 國祖愛心〟という漢文があり、〝我らの愛 尊び合い 真愛実践なる韓民族 祖国たれ〟というハングル文もあった。別の木版には〝昔のことなぞみなお忘れになり、偉そうに自慢なぞしなさるな。我らの時代は去りしゆえ、いくら耐えんと努めども、この身が思うようになりませぬ。あなたは立派だ。私は誤った。かかる心でお過ごしなされ*〟とも〝僕はまた昔の夢を見ている。五月のある夜だった。僕らは菩提樹の下に座り、永遠に変わるまいと誓った。固く誓った。笑い、愛撫し、キスをした。誓いを忘れないでねと君は僕の手に噛みついた。ああ、白く澄んだ瞳の我が愛よ！ああ、噛みつくいとしき愛よ！　誓いは自然にやったことだけど、噛みつくのは余計だったよ**〟とも刻まれていた。再び東和《トンファ》免税店の前へ向かいながら、僕は今しがた見たその句を諳んじていた。噛みつかなくとも！　噛みつかなくとも！　そして大漢門の前で別れた若い女性の涙と、チョン・デウォン氏がついに書けなかったという青の文章を思った。別れ際、彼女に、お気をつけて、と挨拶でもしていたら……ふとそんな後悔にかられた。だが、立ち止まりも振り返りもせず、僕は五月の夜に向かって歩きつづけた。

〈原注〉

＊　徳寿宮の前で書刻をしているチョ・ギュヒョン氏の作品から引用。

＊＊　ハイネの「抒情的間奏曲」第五十二編から引用。

ドンウク

その火が最初に上がりはじめたのは、警察署でその子に会ったときだった。ドンウクはとてものんきな顔で、まるで存分寝坊して起きた日曜の朝の少年のように、万事が面倒という表情で、警察署の面会室に入ってきた。ここまで来させて申し訳ないというふうに、私を見て気まずそうに笑ったりもした。三人も死に追いやった連続放火犯にしては至極平凡な態度だった。ドンウクの顔には罪悪感はおろか、罪悪感のふりも、まねもなかった。中学教師になって常日頃から感じていたが、私は子供たちのそんな未熟さが、純真、童心が怖かった。教壇でも何度か言っているけれど、思春期を過ぎて未成熟と純真と童心に溢れ返っているのは、決してよいことではないと考える。よくないこと。悪いこと。こんなこと。義務感でやってきた担任を困らせること。私はその子をじっと見ているうち、しばらくそう見つめていても、どうしてよいか全く分からず、ただその子を抱きしめた。こうした状況で、担任と生徒という二人の関係を、何の役にも立たないつながりを、純真な態度を前にどうにもならない焦りと己の無能さ、いや、そんなことよりここまで来たのだから、何か言葉をかけてあげなきゃという重圧、そうでもないなら、単にこの子を前に何もできずにいる自分の両手を、持て余していたらしい、ひとりそう考えた。何も言わないで。しばらくこう抱きしめてあげるから、ちょっとしたらそのまま留置場に戻りなさい。何も言わず、人が死ぬなんて思わなかったとも、先生すみませんでしたとも言わずに。けれどそんな私の願いとは裏腹に、昼のあいだからフフッと声を出したかと思うと、ドンウクは何かしゃべりはじめた。身体を震わせながら、私の胸にもっとうもれながら、口では何とかかんとか、だが私の耳にはただ、あぁ、あぁという悲鳴にしか聞こえない声を出しながら。私はそんなドンウクが嫌で仕方ないのに、抱きしめた両手を解《ほど》けずにいた。

あんな大人しい子だったのに、なぜあんなまねを？　壁に向かって横になり、私はつぶやいた。その年頃は大人しいほうが危ないよ。その子には今知らずにいたらよさそうなことが無数に広がってんだな。真っ暗な中、夫が眠たげな声で返事した。私はふとその年頃の夫が気になった。子供時代の彼の心にも花火のようなものがあったのだろうか？　あなたはどうだった？　依然と夫に背を向けたまま私が尋ねた。夫は、そうねぇ……と言うとしばらく無言になった。まるでその言葉を最後に眠りについたかのように。私はひとり、十五か十六ごろの夫はどんなだったろうか考えた。中三の丸坊主時代の夫を想像するのは、さして難しいことではなかった。小部屋の本棚の上でほこりをかぶっているアルバムさえ探せばよいのだから。裏面にフジやコダックといった商標の印刷されたカラー写真だったが、なぜかその色彩は非現実的に、いや、もっと正確に表現するなら、色あせた時代の風景のように感じられた。デジタルカメラやスマートフォンに保存された画像でなく、現像された昔の写真を見るたび、私はもう二十世紀はかなり遠ざかったものだと今更名残惜しんだ。中一の夏休みが始まるちょっと前だけど、梅雨がちょうど終わって、暑くなりだした日だったな。そのとき夫がまたしゃべりだした。学校が終わって、友だちと自転車で家へ帰ってたんだけど、誰かが後ろから俺に追いつくと、鉄橋行かない？　って言うんだ。振り返るとあいつだった。誰？　お前は知らない。そんなやつがいたんだ。とにかくそれで衝動的に泳いだことがあった。ドンウクって子のことを聞いたら、そのときのことを思い出してね。衝動的？　どういうこと？　私が尋ねた。通学路に小さな川があったんだけど、上に京釜《キョンブ》線の鉄橋が架かってる。その下が市内のほうじゃいちばん水深が深いとこだった。五、六人ほどが追いつ追われつ自転車でそこまで行った。鉄橋下に着くと泳ごうぜって言う。水着もないのに？　野郎同士、トウガラシ《イチモツ》出してすればいいだろ。俺は泳げないのに？　その言葉はどうしても言えなかった。みんな服を脱ぎはじめてたんだ。俺だけ尻込みするわけにもいかなかった。鉄橋に行こうって言ってきたそいつが、真っ先に水に飛び込んだ。かっこよくダイビングして。すると俺たちに入ってこいって手招きする。二人目が入り、次は俺の番だった。俺はダイビングなんてできないから、ただボチャンって跳び込んだ。どんなに水が冷たかったか！　たちまち凍え死ぬかと思ったけど、ぐっとこらえた。大丈夫だろ？　って訊かれて、大丈夫と答えた。首まで浸かっていたけど、つらくはなかった。そうこうしてるうちに四人目の子が跳び込んで、俺は後ろに下がったんだけど、急に足元がぼこっとへこむ感じがした。俺は手足をばたつかせた。するとますます身体が沈むのさ。どれほどかかったろう？　何秒もかからなかったはずだ。俺の身体が完全に水没するまでに。だけど俺にとってはとてつもなく長い時間だった。俺があっぷあっぷしてるとも知らず、やつらは大声出して、バタ足して、ザブンザブン。その風景が、フィルムが切れた映画館のスクリーンみたいに遠ざかったかと思うと、鼻と口の中に水が入ってきて、あとは完全に真っ暗な恐怖。でも、それは終わりじゃなくて始まりだった。今、その子もそうだろうな。私は身体を返して彼を見つめた。暗がりの中、夫の顔はよく見えなかった。私は手を伸ばし、その顔に一度触れたあと、彼を手繰り寄せて抱きしめた。

Pyromania. 放火マニア。変態的な心理で、どこでもここでもむやみやたら火をつけたがるいかれた人。警察は、二〇一二年十二月三日から二〇一三年一月二十五日のあいだに、ニュータウン予定地の再開発地域で起こった大小十二件の連続放火事件が、全て放火マニアであるその子による仕業だと分析した。昨年十二月三日は二年生の期末考査の日だった。試験期間中にそんなことやる子じゃないと言えば、警察はたぶん試験のストレスに負けてやったんだと反駁《はんばく》するに違いない。そうなるとこの子の期末考査の成績が中の上だったという事実も特に意味をなさない。母が家出して以来、祖母に預けられた祖孫家庭だったにもかかわらず、大きなトラブルもなく教室にいるかいないかも分からぬほど黙々と通っていたと言えば、警察は両親なしで育った不遇の生い立ち、貧しい家庭環境、悩みを打ち明ける友だちもいない孤独のせいだと言うだろう。もはやこの子が成し遂げたことは犯罪の理由になるだけだった。中学生が外から施錠したあと、三人の浮浪者が寝ている空き家に火をつけたという事件の扇情性に記者が押し寄せ、警察署長が直接会見《ブリーフィング》をした。連続放火犯は罪悪感を感じられないのが特徴です。火をつけたあと、直接消防署に通報するケースが多々あります。甚だしくは通報してから火をつけるケースもあります。一一九番記録には二〇一二年十二月だけで、ジョン・ドンウクから三度も火災通報があったとありま す。時刻を見ると午前零時過ぎから明け方四時のあいだですが、普通の中学生ならこの時刻は寝ていて通報するはずありません。ジョン・ドンウクは消防車の到着前に火を消していたこともありました。現場を離れられない放火マニアの一般的なパターンです。はじめはごみを集めて燃やしますが、次に自転車を、次は自動車を燃やし、その次は空き家、最後には人が住む家を燃やすようになるのです。ご質問ありますか？　犯行の瞬間を収めた防犯カメラの映像はありますか？　我々が押さえた防犯カメラの映像はありません。再開発予定地で、カメラ自体が多くないんです。代わりに火災通報を受けて出動した消防官の撮った動画にジョン・ドンウクが登場します。では今から、どうやってジョン・ドンウクの連続放火疑惑を明らかにしたのか、刑事課長が説明《ブリーフィング》いたします。はい、刑事課長です。科学捜査センターに被疑者の地理プロファイルの分析を依頼した結果、ジョン・ドンウクの居住地が有意な範囲内に入っているという結果が出ました。連続放火の現場を表示した地図をご覧下さい。この青い同心円はそれぞれジョン・ドンウクの自宅から半径七五〇メートル、半径一キロメートル、半径二キロメートル、半径三キロメートルを表していますが……。私はテレビを消してしまった。不幸なことにドンウクは一九九八年十二月生まれだった。現住建造物等放火致死罪で検挙されたとき、この子は満十四歳になったばかりだった。ネットの検索サイトで現住建造物放火致死罪と入力してはじめて、私はそれが底知れぬほどの深淵に飛び込むのと似ているのに気がついた。刑法上もう未成年者でないドンウクが、ついに踏むことになる底は死刑、無期または七年以上の懲役刑。バンバンバン。その底を確認するまでは完全なる恐怖が待っているだけだろう。

冬休みの終わりごろになると、ドンウクの事件はもうニュースで報道されなくなった。授業の始まった教室には空席が一つできたが、その席はもとから空いていたかのように、子供たちの日常は以前と変わりなかった。私は日に何回も、早く春休みになったら、気候が暖かくなったら、花が咲いたらいいのにとつぶやいた。しかし、私の願いは虚しく、二月に入ったとたん暴風雪が降り注ぎ、その暴風雪は数年前、母が死んでいった二月を思い出させ、そのころの悲しみがすっかりよみがえった。お前、分かってる？　去年だったか、夫にそう言われたのを思い出す。お義母さんが亡くなって以来、冬になると人が変わってるってこと。どんなふうに？　あまり気にしすぎるなよ。何に？　他の人にさ。俺にもチヨンにも。なんだか自分のことばっかり考えてるやつみたいだぞ。もちろんお義母さんのせいだと思おうとはしてるけど。私は何も考えてないけど？　何も考えてないのが問題なんだってば。ちょっとは考えろってことだよ。何を？　私は本気で訊いた。もういい。もういい。私はその言葉をひとり反芻《はんすう》した。暴風雪の翌日、帰宅途中に凍りついた路上で二件の交通事故を目撃し、それ以上運転する自信がなくなった私は、近くの路地へ入って車を停めた。何気なく停車すると、目の前は喫茶店だった。ちょっと前に本で読んだ文章がふと思い出された。カフェへ行け。なるべくよく行くカフェは避けよ。そして席に座り、苦痛なほど正直な言葉を書け。書きおえたら紙を破り、ゴミ箱に捨てよ。それで終わりだ*。本にはそう書いてあった。喫茶店の隅に座り、私はノートに細かく書いた。拘束の延長が発表され、ドンウクが拘置所へ移監されたあと、職員会議の時間、校長は私に、起立、と、言うと、ドンウクが最後の火災を起こす二週間前、何があったか、知っているか、と、尋ねた。私は知らない、と、答えた。担任がなぜそんなことも、知らないのか、と、校長はまた尋ねた。私は返事をしなかった。事件の二週間前、ドンウクの祖母が死んでいた、という、のを本当に知らなかったのか、と、校長はまた尋ねた。私は知らなかった、私は知らなかった、私は知らなかった、だけど、知らなかった、と、言わなかった。代わりに、私がそれを知っていた、としても、何か変わっただろうか、と、言った。校長は私に着席、と、言った。かと思うとまた起立、と、言った。私が立ち上がると校長はまた、着席、と、言った。私はまた座った。私は座って書きつづけた。ドンウクは五日間、祖母の部屋に死体を放置したまま、自分の部屋でご飯を食べ、勉強をした。四日目、社会福祉士がドンウクの家に立ち寄った際、変わったふうもなく、そのまま帰ってから、まともに歩けもしなかった祖母が見当たらなかったのがどうしても気になって、翌日またドンウクの家を訪ねた。祖母の部屋のドアを開けたとき、祖母は冷凍庫のように冷えた部屋でピンと横たわっていた。死亡診断書に死因は糖尿や高血圧等持病の悪化によるショック死と書かれてあった。私はドンウクの人生に残された冬が何回だろうと思った。あと数十回はやってこよう。たぶん数十回の冬を過ごすあいだ、ドンウクは思考なるものはするまい。私はボールペンを置き、ページを破り取ったあと、何度かちぎった。そしてトレイにある紙コップにその紙切れを入れ、コップごとゴミ箱に捨てて店を出た。だが、夫の言う通りだった。それで終わりではなかったのだ。

冬が終わる前、日蔭に積もった雪が溶けきる前、春休みが始まる前、つまり子供たちが三年生に上がり、それぞれ別のクラスに散らばる前に、嘆願書だけは作成しなければならなかった。そうしないと、少なくとも二年九組同級生一同名義の嘆願書を判事に提出できなかった。クラス委員長を職員室に呼び、ネットで検索して作った嘆願書の草案を渡し、趣旨説明をした。嘆願書をのぞき込んでばかりいる委員長に、今から戻って学級委員会を開き、どうするかみんなで一緒に話し合ってから、結果を伝えてほしいともう一度言った。とても渋った表情で、委員長は職員室を出ていった。警察署でドンウクに会って戻ってきた夜、夫から聞いた話がなかったら、私もだいいち嘆願書を書く気にはならなかっただろう。私はその嘆願書が、暗がりで頼れる小さな明かりのようなものになればと願った。夫はそのことが忘れられないトラウマになったと言いつつも、どうやってその完璧なる恐怖から脱け出したかはうまく説明できなかった。気づいたときは水中じゃなく、熱い日射しの下《もと》に横たわっていたそうだ。納得がいった。彼は今でも水を恐れる。チヨンが生まれてからも、私たちは川や海へ避暑にいったことが一度もない。その反動か彼は登山を好んだ。そんな中、中学三年の夏休みに、一回だけあの鉄橋の下に行ったたっけな、としばらくして夫が言った。私は寝かかっていたが目が覚めた。どうして？　私は尋ねた。夜間自習が終わってから、自転車で家に帰ってると、後ろから一台、自転車がついてきてた、と彼は言った。同じクラスじゃなかったけど、知ってるやつだった。一年のとき同じクラス。つまり、あのとき一緒に裸で水遊びした連中の一人だった。あのころはまだいいやつだったのに、二年間でそいつはすっかり様変わりしていた。うちの学校には孤児院の子たちが通ってたんだけど、はじめはそいつらにずっとからかわれてて、そのあと、二年のときは、急に身長が伸びる中、そいつらとずっとけんかして。そうやって俺からはだんだん遠ざかっていった。一年のときまでは、だからあの一件以来、俺たちは毎日つるんでたダチだったけど。そいつが俺の名前を呼びながら近づいてきた。かと思うと、鉄橋行かない？　って訊くんだ、と彼が言った。行きたくなかったでしょうね、と私は言った。いや、と夫は言った。そろそろもう一回行ってみる時期《とき》が来たって気がしたんだ。私は目を開き、暗がりでかすかに見える彼の顔を見つめた。その日、夫に近づいてきたその子には、いつもつるんでいる友だちがいた。他の学校の連中とけんかするのが本分と思っているそんな子たち。二年前のように五、六人の子供たちが自転車で暗い道路を疾走した。市内に入る橋を渡ってすぐ左の土手道へ曲がったあと、煉瓦工場を過ぎると鉄橋が見えた。その道路は農道用のセメント道、ちらほら立っている電柱にオレンジ色の保安灯がともっているだけ、暗い場所が多かった。地面のくぼみを過ぎるときは、パンクしそうなほど大きな音が前輪からした。鉄橋のところで、道はその下をくぐってまた上っていた。みんなは鉄橋の下まで降りていき、自転車を停めた。大雨になると鉄橋下のその場所は増水した川の水に浸かるが、だから夫の記憶でそこは浸かっていたが、そのときは秋だったのでそんなことはなかった。子供たちは自転車を片隅に停めた。まもなく真っ暗な中、一人二人が火をつけだした。ライターの火だった。そのときやっと夫は、その子たちが煙草を吸いにそこまで行ったことに気がついた。いざそこに着いて黒い川を見ると、急に怖気づいた。一本吸う？　ここまで来たのに香りだけでもかがなきゃ。鉄橋に行こうと誘ってきた友人の声だった。彼は火に向かって嫌だと答えた。すると闇の中でみんなゲラゲラと笑った。くわえていた煙草の火が笑い声で揺れた。闇の中で川の水はずっと流れていただろう。だが夫は川のほうを眺める気になれぬまま、暗がりの、大きくなったり小さくなったり、昇ったり降りたりする、赤い火を眺めるだけだった。涙が出そうな夜だった、と夫は言った。その夜を、そしてその火を思ったが、だけど私はまだよく分からなかった。なぜ涙が出そうな夜じゃなきゃならないのか。同じく私は、三十分ほどしてから職員室に戻ってきた委員長が、話し合いの結果、自分たちは嘆願書を書かないことに決めたと言ってきたときも、一体どういうことなのか、とっさに理解できなかった。

相談室は二年生の教室の一番奥だった。普段は大抵鍵がかかっていた。午前授業だったので、二年生の階の廊下は静まり返っていた。私は相談室に座り、扉が開くのばかりを待っていた。まもなく出席番号順に、生徒たちが一人ずつ扉を開けて入ってきた。うちに帰れない、昼ごはんを食べられない、なぜ私がこんなにとげとげしく振舞うのか分からない、そうでもなければ、私が永遠に知りえない何かしらの理由で、みなの顔はこわばっていた。一人ずつ座らせ、なぜ嘆願書を書かないことにしたのか尋ねると、返事は似たり寄ったり。自分たちは嘆願書を書けないという否定的な言葉。嘆願書を書くなと誰かが言ったのかと尋ねると、そうではないと、怪しいほど強く否認しながらも、だったらなぜ嘆願書を書かないことにしたのかという問いにはただ、自分たちは書けない、なぜ書かなきゃいけないのか分からない、そんな返事ばかりだった。五人目の子を面談したあと、私は左手で額をつき、その子に、帰りなさいと、あとの子はもう来なくていいから、みんなうちに帰ってもいい、と言ってから、右手を激しく振った。それから、もう一度委員長を相談室に寄こしてとつけ加えた。生徒が出ていき、扉が閉まった。私は学級委員会であの子らが何を話し合ったのかとても気になった。警察は会見でドンウクの連続放火を拳銃に喩えた。銃口たかったがどこを向いていたにせよ、初めから引き金が除かれていたら、銃弾は発射されなかったでしょう。私が担任をする二年九組の生徒がその引き金だったかもしれないと思うと、胸が絞めつけられてたまらなかった。壁のカレンダーを見ながら、春休みまであと何日か指折り数えたら、三日だった。十分が過ぎても委員長は来なかった。扉をずっと眺めていた私は、生徒に見捨てられたような、もう少し具体的に言えば、ごみ置き場を転げまわっているような、とても汚れた感じがした。私はうなだれた。そのとき扉が開いた。私は額に手をついたまま顔だけ上げて、入ってくる人を見た。初めて見る女子生徒だった。うちの生徒には見えなかった。いや、どこの学校の生徒にも見えなかった。何となく週末になると顔に化粧して、街中の暗がりを徘徊《はいかい》する家出少女のようだった。あなたのおうちはどこ？　とまず訊きたくなるような。誰？　私が尋ねた。ドンウクの友だちです。その子が言った。ドンウクの友だち？　彼女？　私が尋ねた。その子は静かにうなずいた。ジェグォンがここに行ってみろって言うから。キム・ジェグォンのこと？　うちのクラス委員長？　再びこくりこくり。とりあえずそこ座って。私、ちょっとトイレに行ってくるから。ふらつきながら私は立ちあがり、扉を開けて出た。洗面台の前に立ち、鏡をのぞき込んだ。右の頭に若白髪が見え、それを抜いた。石鹸をお湯につけ、念入りに両手を洗い、ゆらゆらとまた相談室へ戻った。その子はまだそこに座っていた。扉を閉め、向かいに座りながら尋ねた。あなた、名前は？　ミニです。ミヌィ？　ミヌィで合ってるんですけど、ミニでいいです。あなた、学校行ってないの？　どうしてそう思うんですか？　ドンウクの彼女って言ったから？　いや、今の格好が生徒っぽくなくて。見た目が全てじゃないじゃないですか。私はミニをじっと見つめた。で、どうして私に会いにきたの？　私はドンウクのおばあちゃんが死んだとき行ったんです。先生もクラスメートも誰も火葬場に来なかったじゃないですか。みんな、先生でもクラスメートでもありません。友だちって言ったら私しかいなかったんです。私だけついていきました。火葬場まで。ずるずると鼻をすする音を聞きながら。火葬場があんな遠くだって分かってたらついていかなかったのに。それで？　再び私は尋ねた。自分でも知らぬ間に声が沈んでいた。おばあちゃんが亡くなったから、ドンウクはもうあの家から追い出されると思うし。どのみち行き場もないんです。あなたのところに行けばいいんじゃない？　おばあちゃんの火葬場までついていった彼女なんでしょ。あなたんち、あるんでしょ？　それは……。ミニが何か口を開きかけて再び呑み込んだ。私は振り返り、窓の外をちらっと眺めてから言った。分かったからお帰り。とにかくうちの生徒のことなのに、学校も行ってないあなたが気を遣って来てくれて、ありがとうって言うべきなのに……。するとつばを吐くようにその子がこぼした。ドンウクは刑務所に行ったほうが、逆にいいかもしれません。非誠実で無責任、とんでもないその言葉に、私はもう我慢できなかった。刑務所が家なき子を泊めてくれる下宿屋か何かと思ってる？　殺人犯や強姦犯たちが行くとこよ。人が死んだの、ねぇ。罪もない人がほんの三人だけど死んだの。ドンウクが火をつけてまわってるとき、あなたはなぜ止めなかったの？　どうやってあれを止めるんです？　先生だったら止められたんですか？　ミニが反問した。私はあきれ、話にならなくて、その未成熟と純真と童心に耐えきれず、怒りが爆発しそうだった。

だが次の瞬間、ミニの一言で未成熟と純真と童心は、全部私のものになってしまった。こうしてみると私はいかに鈍い人間か。鉄橋下の暗がりで友人たちがめいめい吸っていた赤い煙草の火が、一九八五年の夫には全然違う意味だったと、あの夜はじめて知らされたように。そうとも知らず、たった三、四ページにまとまった写真だけで、彼の中学時代を理解できるかのようにふるまっていたとは。車で学校を出る途中、あきれたことに助手席のドアがぼっこりへこむほど強く校門にぶつかった。大きな音がし、私は悲鳴を上げた。

下校中のうちのクラスの子たちがその様子を目撃していた。私はギアをバックにして車を後ろに出したあと、今度は大きくUターンして右折した。手がまだブルブル震えていた。生徒たちの姿がルームミラーに現れてすぐ消えた。この子たちは、尊敬する裁判長、被嘆願人ジョン・ドンウクは、祖母を世話して暮らす不遇な環境にあっても、任された仕事を常に黙々と誠実にこなしていた私たちの普通の友人でした、私たち二年九組級友一同、もう少し積極的にあの子を包み込んであげていたら、今日《こんにち》このようなむごいことにならなかったろうと思うと、気が重くなります、尊敬する裁判長、ドンウクは今後生きる日々がまだたくさん残された未成年です、もののはずみというには余りある大きな過ちを犯しましたが、尊敬する裁判長はじめ、社会各界の立派なかたがたが、思慮深い裁量で友人の咎《とが》を見逃してくださるのを望んでやみません、今一度同じクラスの友人の過ちを、私たちが代わって謝罪し、ご遺族の痛みが癒えるよう、最善の努力を尽くします、という、ネットですぐ検索できる嘆願書の文面を拒絶した。ミニのように、ドンウクに過ちは一切ないと考えてのことだった。死ぬべき人間が死んだのだから、判事と社会に嘆願することは何一つない、というのがこの子らの意見だった。当然、私はその堂々ぶりを理解できなかった。これまで中学教師をしながら無数に経験してきた生徒たちの未成熟と純真と童心の波が、いよいよ巨大津波となって襲いかかってくるような感じだった。私は車を走らせ、文房具屋と春川《チュンチョン》ダッカルビとベトナム風うどんとインテリア店と野菜農園と三星《サムスン》ルノー自動車サービスセンターのある路地を抜けた。そこから小さな坂を一つ越え、市の北部へつながる高架道路の下を少し進み、右に抜けると、ドンウクと祖母が住んでいた地区に上がる道に出た。丘は高く、上り坂の傾斜は、優に三十度はありそうだった。雪が溶けていたからよかったものの、さもなくば私の車はのぼれなかったろう。そこがニュータウンに指定され、再開発に入るのは知っていたが、私はただの一度も、ドンウクの家にも、ドンウクの住む地区にも、行ったことがなかった。私はドンウクの地区よりはるか下に新たに造成されたマンション団地に住んでいたが、そこからは別の棟に遮られ、その丘は見えなかった。いつかの日曜日、家族三人で外出から高架道路を帰ってくる途中、ふと振り返ったとき、明かりきらめく丘を目にしたことがあった。ドンウクの住む地区だった。そのときはまだニュータウンに指定される前、その丘だけでも一万人以上が住んでいた。あの人たちはみなどこへ行ったのだろう？　そのころ、チヨンはまだ小さかったし、夫は今よりずっと若く、私はまだ美しかった。だが今は何もかも変わってしまった。私たちは年を取り、世の中はだんだん悪化し、その地区は廃墟になった。引っ越し先を用意できず、家を空けられない借家人だけがその廃墟を守っていた。

そして二〇一二年十二月三日以降、深夜になるとその地区の空き家から不審火が上がりはじめた。借家人たちはいつその火の手が我が家に移るか知れず、夜通し寝られずにいた。そんな借家人にドンウクと祖母もいた。通報を受けた警察はだいぶ遅れて到着して、消防士たちが周辺整理するのを見物して帰るだけでした。ミニが言った。住民が協力しようにも、まともに調査したことは一度もありませんでした。そんな警察がドンウクを捕まえて、記者の前で連続放火犯だサイコパスだと騒ぎ立ててるんです。ミニの声が私の脳みそを揺らした。こめかみがずきずきした。だったら、そのとき空き家に閉じ込められて焼け死んだ三人が火をつけてまわってたってこと？　ミニは口をつぐんだ。それは私も分かりません。その人たちが火をつけたのか、ただのホームレスだったのにドンウクが勘違いしたのか。でも、自宅近くに上がった火を消してる最中、おばあちゃんが亡くなったのは事実です。とにかくドンウクはやるべきことをやったんです。私は向かいに座る子をじっと見つめた。どうしたらいいかしら？　この子をどうしたら？　ミニって言ったかしら？　私が言った。ミニ、だったらなおさら私たちがそのことを嘆願書に書いて、判事にも提出して、マスコミにも知らせて、真実を明らかにしなきゃならないんじゃないの？　ミニは恨みに満ちた表情で上目づかいに私を睨みつけた。真実を明らかにしたって、何か変わりますか？　ミニが言った。おっしゃるように、罪もない人がほんの三人も死んだじゃないですか。ドンウクは死刑になるんです。何が変わるんです？　無期懲役だったらちょっとはましなんですか？　十年刑だったら、判事殿、ありがとうございます、って言いながらダンスでも踊るんですか？　そのとおりよ。窓の外に焼け跡がそのまま残る平屋の横に車を停め、路地伝いに歩きながら、私はひとりつぶやいた。そのとおりよ、ミニ。何か変わるって？　変わるものは何もないわ。一緒に住んでいた人たちはみな散り散りになり、残された家は取り壊され、焼けてしまったこの地区がまた以前のように、明かりのきらめいていた丘に戻ることもないのに。ましてや嘆願書だなんて。廃墟になったその地区を前に私は無気力になった。私のこんな無気力の上に、ニュータウンは、新都市は、新しい世界は、建設されるはずだった。その晩、酒に酔った私はやけに悲しかった。目を赤くし、鼻水や涙、全部を絞り出して泣いた。ドンウクに私がしてやれることは何もなかった。以前もなく、今もなく、今後もないだろう。私が泣きじゃくり、口惜しく思っていると、夫が心にしまっておいた話を聞かせてくれた。他の子らと同様、中学を卒業し、高校を卒業し、故郷を離れ、ソウル生活を始め、私と結婚し、チヨンを産んで生きてきたあいだ、一度も、誰にも、なので私にもしなかった話。鉄橋下の闇の中、黒い川を背にしたまま、友人たちの煙草の火だけ凝視していたあの夜のことを。なぜそのときとりつかれたように煙草の火ばかり眺めてたか分かる？　なぜ？　とても川を見てられなかったからさ。いや、自分が死にかけた川だったからじゃなくて、たぶん生きてたら俺みたいに中学を卒業し、高校も卒業し、結婚し、子供も産んでたはずの友人がそこで、その川で、俺の代わりに、俺を助けようとして溺れ死んだから。あれから二年後のその夜、俺は許してくれって言おうと、あそこまであいつらについていったのに、鉄橋下まで行ってはじめて、俺が一方的に許されるだけ、俺には許しを請う資格自体ないんだって気づいた。だから俺は川を背にして立っていた。だから俺が目にできたのはあの煙草の火だけだったんだ。大きくなったり小さくなったり、上に昇っては下に降りる、赤い火。夫が淡々とした声で言った。

拘置所で面会申請書に氏名、住民登録番号と住所を書いていると、関係欄でペンが止まった。とうとう春が訪れ、新学期が始まり、世の全ての中学二年生は三年生になり、ドンウクは退学になり、私が担当することになっていたクラスは、他の教師に再配置された。

私たちはもうどんな関係でもなかった。私は何と書くか迷いつつ、友人と書いた。ただよく分からない者同士結ぶことができる唯一の関係。面会申請書の受付窓口の職員は私を見ると、どういった友人かと尋ねた。私はちょっと前まで担任教師だったと正直に告げた。じゃあ師弟関係ですね、と言うと、彼は私が書いた友人という字に線を引いた。そのままにしといてください、今は違いますから、と私は言った。学校をお辞めになったんですか、その職員がまた尋ねた。私は返事をせず笑いながらうなずいた。辞めたのは私じゃなくてドンウクだったが、どのみち学校を辞めたのは事実だったからだ。面会順は四十番目だった。三十分ほどあったので私は待合室に行った。椅子に座ってケーブルテレビで再放送中の週末連続ドラマを見てようと思ったとき、ふと申請書で見た関係という語が思い出され、だったらここに集まってる人はみな、罪を犯した人と何らかの形で関係あるってことか、という気がした。四時になり、私は四十番目、四十一番目の面会者とともに十二番面会室へと入った。扉を開けて入り、待っていると、囚人服を着たドンウクが現れた。あのときと同じように、ドンウクはばつが悪そうにはにかんで見せた。二人のあいだには透明な壁があり、私たちの言葉はその壁を越えられなかった。刑務官がマイクのスイッチを入れた。私はもう散り散りになった二年九組一同名義で嘆願書を作成して、国会議員室と裁判所に提出したから心配しないでと言った。どうやって過ごしてるのと訊くと、反省文を書いてると言った。本当に反省してるのと訊くと、ドンウクは何食わぬ顔で、本当に反省してると言った。ならよかった、と私は言った。知り合いの弁護士に訊いたら、あなたは初犯の少年犯罪だから減刑になることもあるし、思ったより早く出所できるそうよ。思ったより早くって？　たぶん五年？　七年？　分からない。とにかく弁護士は、少年犯罪の法定最高刑は十五年だから、それをそのまま受けたとしても間違いなく三十前には出てこれるって言ってたわ。ドンウクはいたって平凡な十四歳の顔で私の話を聞いていた。だから望みを捨てずに、刑務官の先生の言うこともよく聞いて、途中になってる勉強も続け……までと言うと、面会時間の十分が過ぎ、マイクが消えた。面会室から出たあと、領置金にいくら包むか悩んでいると、片隅にあるパソコンで収容者に手紙を残せるのを知った。私はマイクが消えなかったら、あのあと何を言っただろうと思った。勉強も続けて、検定試験も受けて、大学にも行って、出所したあとは仕事も探して、結婚もして、子供も産んで……そんな思案の末、私はある火に思い至った。深夜、暗闇でゆらめく、ともすれば贖罪《しょくざい》と浄化の燃焼かもしれない、寂しい火。今、その火は私の内部で、関係の火になり、自分の意思と関係なく燃え上がっていた。私が死ぬ瞬間までその火は消えまい。それに比べて十五年はなんと短い時間だろう！　ここまで思ったとき、パソコンの前に座っていた人が立ち上がった。そして私がもたつくあいだに、別の若い男がその椅子に座った。それでもまだ私は、十五年はなんと短い時間だろう、と考えていた。

〈原注〉
＊ロン・マラスコとブライアン・シャフ『悲しみの慰安（About Grief）』（邦訳なし）より引用。

泣きまね

1

ちょっとそっちに行こうと思うんですけど。ヨンボムが電話すると、ユンギョンは随分嬉しそうだった。それもそのはず、年一、二回は必ず顔でも見に統営《トンヨン》のユンギョンの家に立ち寄っていたヨンボムの足が、結婚以来、次第に遠のきだしていたからだ。ヨンボムの妻にしても、できれば姑が二人になる現実を避けたかったのは明らかだ。その後は、ときどきユンギョンの本が出版されたり、ヨンボムの家に何かあったとき、電話やショートメールでお互い近況報告するだけだった。今年のはじめ、ヨンボムの父ががんで死んだときも、二人は電話で手短に話しただけだ。その電話でユンギョンは「お前の父さんのためにお祈りするから」と言った。〃お葬式に来ないつもり?〃という言葉がのどまで出かかったが、ヨンボムは呑み込んだ。

父についていて統営まで行ったのに、母に会えぬまま帰った十四歳以降、ヨンボムは何かにつけて父と衝突した。両親の一方的な決定により、同級生とは全く違う人生を送るはめになったのを受け入れるのに、中学三年間を浪費した。その三年という時間は、ヨンボムにとっても、父にとっても、また新しい母にとっても、地獄の日々だった。中学のとき、彼は三度家出した。三度目の家出からうちに戻ったとき、父はヨンボムをユンギョンの元に送ると宣言した。反抗期そのものの目で父を睨みつけていたヨンボムは、その言葉に土下座して、もうしないからと謝る始末だった。その後は何かにつけて衝突する代わりに、我慢に我慢を重ね、まとめて爆発させたものだったが、それさえも大学生になってソウルへ遊学してからというもの、二人で会う時間自体が急激に減ったため、争おうにも争うひまがなくなった。

そうして昨年から毎日父の顔を見るようになり、心の奥底深くにしまっていたこれらの記憶がすっかり思い出されると、しかしおかしなものだ、今のヨンボムには、そのころの父の気持ちを、その澄んで曇った屈折を、とがった丸い角《かど》を、そしてもう見えない裏面まで、どういうわけか全部理解できそうに思われた。そんなヨンボムが父と最後に衝突したのは、地元の療養所の病棟で父が亡くなる一週間前のことだった。ユンギョンに連絡しようとヨンボムが言ったとたん、身を起こすのもままならずに横たわっていた父の目に力が入った。父は首を振りながら、その必要はない、と言った。「でも挨拶くらいしないと」とヨンボムは言った。〝最期に〟という語を入れかけてやめた言葉だった。父もその単語をとったまま、「俺たちに会う理由はないんだから、その話はもうよせ」と答えた。その言葉にどこまで納得いかなかったのか、だったら自分の存在は何なのか、とにかく腹が立って、ヨンボムはそのまま病室を飛び出してしまった。そんな父だったから、明らかに、葬儀場に、自分のことを嫌になって出ていった前妻が来るのを、望んだはずはなかった。

「ところで母さん、昔読んでた本はまだ全部取ってあるでしょ？」

ヨンボムが訊ねた。

「昔っていつ？」

「ほら、統営の伯父さんの家に一時期住んでた、あのとき、母さんの部屋の本棚にびっしり並んでた、あの本ですよ」

「あの人と離婚するとき？」

ユンギョンはヨンボムの父を〝あの人〟と呼んだ。

「ええ」

「あのときは小説を書くぞーって統営まで来て過ごしながら、夏のあいだじゅう、李文堂書店でしこたま本を買ったわ。あの夏に書いた長編小説で、母さん、デビューしたのよ。お前、分かってるの？」

「もちろん。だからそのとき買った本、まだ取ってあるかって聞いてるんです」

「あの小説が出たとき、どこからこんな小説家が現れたんだって、賞讃の嵐だったわ。あのとき小説を書いてなかったら、どうなってたかしらね」

「大切なころの本だから捨てたってことはないでしょう？」

「ねえ、いつのことだと思ってんの。いくらかは捨てもしたし、誰かにあげたりもしたわ。でもなんで？」

「そのとき本棚に『夏の終わり』って小説はあったのかなと」

「『夏の終わり』？　いや、そんな本はなかったと思うけど。たいていの本ならあたしみんな覚えてるから……。で、その小説がなんで？」

ユンギョンが訊ねた。

「話すとちょっと長くなるんですけど……」

「そう？　だったらあとで来てから聞かせて」

ヨンボムはしばし戸惑った。

「父さんが亡くなる前、よくおかしなこと言ってて……」

「あーあ、あの人の話を聞かなきゃダメ？」

と言いつつ、ユンギョンは電話を切れずにいた。

2

こんな話だった。昨年の雨水《うすい》のころ、ヨンボムが勤める大学の付属病院で組織検査を受けた彼の父は、肺がんの診断を下された。その場にはヨンボムも同席していたが、医者は悪性腫瘍ができたのが自分のせいかのごとく震えた声で「お父さまの胸に悪いものができています」と言った。とっさに父はヨンボムのほうを向いたのだが、その表情は今だに忘れられない。だが、それがどんな表情だったのかと訊かれても、説明できる自信が彼にはなかった。いや、自信というよりは、その表情を描写する資格がないと言うか。ヨンボムはただ父の表情をまねられるだけだった。彼らがそう黙りこくっていると、もしかして聞きとれなかったんじゃないかと思ったのか、医者はもう一度、「がんです」と言った。その言葉に父はうなだれ、ヨンボムはそれ以上まねる表情を見いだせなかった。

翌月から彼の父は毎週月曜八時二十分着のＫＴＸで上京し、金曜午後三時四十分発のＫＴＸで帰郷する通院生活をはじめた。幸い授業のない時間帯、彼は月曜と金曜は毎回車を出してソウル駅へと向かった。父をつれに、あるいは父をつれて。ソウル駅は常時ごった返していた。朝でも駐車場は満車だった。空車を見つけようとすれば、決まって螺旋《らせん》形の進入路に従ってぐるぐる四階まで上がらなければならなかった。月曜の駐車については残念ながら話すことはなく、ヨンボムが話そうとしているのは金曜の駐車だった。金曜日に父を乗せたＫＴＸが出発すると、彼は駅構内のコンコースデパート一階にある漢陽《ハニャン》文庫へ向かった。真っすぐ世界文学全集のコーナーまで歩いていったヨンボムは、これまでに読んでなかった本を探して値段を確認すると、すぐさまレジへと向かった。本を選んで代金を支払い、レジの店員が本の上部に日付スタンプを押すまで、十分とかからなかった。

父のいない週末を利用して世界文学を読破しようといった抱負のようなものが、ヨンボムにあるはずはなかった。父が発病してからというもの、寝る間さえほとんどなかったからだ。にもかかわらず、毎週金曜に世界文学を購入しまくったのは、駐車代のためだった。ソウル駅の駐車場は一時間二千ウォンの駐車料金をとるが、おかしなことに汽車の切符や食堂の領収書では割引されなかった。その駐車場は汽車の利用客用ではなかったからだ。代わりに駅構内にある民間のコンコースデパートやロッテマートの領収書があれば、購入額に応じて駐車料を減額できた。例えば、一万ウォン以上の物を買えば、一時間ぶん無料になった。じゃあ何か買うかとコンコースデパートをうろつきながらヨンボムが見つけたのが、一階の漢陽文庫だったのだ。月曜の午前は開店前でどうしようもなかったが、金曜は駐車代の代わりに本を買おうとヨンボムは思った。

そうして駐車代代わりに購入することになったのが、ソール・ベローの『雨の王ヘンダソン』、ヴィクトル・ペレーヴィンの『ジェネレーション〈P〉』、谷崎潤一郎の『少将滋《しげ》幹《もと》の母』、ジーン・リースの『真夜中にお早うを』といった本だった。ヨンボムは駐車場の精算係に見せる領収書を取ると、これらの本を後部座席に放り投げた。ときおり本を後ろに投げかけて、先週買った本を床から発見することもあった。そんな本は遅れて本棚に収まった。しかし一度収まったが最後、これまで彼が再び取り出して一度でもめくった本は、片手で数えられるほどだった。無意識のうちに、駐車料金が割引かれるとその本は役目を果たしたと思ったせいもあろう。そういった意味で金曜の午後に買った本は、別の曜日に買った本より不幸だった。ところがそんな不幸を逃れた唯一の例外こそが、アーダルベルト・シュティフターの『夏の終わり』という小説だった。

3

『夏の終わり』は二分冊で、二〇一一年に出版された。一巻と二巻の上段にはそれぞれ〝二〇一二・〇四・二七〟と〝二〇一二・〇五・〇四〟という購入日のスタンプが押されてあった。ユンギョンとの通話のあと、ヨンボムは自分もその小説を一度読んでみることに決めた。二冊でも気合を入れたら二日で読みおわると思っていたのに、新学期がはじまり、あれこれ用事が重なったせいで、全然本を開く時間がなかった。せめて一巻でも、と読みはじめたのは、統営《トンヨン》へ向かう前の晩だった。小説はこう始まっていた。

父は商人だった。僕らの町ではわりかし大きな建物の二階を間借りしていたが、その中に父が運営する、アーチ型天井の営業所と事務室もあった。事務室には商品を入れたダンボール箱のほか、商売に必要なもろもろが保管されていた。二階には、僕ら以外にもう一家族、老夫婦が暮らしていた。この人たちは年に一、二回、うちで一緒に食事した。宴を開いたり、祝い事があると、この人たちがうちに来たり、僕らが彼らのうちへ行ったりした。我が家は子供二人。息子の僕と二歳下の妹だ。二人はそれぞれちっちゃな部屋をあてがわれていたが、幼いころからこの部屋で、僕らは規則的に課せられたことをして、眠った。母は僕らがやるべきことをちゃんとやっているか点検し、ときにはリビングで遊ばせてくれた。

春の高速バスで読むには退屈すぎる小説だった。統営に着く前に一巻を読みおえるだろうと思っていたが、それにしては車窓の風景があまりにも美しかった。四月上旬、ソウルでサクラはまだ見られなかったが、忠清《チュンチョン》道以南の街路樹は、白い花を咲かせはじめていた。高速バスが南下するまにまに、山の稜線にも色とりどりな春の波が目につくように揺らめいた。南海《ナメ》が近づくと春光は一層鮮やかになった。その時分には彼も本を閉じ、春の情景を眺めながら気だるく座っていた。身体が沈むと、思考は勝手気ままにさすらった。ヨンボムは後部座席に転がった『夏の終わり』を見つめる父の姿を思い浮かべた。彼が

『夏の終わり』を最後まで読んでみなきゃと決意したのは、そのときその小説を開いた父が口にした言葉のせいだった。父亡き後もその言葉は事あるごとにヨンボムの耳元に響いた。

「こりゃ、俺が昔、途中まで読んだ小説だ……」

ソウル駅から大学病院へ向かう途中、父は後部座席にあった『夏の終わり』に手を伸ばしながら言った。小説家のユンギョンと結局別れてしまったことからも察せられるように、父は読書好きではなかった。それに、そのときはその小説を読もうにも読むすべはなかったとヨンボムは思った。

「今回はじめて翻訳されたはずだけど？」

ヨンボムが言った。

「はじめて翻訳された、だと？　そんなはずは……」

彼の父はページをめくりながら言った。

「〝父は商人だった〟そうそう。お前が知らんだけで、昔もこの本あったぞ。こんな出だしの小説を、俺は間違いなく読んだはずだ。それも二十年も前に」

「二十年前？　そうなの？　二十年前と言ったら僕は十四歳だね」

そこまで言って、ヨンボムは黙り込んだ。ヨンボムが十四歳のとき、二人は結局離婚した。そのことがふと思い出されたのである。

「だけど、小説、もともと読まないじゃない？　母さんのせいだとも。そのころは嫌いじゃなかったの？」

「お前の母さんのせいで嫌いだったんじゃないさ。単に昔から小説はあんまり。むしろ母さんのおかげでより関心を持とうと思ったというべきだな。だけど、なにせ小説ってやつは、どのみち人生の役に立たん言葉遊びか、やかましい舌先みたいなもんだ。あるいは、惨めなやつらのストレスのはけ口と言うべきか。俺の性には合わん。だけど、人はやりたいことだけしながら生きられないもんさ。俺がこんな真面目に病院通いするなんて誰が思った？　良くも悪くもその瞬間、最善を尽くすのみだ」

「だからそのときこの本も読んだって言うの？」

ヨンボムが訊ねた。

「何事にもその瞬間、最善を尽くすんだ。この話はもういいだろ」

まだ何か訊かれる前に、父は先に口をつぐんだ。〝最善を尽くしたってうまくいかないことがある。例えば、いくら最善を尽くしても、まだ出てない本は読めないように〟。そう言いたかったが、そのころの父には酷すぎる気がし、ヨンボムも口をつぐんだ。しかし、口にしてもしなくても、最善を尽くしたところでうまくいかないのが世間一般なのに変わりはなかった。それはその春、毎日のように通院しながら、最善を尽くして治療したのに、秋になり、自分の身体にがんが再発するのをなすすべもなく見守った父がもっとも痛切に感じていたはずだ。いや、父はその秋でなく二十年前、まだ出版されてもいない『夏の終わり』を読んだと主張するその年に、既にそのことに気づいていたのはほぼ確実だ。他の人はいざ知らず、ヨンボムは知っていた。なぜなら父が母との復縁のためいかに努力していたか、真横で見守っていたのがヨンボム自身だったからだ。だから父の言葉を信じてみることにした。二十年前、最善を尽くすため『夏の終わり』を読んだというその言葉を。とたんにヨンボムは、父が読んだというその本が、果たして実在したのか気になりだした。

4

父との離婚に際し、実母のユンギョンがしたこと、そのあと繰り広げられた一連の事柄を、例えば、ひどすぎる、薄情だ、と切り捨てるのは、息子であるヨンボムにはほぼ不可能だけれど、そのせいで彼の性格を蝕《むしば》みはじめた黒いものが、単なる影ではない、消えない煤《すす》だったのは間違いない。父がそうだったように、いつかはユンギョンも骨と灰に戻ってゆくはず、あとに残されるのはヨンボム一人だろうが、二人の存在とは無関係に、その黒いものは、もはやヨンボムの性格の重要な特徴となっていた。血縁に対する無関心、電撃のような愛とあとに続く冷淡、他人と自分への深い不信感、至福の瞬間に最も不幸な未来を想像する、などなど。しかしアイロニカルにも、まさに性格のこうした黒い部分のおかげで、ヨンボムはユンギョンと、他のどんな母子《おやこ》より篤実な関係を維持できていた。

「で、その本を探しにこんな遠くまで来たわけ？　あんなにちょっと寄れって言っても聞かなかったくせに。忙しい仕事は終わったのかい？」

「これからです」

ユンギョンの言葉にヨンボムは素っ気なく答えた。ユンギョンにつれられて入った市場の小さな食堂で、メバルを五、六匹焼きながら二人は座っていた。

「なんだってその忙しい仕事ってやつは、いっつも始まってばかりで終わらないいんだい？ソンジももう随分大きくなったろう？」

「みたいです」

「自分の娘なのに何て言い草？」

「どう答えたらいいんです？　母さんは後悔なんてしない人でしょ？」

ヨンボムの質問が突拍子なく聞こえたのか、ユンギョンは口に手を当てて笑った。ユンギョンは六十まであと一、二年だったが、一人暮らしが長かったせいか、外見や振る舞いは年齢より若く見えた。

「あとから考えたら、父は後悔だらけだったようです。自分の人生は大失敗だったと自責の念にも駆られてて」

ヨンボムがそう言うと、ユンギョンは笑うのをやめた。

「あの人がそう言ったの？　意外ね。なんで失敗だったって？」

「そんなの知りませんよ。離婚したからとかじゃないですか？」

ヨンボムは他人事のように無関心を装った。するとユンギョンは急に声高に言った。

「あの人は最期までそうした考えに囚われてたようね。人生の成功と失敗って何？　じゃあ、あたしとずっと一緒だったら成功だったとでも？　そんなこと言ったら、その女はどうなるの？」

ここまで言ったとき、ヨンボムはユンギョンの言葉をさえぎった。

「母さん、母さんにはあの人でも僕には父さんです。昔から取り違えてます。もういいでしょ？　本人が失敗と思ってるんだから、失敗の人生なんですよ。とにかくもうやめてください」

「誰かさんはあの人の息子じゃないみたい。何か言いだしたと思ったらもうやめる？　で、お前ばっかり言いたいこと言って、やめようって言われたら、あたしはやめなきゃならないの？」

そう言いつつもユンギョンは思わず笑ってしまった。

「で、本当に『夏の終わり』って本、記憶にないですか？」

ヨンボムが訊ねた。

「あぁ。お前からの電話のあと、もう一度本棚も探したし、記憶の糸をたどってもみたけど、全然思い出せない。あの人があたしの部屋でその本を読んだって？」

ヨンボムはうなずいた。

「そう言ってました。母さんが統営に行ったその年の夏を過ごした部屋で。伯父さんちの。あの角部屋」

「そう、それって明井谷《ミョンジョンゴル》の忠烈祠の下に兄さんが生きてたときの話じゃない。その家であたしは夏と秋を過ごした。あの部屋でそりゃたくさん本も読んだし、いっぱい文章も書いたけど。あたしの人生でいちばん猛烈だったころね。だけどそんな本を読んだのはホント、一切記憶にないわ」

「あのとき、父さんと僕で、母さんを訪ねてこの統営まで来たのは覚えてます？」

ヨンボムが急に十四歳の少年のように恨みまじりに言うので、ユンギョンは困惑するばかりだった。

「来てたのは聞いたわ。で、何？　あの人は？　前もって連絡して来たかしら？　慶州《キョンジュ》旅行の合間をぬってわざわざ来た、くらいにしか思ってなかったって」

「えっ、わざわざ？　あのころは道もよくないし、統営に来るだけでもどんなに大変だったか」

ここまでしゃべってヨンボムの顔は固まった。黒い部分の性格がふと現れた瞬間だった。

「とにかくあのとき母さんを待ちながら、父さんが一日じゅう本を読んでたのはよく覚えています。何の本かは分からなかったけど、亡くなる前、父さんはそれが『夏の終わり』だったと言ったんです」

「あたしを待ちながら？」

ヨンボムがうなずいた。

「思いもよらないわ。家にあったニーチェとかジッドとか、みんな破いて燃やしてた人が。本のことはあたしよく分かんないし、とにかくあの人、何かにつけてそんなふうだった。家に電話すると、お前をつれてきてるって言うから、慌てて慶州から戻ったら、もう帰っていなかったし。それでおしまい。でも、あの人のことだから、なんでもかんでもお前にしゃべったはずないし、それはあたしもだけどね、まぁそんな感じ。言いたいことは山ほどあるけど、まぁこれでおしまい、ってとこかしら。この期に及んでこれ以上何が言える?」

ユンギョンが断じて言った。

言いたいことは山ほどあるけど、まぁこれでおしまい、ならヨンボムにもあった。十六歳、三度目の家出をしたとき、彼が訪ねた場所こそ、この明井谷の忠烈祠下にある伯父宅だった。そこではじめて彼は、かれこれ一年前に母さんが別の男と再婚したと聞かされた。伯母はヨンボムが不憫だと、右手で背中をトントンしつづけた。そのうち昼間だったにもかかわらず、伯母が敷いてくれた布団で眠りについた。恐らくひどいなりだったはずだから、少し休めと勧められたようだ。ヨンボムが再び目覚めたとき、部屋の中は薄暗かった。

ドアを開けて出てみると、黄金色の光が庭じゅうに溢れていたが、明け方の光か夕方の光かよく判別できなかった。伯母は買い物に出かけたのか、いとこたちもまだ学校から戻ってないのか、家の中は空っぽだった。一人でいると、無性に寂寥感に駆られ、伯父が帰ってきたらきたで怒られそうな気もして、ヨンボムはカバンをまとめて家を脱け出した。知っている道はそれだけだから、市内のほうへ出ようと峠を登っていると、内からしきりに何かが込み上げてきた。峠を越えない前にどっと溢れ出そうな気がして、下り坂をもと来た忠烈祠のほうへ引き返した。これじゃだめだ、泣こう。とりあえず泣くだけ泣いたら、もう出てくるものはないはずだから、そのあと峠を越えよう。そう思って忠烈祠の石段に座って泣こうとするのに、いざそうしようとしても、いつそう思ったのかというほど涙は出てこなかった。涙を絞り出そうとわざと声を出したりもしたが、涙は一向に出てこなかった。なのでまた立ち上がり、石段を下りていくと、下りきるかきらないか、最後の段に足を載せた瞬間、ふと数年前、向かいの峠道で父がしゃがみ込んでいたのが思い出され、あのときの、父の、あの表情は……、と思ったとたん、急にヨンボムの目から涙がこぼれはじめた。ヨンボムはその場にしゃがみ込み、涙しはじめた。どれほどそこで泣いていたか分からなかった。ただ再び顔を上げたのは、もう日が暮れたあとだった。暗くなると涙も消えた。まぁそれでおしまいだった。
そのときのことを思い出しながら、ヨンボムはただユンギョンを見上げていた。この期に及んで、何が言えよう?

5

人生は一度きりだ。一度きりの人生を前に、道徳とは、倫理とは何だろう? ヨンボムにはいつもそうした疑問があった。十四歳のとき以来、彼は、実母は好き勝手やって、夫はおろか息子すらも裏切った厚かましい女だと、たえず聞きながら育った。そう聞かされるたび、ヨンボムは汚物を引っかぶったような不快感を覚えたが、それを見抜いている親戚の大人は一人もいなかった。他人への配慮に関する限り、彼らは自分らが悪しざまに言うユンギョンほどに無責任だった。だからそんな疑問は、その無責任な、まるで黒い排水にも似た言葉への反感に端を発しているかもしれなかった。人生一度きりなら、一人の選択以上に重い道徳や倫理なぞ存在しえないとヨンボムは思っていた。ろくでもない選択によって望んでもない人生を送るはめになったら、それだけで既にその人は自分の人生を前に非道徳的かつ非倫理的なのに、そこに加えて何かをあげつらうのは、屋上屋を架すも同然だった。

ユンギョンの書斎で、家族の元を離れ、一人で暮らしながら彼女が書いた数十冊の本を眺めつつ、ヨンボムには、その点自分の母親は、逆に道徳的で倫理的な人生を送ったのだ、と思えてきた。少なくともユンギョンは人生を自ら選択し、最後までそれを貫いていたからだ。光源のような人生だった。光源は自ら輝くのみ、その光によって生じる影にまで気を遣わないはずだ。例えば、父の人生はその影にあたる。死の瞬間まで父は、自らの死を受け入れなかった。一日でも長生きをしたがった。後悔だらけだった。自分の人生は失敗だと思い込んでいた。そんな父だったから、息子に離婚すると聞かされたときの衝撃は、到底言葉にできなかったろう。ヨンボムの内部にはユンギョンも父もいたが、父はひたすら自己目線で息子を見ていた。病身を引きずって彼は、あのときと同じように、つまり、二十年前同様、何も連絡を寄こさずヨンボムの家にやってきて、息子の帰りを待っていたのである。

「いくら探しても見つからないね」

ヨンボムが言った。

「言ったでしょ？　そんな小説は全く見覚えないって。昔の本ならこれで全部。あの人が嘘ついたってこともありうるわ。あたしが小説書くのをものすごく嫌がってたのよ。なのにあたしの部屋で小説を読んでたなんてありえない」

　ユンギョンがたばこを吸いながら言った。一人暮らしを始めてヘビースモーカーになったが、五十を過ぎてからは、医者の勧めで、我慢できなくなるまで我慢を重ね、薬でも服用するように、一本ずつ吸っていた。

「僕がなぜそんな本が本当にあったか、見つけようとしてるかと言うとね……」

　たばこを吸うユンギョンを眺めながらヨンボムが言った。

「なんで？」

「あのとき、僕をつれて、母さんとよりを戻そうと統営《ここ》まで来たとき、父さんは心の底から本気だったと知ったからさ」

　突然ヨンボムがぞんざいな口調で話すから、あたかも十四歳のころに戻ったようだった。別れ際まで母にぞんざいな口の聞き方をしていたが、大学に進学して再会していく中で、ヨンボムはいつもユンギョンに敬語を使っていたからだ。

「ヨンボム、他人の本心ってかなり煩わしいものよ。望まない人にとっては重い鎖でもある。いくら家族だからって本音を口実に鎖をかけるのはよくないわ」

ユンギョンが言った。

「父さんのはそんな大それたものじゃなかったよ。聞いてるとこっけいなほど平凡だった」

「お前の父さんの平凡さについちゃ十二分に知ってるわ。小心で怖がりで冒険嫌い」

「亡くなる前のことだけど、家に帰ったらソファーに父さんが座ってた。幽霊かと思ってびっくりしたよ。発病以来、いつもソウル駅まで送り迎えしてあげてたのに、連絡も寄こさず一人でソウルまで来てたんだ。僕に、頼むから離婚だけはしてくれるなって言いに。こんなのがこっけいなほど平凡な父さんの本心。だけど僕はそうはいかないと言った。僕も母さんと同じ考えさ。いくら親の本音だからって、子供に強要はできないだろ？　僕はただ望まない本心を受入れなかっただけなのに、結果的に父さんの人生は失敗に終わったんだ」

「で、お前は離婚したのかい？　ソンジはどうするの？」

ヨンボムはすかさず言い返した。

「じゃああのときの僕はどうするの？　母さんにそんなこと言う資格ある？」

予想外の痛烈な反応にもユンギョンは無表情だった。彼女はもう何服かたばこの煙を吸い込みながら、息子をまじまじと見つめ、左手の灰皿で火をもみ消した。そして咳払いをして言った。

「お前に母親と思われなくても気にしない。だけど統営《ここ》まで来てわざわざそんなことあたしに直接言っちゃだめ。あたしたちはあのときもう家族の縁が切れたの。お前がどう生きようが、結婚しようが離婚しようが、実際あたしとは何の関係もない。いや、ないものと思いなさい。じゃないとお前がつらいだけ。あの人みたいに。あたしのせいで自分の人生は失敗だったと思ってたんだろ?」

そしてユンギョンは、旺盛な好奇心を満たしてくれる回答を期待する子供のように、ヨンボムを見つめた。言いたいことはあったが、それを口にしたら、ずっと後悔しそうな気がして、ヨンボムは視線をそらした。チャンスを与えたのに息子が何も言わないので、ユンギョンは続けて言った。

「気が済むまで本を調べて、明日明るくなったらソウルへ帰りなさい。あたしは遅くまで書いて寝るから見送りはできない」

そうユンギョンに出られるまで何も言えずにいたヨンボムは、ドアが閉まったとたん、床に崩れ落ちた。そうやってへたりこみ、彼は病身で自分を待っていた父を思った。失敗の人生が黒のソファーに座っていた。黒のソファーに座った失敗の人生は、息子の帰りを待っていた。人間とは、人と共に生きるから「人《ひと》」という字と「間《あいだ》」という字を書くんだ。世間に、自分の思い通り、望み通り生きているやつがいたら、俺のとこに連れてこい。周りには思い通りいってるだ何だ言いつつ、内心みな仕方なく生きてんだ。だったら一人寂しいより、二人のほうがましだろ。今は若いから何だって考えられようが、年をとったらすっかり変わる。お前も俺みたいに病気になってみろ。食べる、寝るもままならず、自然と妻子を思い出す。のちのち後悔するんじゃなくて、今俺の言葉を信じろ。みんな我慢して生きてんだ。二十年前も父はそんなことを言いに統営まで来ていたのだろうか？　本当に自分の妻がそんな言葉に回心すると信じていたのだろうか？

　ヨンボムは黒のソファーに座り、自分にそんな言葉をとめどなく投げかけていた父を思った。変な斑点のある顔や、骨皮だらけの手足を思った。ときおり痰を吐き出すためにポケットから出した、ベージュにチェック模様のハンカチを思った。また彼は、病院のベッドに仰向けになり、天井を見上げながら、自分の人生は大失敗だったとつぶやく父を思った。父の両目からこぼれた涙を思った。枕元にあったクリネックスのティッシュを一枚抜き取り、その涙を拭いてやった自分を思った。ユンギョンの言う通りだった。家族だからといって、自分の本心を強要はできなかった。ところがである、そのことは自分自身にも言えた。あんなにこっけいなほど平凡な本心なら、自分自身に強要してもいけないのだ。だからだ。だから父の人生は失敗に帰したのだ。そうやって昔を思い出しながら、父のことを、また娘のことを考えている最中、ヨンボムはふいに父が読んだと言っていた例の本を本棚に見つけた。つまり、〝夏の終わり〟というのは、ドイツ語で〝Der Nachsommer〟というのは、漢字語では〝晩夏〟だと、そのときはじめて知ったのである。

6

二十年前、つまり、ヨンボムが十四歳になった年、父とヨンボムは、大邱《テグ》でバスを乗り換え、伯父の家がある港町へ向かった。そのころ、その町の名はまだ忠武《チュンム》だったし、固城《コソン》半島のそこまでの道は、二車線の国道だった。自宅から忠武まで行くだけでも半日かかったから、バスターミナルに着いたのは夕暮れだった。父子《おやこ》は休むことなく、峠の向こう、明井洞にある伯父の家に行って門を叩いたのに、既に夕餉《ゆうげ》が下げられた時刻。ヨンボム父《おや》子《こ》がユンギョンを訪ねてきたと知り、伯母はタラ汁を作ったり、冷飯を温め直したりして、遅い食事をあつらえた。どれだけ腹ペコだったのか、お膳にあるものなら、食器以外全部食べられそうだとヨンボムは思ったが、手のひら大の魚が丸ごと入ったキムチにだけは、箸をつけられなかった。

前述の通り、そのときユンギョンは不在だった。夕食後、旅疲れのヨンボムが、母の匂いが染みついた布団にうもれ、幸せな熟睡《ねむり》に就いているあいだ、伯父と父は険しい表情で酒を飲んでいた。二人の会話はたびたび途切れた。その夜、二人が何を話していたのか、ヨンボムはもう知るよしもない。伯父も父も死んでしまったからだ。ただ、その翌日、伯父一家との朝食の席で、伯父が「一度切れた縁が簡単に戻ると思うか？　昨日の約束通り、朝飯食ったら帰ってくれ」と言ったのだけは確かだ。どうにかなるさ、そのうち母さんは戻ってくるさ。深く考えたら頭が痛いので、ヨンボムはそんな根拠のない楽観に頼ったが、父はそうでない様子だった。朝食を食べた父は、伯父の言ったことなぞ一切聞こえなかったように、再び自分の妻が寝起きしている角部屋へ入っていった。そこで彼は一日じゅう本を読んだ。その本が『晩夏』だったと、もうヨンボムにも分かっていた。

ヨンボムは、父がしていたように、本棚から本を取り出した。バラの蔓《つる》越しに、遠くの小屋を背景に向かい合う二人の男女を描いた水彩画の挿絵の上に「バラ満開の夏の終わりの甘美な愛／人生の黄昏を楽しむ老紳士と初恋の女」ではじまる文字が縦に印刷された表紙だった。父は嘘をついてはいなかった。『夏の終わり』は一九八三年、〝晩夏〟というタイトルで出版されたことがあったのだ。父はなぜそのときその小説を読みおえられなかったのだろう？　それはこの本を読んだら帰るとごねながら、ユンギョンの部屋に居座りつづける父に、夕方、一本の電話がかかってきたからだ。ユンギョンからの市外通話だった。通話の内容は分からないが、電話を切って再び角部屋へ戻ってきた父はヨンボムに、帰るぞ、と言った。そして二人はその晩、伯父の家を出て、峠を登りはじめた。父は少し歩いては立ち止り、少し歩いてはまた立ち止り、何度かそれを繰り返した。「あ〜」とか「えらいこっちゃ」とか言いながら、一息ついてはこぶしを握り。

夜明けまでまだ時間はたっぷりあったので、ヨンボムは読みかけだった小説を最後まで読むことにした。高速バスで来るあいだ、主人公ハインリヒが、マティルデとナターリエ母子《おやこ》を残し、バラ屋を離れる場面まで読んでいたから、ヨンボムは縦書き印刷の『晩夏』をパラパラめくり、続きの箇所を見つけて読みはじめた。同情を引くストーリーでもなし、ハインリヒという若い自然科学者が、自然と愛を通じて、世界と人生の美しさを学んでゆくという内容の教養小説なうえ、縦書き二段でびっしり印刷されていたから、一ページめくるのにこの上なく骨折れた。あの日、父が『晩夏』を読んでいるあいだ、ヨンボムは伯父につれられ、忠烈祠の裏山に登っていた。そこからは、近くの海と遠くの海が、そしてその二つの海のあいだにある島々が一望できた。ヨンボムにはそのとき何もかもが不思議に思えた。海というのも、島というものも。するとヨンボムにも、夢が芽生えはじめた。山から下りてきても、父は『晩夏』を読んでいた。ヨンボムは、そのとき父が一日じゅう読んでいた小説がこんな内容だったとは、知るよしもなかった。

そうやって一時間余りあくびをかみ殺しながら読んでいたヨンボムの目に、下線が飛び込んできた。三三八ページだった。下線は主人公ハインリヒとナターリエが愛を確認し合う場面に引かれていた。「彼女が僕の顔を見たとき、僕は永遠の誓いと無限の愛の証に、もう一度彼女の唇に熱い口づけをした。彼女も両腕を僕の首にぎゅっと回し、愛と合一の証に口づけをした。ナターリエが僕の真実と愛に身を委ねたこの瞬間、僕は生きている限り、彼女と僕の命は一つになったと感じた」。下線は四四九ページにも見つかった。今度はリーザハとマティルデが愛を確認し合う場面だった。「彼女は私のそばへやってきて、柔らかい唇を私の口に押しつけ、若々しい腕を私の首に回した。私も彼女の華奢な身体をめいっぱい抱きしめた。彼女を離すことはできなかった。彼女は私の腕の中で震えながら深く息をしていた」。それでおしまいだった。これ以上、本に痕跡はなかった。このあとの、どこかのページを読んでいる最中に、ユンギョンから電話が来たのだろうとヨンボムは思った。そしてヨンボムは、こんな幼稚な文章に線を引く父を思った。またヨンボムは、あの晩、結局、峠を登りきれずにしゃがみ込んでしまった父と、がん診断を下されたあと、精密検査のため入院の手続きをしなければならないのに、ソウル駅まで送ってくれとだだをこねる父、黒のソファーから立ち上がり、小部屋へ入っていく父と、明かりが消えた病棟の窓際のベッドに仰向けになり、天井を見上げていた父を思った。その全ての父に代わってヨンボムは読んだ。眠気を我慢しながら、次のような最後の文章が現れるまで、自分の『夏の終わり』でなく、父の『晩夏』を。

僕自身について言うと、高地へみなと一緒に旅行したとき、親しい人々との交際、美術、文学、学問が人生を改造し完成させるものなのか、それとももっと外に何かがあってそれが人生を包括し、はるかに大きな幸せが人生を満たすのか、自ら問いかけてみた。このより大きな幸せ、無限の幸せは、あのときの僕の予想とは全然別方面からやってきた。僕は今後も学問を続けていくつもりだが、学問で立派な仕事ができるのか、偉大な学者の一人になるまで神が恵みをくださるのか、それは僕にも分からない。しかしリーザハが求めている、清潔な家庭生活の基礎が築かれたのは確かだ。これは、僕らの愛と心が保証するように、いつまでも豊かさを失わず、続いていくだろう。僕は自己財産を管理しながら、他人《ひと》の役に立つ人間になるだろう。こうして今まさにあらゆる努力は、学問上の仕事も含め、明白で確固たる意義を持つようになったのである。

# 坡州《パジュ》へ

我が御霊《みたま》は主を待ち申す。階段をゆっくりと地下一階の霊安室へ下りていくと、男性の低音と女性の高音が適度に混ざり合った歌声が聞こえてきた。深き淵より主に訴え申す。主よ、我が声に耳を傾け給え。入口に貼ってある案内文を読み、僕はこのかたの洗礼名がステファノだったのを知った。故ムン・ソンマン・ステファノ司祭の臨終を知らせるその紙には、葬儀ミサが翌日午前十一時に本堂で行なわれること、ご遺体は生前に寄贈され、埋葬地は特に設けられていないことが記されていた。番人が夜明けを待つよりなお、我が御霊は主を待ち申す。細長い菊の茎を右手に遺影を眺めていると、男のすすり泣く声がどこかから聞こえてきた。僕はこのときやっとこのかたの顔を思い出せた。遺影の下には見慣れた表紙の詩集が立て掛けられていた。タイトルは『光は闇の中で輝いている』。このタイトルがヨハネによる福音書一章五節から取られているのを僕が知っているのは、朝、ムン・ソンマン神父が亡くなったから聖堂に行くようにと母から電話があったからだ。その電話がなかったら、僕はこのかたが亡くなったのも、このかたの詩集のタイトルがヨハネによる福音書から取られているのも、知らなかったはずだ。僕はもう随分前、つまり高校を卒業後、ソウルの大学に進学して以来、教会お休み中だった。

「母さんは？」

「あたしゃもう行ってきたよ。二度も」

「じゃあ僕の分まで行ったんじゃない？」

母は言葉を失った。気分を害したのだ。母はムン・ソンマン神父の信仰詩集が出るたび、出版社に数十冊注文しては周囲に配っていた。とりわけ僕には一冊でなく五冊ずつ送られてくるので理由《わけ》を尋ねると、僕だけじゃなく、周りの小説家にも配って、善道へ導けというう。一体、母は小説家を何だと思っているのだろう？

「父さんなら、一日じゅう安置所に張りついて下りてこなかったろうさ。父さんの半分だけでもしなさい」

「冗談は一回しか言わない。僕も必ず行くから」

「絶対に今日行きなさいよ」

「えっ、よりによって今日〆切の原稿があるんだけど……」

だが、電話は既に切れていた。最後の言葉は冗談ではなかったのに、母はそこまで聞いてもくれなかった。時計を見た。お昼を食べて大急ぎで行ってきたら、午前零時には戻ってこられるはず、なら徹夜で後半部分を仕上げて翌日渡せるという答えが出た。そう決意してから、僕ははじめて本棚に収まっていたあのかたの詩集を開き、「初めに言《ことば》があった。言は神と共にあった。言は神であった。この言は、初めに神と共にあった」で始まる、ややこしくて意味を理解しづらいのに、いざ詠んでみると妙に口にまとわりつく、ヨハネによる福音書の冒頭を脚注に発見した。そして、このかたが一時期光州《クァンジュ》事件に関わった指名手配者を聖堂にかくまった罪で拘束されたことがあるのも知った。こうしてみると、このかたが生前もっとも好きな聖書のフレーズだったというその詩集のタイトルも、一味違って感じられた。

よい行ないをいっぱいなさったのだから、よいところへ行かれるはずだ。二礼したあと振り返りながら、僕は、哀悼する人々のあいだですすり泣くその男を凝視した。鐘路《チョンノ》辺りを歩いている最中この顔に出くわしていたら絶対に彼が誰だか気づかなかったと思うが、如何せん場所が場所なだけに、記憶の奥底深く、ともすれば意識の向こう側にある、言わば廃棄処分場のようなところに確実に押し込んでおいたはずのその名がすぐに飛び出した。

チョ・ヨンシク。二つ上の先輩だった。高等部時代から彼は予備神学生として活動し、高校卒業とともに神学大学に進んだ。小川が河に合流するように、自然と。だとしたら、その河は当然海にたどりつくべきはずなのに、見た瞬間、彼が司祭でないと分かった。そのとき彼が手を振ってきた。僕を見て分かるはずもないから、明らかに別人と勘違いしていると思いつつ、急いでそこから出ようとすると、彼は涙声で「コンウ!」と叫んだ。一々訊いてまわってはいないけれど、そこに別のコンウはいなさそうだった。要するに僕以外は。

「忙しかろうに来てくれたのか。よく来たな。神父さまも君が来たと知ったらさぞかしお喜びだ」

高等部時代に僕らがプライベートで話すことは何回あったろう? 三回? 四回? 確実に二回以上はなかったはずだ。とするとこの人は、一時期高等部の生徒会長にあった者として、社交挨拶をしているだけなはず。僕は呪文を唱えるように考えた。

「お元気でしたか?」

「俺か? まぁ月並みに生きてるさ。君は? 次の作品も外国が舞台の歴史小説かい?

じゃなきゃ、コミュニケーションの不可能性を主張する恋愛小説？　ランニングは最近もやってるの？」

　みなそうなのか？　つまり、僕が小説を書き、ランニングもする人だと知りながら生きているということか？　そんなはずはないわけで、実に二十七年ぶりに会った人が親しげに振る舞うと拒絶感が働いた。

「ええ、まぁ。へへへ」

　特に返事したくないときいつもするように、はにかみ笑いで返事の代わりにした。彼は僕を安置所の外に連れ出した。僕らは階段を踏みしめながら一階へ上がった。外に出るなり、彼は内ポケットからＥＳＳＥ《エッセ》を一本取りだしてくわえた。そのときはじめて彼の姿がくっきりと目に飛び込んできた。風になびく多くない髪に、今にも破けそうな黒のスーツ。何だって僕は、二十七年ぶりに会った彼をたちどころに見分けたのだろう？

「俺どう？　随分変わったろ？」

　以前の彼がどうだったかよく知っていたら、どれほど変わったかも分かろうものだ。無理やり記憶の糸をたどると、金民基《キムミンギ》の曲をよく歌っていたのを思い出した。あのころなぜあんなのっぺりした曲にあれほど心を打たれたのか。分かりそうで分からない。

「相変わらずよく歌うんですか？　青黒い海辺に雨が降れば……だったかな？」

「やっぱり小説家は記憶力が違うなぁ。夜ひとり歩きしてるとき歌うのが唯一の楽しみさ。君のこと、俺は聖堂に通ってるときから認めてた。小説家になるだろうって」

「僕が、ですか？　別の人と勘違いしてるんじゃないですか？　高校のとき、僕は理系だったんですよ」

「君、花屋の息子だろ。勘違いなんかするもんか。俺は、君の小説を一つ欠かさず読みながら、膝をポンと打ってんだ。うちの娘が証人さ。読んでみると小説は君と瓜二つ。真面目な勉強の虫。高校時代から禅宗とカトリックの類似点みたいなのを主張して、みんなを驚かせてたよな。合同体育祭とかが好きな他の男子と随分違ってたから、俺が司祭の道を勧めたこともあったけど。そのとき、君はなんて言ったか覚えてる？」

　もちろん僕は一切覚えていなかった。高校生のくせに、なんだって女子が見ている前で、相手チームに強烈なスパイクを打つ工夫などせずに、禅宗とカトリックの類似点なんか考えてんだ！

「ゾルバの話をしたんだ。自分はゾルバみたいな人生を夢見てる。いかなるドグマにも閉じ込められたくないって言いながら。だからそのとき、こいつは俺らとは違う道を歩むな、って思ったわけさ。それが小説家の道じゃなかったのかい?」

いったいこのかたも小説家を何だと思っているのか。僕はまたへへへと笑った。

「とにかくこうしてお会いできてうれしかったです。考えてみたら二十七年ぶりですね。では僕はこれで……」

「もう帰んの?」

「はい。明日までに渡さなきゃならない原稿があるんで」

すると彼は突然こう問うた。

「一山《イルサン》に住んでんだろ?」

答えを知っていて訊いているのは明白だった。

「俺は坡州《パジュ》なんだ。だから一緒に帰らないか? 昔の高等部仲間も、もう少ししたらふもとに集まることになってる」

「いえ、家は一山ですけど、今は小説を書いてて別の場所にいるんです」

僕は嘘をついた。

「先輩は車じゃないんですか?」

「車の運転、もううんざりでさ、江南《カンナム》ターミナルからバスで来たんだ。考えてもみろよ。

ここまで来たのに、みんなと会わずに帰るわけにはいかないだろ？　なぁ、一、二時間だけ。夜道を一人で帰るのも容易じゃなかろうに」

「いえ。僕、もともと夜のひとりドライブが好きなんで。じゃあ話にひと花咲かせてからゆっくり戻ってきてください」

「あぁ、君に聞かせたい話もあるのに……」

そのとき、後ろから一人の女の子が「お父さん！」と叫びながら、彼のところに駆けてきた。長い髪に、顔は父親のこぶし大だった。目が小さめなのが玉に瑕《きず》ではあったが、二《ふた》重《え》じゃないのは逆によい気もした。

「娘さんですか？」

先輩はうなずいた。名前はエラ。チョ・エラ。エラはもう帰ろうと言った。すると彼は、久々に地元の友だちと話さなきゃいけないから、もうちょっとしてからと言った。

「もうちょっとしてると、ソウル行きのバスはなくなっちゃいますけど」

時計を見ながら僕が言った。その言葉は間違いなく言わないほうがよかった。それを聞いたエラの顔が凍りついたからだ。エラは、早くバス乗り場に行こう、と父のそでを引っ張った。彼は睨みつけるように僕を見ると、バスがなくなったら一泊して明日戻ったらいい、とエラに言った。エラは、嫌だ、早く帰ろうとだだをこねた。即座に彼は、いいかげんにしろ、と怒鳴りつけ、エラはぶーっと口を尖らせたまま立っていた。二人の言い争いを見ていると気まずかった。

「先輩！　先輩は司祭になるんだと神学大学に行きませんでしたか？」

「ああ。中退したんだ」

「そうだったんですか」

しばらく間を置いて考えながら、僕は決意した。

「一、二時間だけいてから帰るんですよね？」

「ああ。そのつもりさ。久しぶりに会ったんだから、昔話でもしてくれよ」

先輩の顔が明るくなった。エラはまだうるみ目で僕ら二人を見上げていた。

トンキ・トンキ・チキン。市場の路地にある店。彼の言葉通り無類の合同体育祭好き、教会はもちろん、仏教生徒会とも試合した偏平足、入隊期間を除き、これまでこの界隈から出たことのない高校の先輩がやっている店だった。そこへ三々五々昔の高校生らがやってきた。二十五年ぶり一堂に会した元生徒らの顔には、時間の爪あとが深いしわとなって刻まれていた。中にはその先輩同様、髪の毛すら抜けてしまった人もいた。歳月のそんな空白を、彼らは増したあごと腹の肉で埋め合わせていた。要するに、みな四十代中盤ということだ。これ以上何を言う必要があろう。全ては相対的なものなのか、そう似た年ごろ同士集まると、聖堂高等部時代と変わりはなかった。神学部を勧めたのも推薦書を書いてくれたのも神父だったから、見るからに関係が他人《ひと》とは違う彼が会話をリードしていたけれど、こうしてみると、いつの間にか、みな高等部予備神学生時代に戻ったように見えた。そのときでさえまだ僕は、昔の友人たちと神父さまの話でもちょっとしたらすぐ帰ろうと言っていた彼の言葉を、鉄鉱石のように信じていた。

「神父さまの本名はステファノじゃないか。この名前の意味は、空に何かを見る人さ。使徒行伝を見ると、主とモーゼに対する侮辱の咎《とが》で最高議会に引きずり出されても、ステファノは屈することなく、キリストをメシアと認めないユダヤ人たちを批判して、最高議会の議員を怒らせた、とある。そのときこのかたは空を指すのさ。見よ、かの天が開いて、人の子が神の右におられるのが我が眼にははっきり見えるが、あなたがたにはあれが見えぬか？　こんなこと言われたもんだから、議会にいたユダヤ人はますます気分を害した。で、石で叩き殺せとなって結局殉教する、そんなかたさ。とにかく俺が言いたいのは、神父さまも再三空に何かを見てたってこと。みんなも一度くらい聞いたはずだ。一九八一年の汝矣島《ヨイド》で朝鮮教区設立百五十周年記念信仰大会があったとき、空に浮かぶ十字架を見たって話。神父さま曰く、前日までは激しい秋雨、予定通りに大会をできるかみな心配したけど、明け方に雨はやんだらしい。そのとき集った人は実に八十万。で、午前十時ごろ行事が始まり、枢機卿はじめ、旗手団と司祭団が中央階段を上がっていると、背後の雲のすき間から白い十字架が鮮明に現れた。それを真っ先に見たのがステファノ神父だったって話」

高校時代、神父さまに何度も聞かされていたが、その後すっかり忘れて過ごし、彼の口から改めて聞くと、そのころのことがしみじみと思い出された。他の人たちも僕と同じだったのか、それぞれとりとめもない昔のエピソードを語っていた。そうやって語られる神父さまに関する一人ひとりの記憶を聞いていると、同じ時間《とき》を過ごした人には、分かち合える話題が自然と出てくることが分かった。話題はみなのあいだにあった。話を聞くというのは、共に経験することだ。だが、彼の話題は少しずつ僕らのあいだから逸れだした。

「ところで、あれ知ってる？　一九八二年も何かが空にたくさん見えたってやつ」

神父の思い出話がある程度終わったと思うころ、彼が切り出した。

「神父さまがまた十字架を見たの？」

チキン屋の先輩が、運んできた生ビールを置きながら訊いた。

「二回てのは初耳だと思うけど？」

僕の向かいに座った友人が言った。

「そうか、みんなは知らないんだ。最近、夜道を歩いてるとそのことがちらちら思い出されて、俺も最近になって調べたんだ。特殊戦闘輸送機にC123っていう、今は使われてない機種があるんだけど、一時期、寡婦製造機widow makerとして悪名高かった。そのC123が漢拏《ハルラ》山に墜落して特戦員五十三名が死亡する惨事が、一九八二年の二月五日に起こったんだけど、その事件を知る人は多くない。全斗煥《チョンドゥファン》政権が報道規制したからな。そのとき、こんなルーモアも出まわった。反全斗煥派で、空港の竣工式に列席のため済州《チェジュ》島《ド》を訪問中だった全斗煥を除去せんと計画してたんだけど、全斗煥側が事前に知って戦闘機で撃墜させたんだ、ってな」

「小説みたいだ。コンウが書かなきゃ」

顔に見覚えがあるだけ、先輩か後輩かも分からない、また別の男が言った。

「そう。公式的には逆。大統領警護のため、一日先に向かってる途中、墜落したことになってるからな。ところが話はこれで終わらない。同じ年の六月一日、特殊戦闘員を乗せた、また別のC123輸送機が清渓山《チョンゲ》中腹に墜落したんだ。ところがたまたまこのときの犠牲者の数も五十三、春の墜落事故と全く同じ。こうなると次はどうなると思う？」

「ひょっとして光州《クアンジェ》？」

僕が訊いた。

「ご明察。やっぱり小説家は頭が違うなぁ。その事故が報道されたと来たら、当然そう来なきゃ。特戦員が光州を鎮圧してまだ二年もならないころだったし、離れ合った二つの点をつないで原因と結果のストーリーを作るのは、民衆に許された唯一の特権だからな。だけど、俺はちょっと違ったふうに考えてる」

「どうなふうに？」

「八二年の空には何かがいたんだ。絶対に。俺は分かる。UFOウェーブって知ってる人？」

当然のことながら、誰も知る者はいなかった。言わなかったか？　要するにみな四十代中盤だと。UFOみたいなのは卒業して久しい。

「UFOウェーブというのは、一定期間に突然大勢の人がUFOを目撃する現象さ。例えば、アメリカじゃ、UFOが墜落してその残骸と死体が発見されたというロズウェル事件のあった一九四七年に、最初のUFOウェーブがやってきた。我が国では朝鮮戦争中、米軍パイロットがたくさん目撃したから、これを最初のウェーブとしてる。そして二回目がこの八二年に来たのさ。その年の六月、釜山のある空き地にUFOが三分も着陸したあと消えたんだけど、着陸の痕跡が残ってるうえ、目撃者も一人二人じゃなかった。話を聞いてやってきて、焼酎コップに酒をついでお参りする人がいるかと思えば、椎間板ヘルニアを治そうと着陸地点で腰をあぶる青年まで現れたほど。そして十月になると、全国のほぼ全都市でUFOが目撃される。これは何を意味してると思う?」

「つまり、先輩が言いたいのは、その輸送機もUFOに攻撃されて墜落したってこと?」

まさかと思いながら、僕が訊いた。

「ご明察」

その次の言葉は訊かなくても分かりそうなものだ。

「やっぱり小説家は……」

早めに一睡しておくのが正しい選択だったろう。どのみちあの二人の父娘《おやこ》を乗せて帰ると約束したからには。しかし、一度口を開いた彼の話はなかなか終わる気配を見せず、なぜ彼らを乗せて帰ってやると言ってしまったのか、そろそろ怒りがこみ上げてきていた。なので、店の時計の針が十時に向かって近づくのを見て、ちょっとだけでも休んでおこうとカウンターの後ろにある小部屋に入った。明かりをつけると、先輩の娘のエラが寝ており、また明かりを消して、隅っこで横になった。小説を書かなきゃならないのに、こんなとこで何やってんだ、と思うと眠れやしない……と思っていたところで、誰かに揺り起こされた。

「起きろ。帰るぞ、坡州《パジュ》に」

「何時ですか?」

「十二時過ぎだけど。満月で明るいから運転にもってこいだ。こんな夜なら俺でも運転できる。行こう」

酔っ払っているせいか、先輩は上機嫌だった。僕は眠気がとれるまで、とにかくあくびをしまくった。みんな家に帰ったのか、ホールはチキン屋の先輩だけだった。エラはなかなか起きなかった。僕は先に車へ戻り、エンジンをつけて待った。湿気を含んだ夜の空気が開けた窓へ押し寄せ、先輩はプレゼント包みのようにエラを懐に抱えて夜道へ出てきた。

カーナビに目的地を入力すると、走行距離は二九二キロ、走行時間は四時間五十四分。これは休まず走っても早朝五時過ぎにしか着かないという意味であると同時に、自宅《うち》に戻るなり短編小説を仕上げ、出版社に渡さねばならないことを意味していた。越えるべき山は高かったが、幸いトンネルが通っていた。深夜零時の国道に車はまばらだった。小説の結末は帰りながらいくらでも考えられるだろうと思った。だけど、飲み足りないとこぼす先輩がしゃべりだすから……またその話がエンドレスで続くから……。

「君はさっき、UFOなんてのは、現実から目を背けたい人の目に見えるものだって言ってたろ？　だったら、一九八二年の朝鮮半島には、現実逃避したい人たちが無尽蔵に多かったという、ま、そういうことにならないか？」

エラは後部シートで寝ており、僕ら二人は横並びに座っていたから、それは僕に投げかけられた質問だったのだろう。だが、僕は答えなかった。

「やっぱり小説家は社会の現実に敏感だ」

僕は前だけを見据えた。飲んでるし、夜も遅いから、すぐ寝るはずだ、と僕は思った。だが、その考えは甘かった。続きを聞いたら分かるが、彼は夜眠るような人ではなかったのである。

「俺、頭おかしくないよ。もともと俺もＵＦＯなんかは、はなから興味ない。君も知っての通り、一時期司祭になろうとしてただろ？　だけど、二〇一〇年はなぁ、実によくなかった。気づいたら人生のどん底まで行ってた。俺がそんなふうになるって誰が思った？　そんなとき、深夜、聖水大橋《ソンスデギョ》を渡り、江辺北路《カンビョンプンノ》を一山《イルサン》方面へ向かってると、目の前のビルの谷間にものすごくでかいお盆みたいなのがあるのさ。黄色いお盆。月だった。嘘じゃなくて、このフロントガラスを覆いつくすくらい。それを見てると、ここは宇宙だ、俺の運転するこの車は地球の表面を這う月面車、いや地面車みたいなもんだって気がしてさ……そしたら、昔、神父さまと一緒に見上げた光を思い出して。で、あの光が何だったのか気になって、そのときのことを調べはじめたんだ」

「へぇー、神父さまみたいに十字架でも見たんですか？　そんな人がなぜ司祭の道をあきらめたんです？」

偉そうに僕が言うと、彼はかぶりを振った。

「違うよ。十字架なんかじゃ。それはその、神学部じゃ軍隊行ってきたあと、三年生になったら聖職者請願書を書かなきゃならないんだけど、その紙をもらって何日たっても一文字も書けない。三年生から一人部屋生活が始まったけど、やっとそのとき俺は、一人部屋じゃ生きられない人間だって分かったのさ。で、悩みぬいた末、一人部屋を出て、結果黒のローブはあきらめた。ま、そういうこと」

「誰かを愛したんじゃなくて？」

「そんなんじゃない」

「えーっ、小説家はそんなのが好きなのに。信仰詩集とかゾルバなんかじゃなくて」

「そうなの？　まぁとにかく、こんな時間に人が運転する車の助手席でぼそぼそ昔話してると、妙な気分だ」

「どうしてです？」

「ここ数年、代行運転やってんだ。実は神父さまが亡くなったって連絡も、俺はもらってない。明け方、コンビニのパラソルの下で新聞読んでて、訃報欄見て知ったんだ。一日くらい稼げなくても、お別れはしなきゃだろ。普段仕事のとき、エラは家に一人なんだけど、こんな日まで一人でいろっていうのもなんだから連れてきたのさ」

　僕は横を向き、先輩を見た。何か返事すべき気もしたが、言葉が出てこなかった。かと言って、いつものように、笑ってごまかせることでもなかった。何か言おうと思ったのに、どんなことでもいいから話そうと決めたのに、結局何も僕の口からは出てこなかった。すると先輩から先に沈黙を破った。

「君は昔、〝月の別の顔〟って小説を書いたことがあったろ?」

「えっ?」

「覚えてない? 十年ほど前か、奇しくも俺は君の小説が載った雑誌を高速のパーキングで買って読んだんだけど……ほら、俺たちの聖堂が出てくる話」

僕は辛うじてそんな短編小説を自分が書いていたのを思い出した。『小説と思想』という、もう廃刊となった文芸誌に発表した小説だったが、僕がこれまでに出した四冊の短編集には収録されてない作品だった。

「俺、その出だしが大好きなんだ。自分のことのようで。八二年の四月七日だったけど、神父さまのお遣いで、君が小説にしてた、ちょうどその路地を駆けてたんだよ」

自宅《うち》に戻りファイルを探してみると、その小説の出だしは、復活節のころ、僕らが暮らしていた集落の風景を描写しつつ、次のように始まっていた。「橙色に暮れゆく夕焼けのほうへ、カーン、カーン、鐘の音がほのかに染みこんだ。底知れぬほど深い闇が、集落へ押し寄せるほど広々と。集落の裏、固城山《コソン》へと続く一つ目の丘の稜線にある聖堂で、立て続けに鐘を鳴らしていた。そのころになると、さっと吹きつける夕凪のすき間、数軒の窓に一つ二つ灯《ひ》がともる。市街地を貫く国道38号線の街灯がアカシアのような白い明かりを点《とも》すのも、路地端で遊んでいた子供たちがうちに帰るのも、ちょうどその時刻《ころ》である」。おぼろげながらその小説の内容を思い出した僕は、彼の言う光は、つまり、神父さまとともに見上げた光というのは、思い起こせば色あせて感じられる記憶の中の幼年の光、僕らがいちばん燦爛《さんらん》と輝いていたころの、光彩みたいなものを言っているようだ、とまぁ、そんなふうに思っていた。彼がいきなり「君んちの父さんのところへ」と言うまでは。

「父さん？　うちの父のことですか？」

彼を見つめながら訊いた。

「ああ、君の父さん。花屋のおじさん。急に行くところができたから、君んちの父さんに車を聖堂に出すよう伝えてくれって、神父さまに頼まれたんだ。そのころ、君んちにボンゴがあったの、覚えてる？」

彼の言うボンゴとは、僕が中学一年のとき、日雇いを乗せる運搬用に購入したものだった。先輩は父の運転するボンゴに乗り、また聖堂へ上っていったという。伝言はしたから、そのまま帰ってもよかったはずだが、問題は祭服だった。着替える間もなく来たということだから、かなり急なお遣いだった模様。そうして聖堂にのぼった父は、神父の待つ司祭館へと向かい、先輩は祭衣室へ入って着替えをした。

「その日は復活節前の水曜だった。だから、月は満月に近づいてて、空は明るかった。聖堂から出て歩いてみると、空がとっても明るくて、見上げると、明るい点が見えてね。あんな明るい星があったかな、って思うほどの。で、色が明るくなったと思ったら、その光は三つに分かれたんだ。そのとき、司祭館から三人出てきた。神父さまと君の父さんと、あとあの人」

「あの人？」

「ああ、あの人。名前はオ・インスだったかな？　とにかく俺が手を挙げながら、神父さま、あそこにおかしな光があります、って言うと、みんなその三つの光を見上げた。東方の三博士が見た星はきっとあんなだったろうな、とかそんなことを考えてると、急に、じっとしてた三つの光が動きだすのさ。高速で空を横切ったり、円も描いたり。まるで雲にサーチライトを当ててるように。それを見てたら全身がぞくぞくしてきて……」

そのとき先輩が目にしたのは、そこそこ印象的だったらしく、どうかしたら本物のＵＦＯだったと思ってるようだ、と僕は思った。だから、八二年のＵＦＯウェーブのことをあんな長々と話したのだろう。しかし、先輩が僕に聞かせたかったのは、そんなことではなかった。先輩は、そのときその光を見ていたオ・インスという人が、突然聖堂前のコンクリート地面にがばっと伏したこと、かと思うと、光州で自分がどれほど怖い思いをしたか分かるか、光州事件てのがどれほど酷いものだったか分かるか、一部始終それを見守った自分がどれほど苦しんでいるか分かるか、と泣き叫んだ話をしたかったのである。そして五、六分ほどたったあと、光は消え、彼の嗚咽も収まった。その間、三人は真っ暗闇に立ちつくしていた。俺は空の光をずっと見てたけど、あとの二人は何を見てたか分からない、と先輩は言った。

泣きやむと、オ・インス氏は立ち上がり、服をはたいて神父に、自首すると言った。神父は父と先輩にしばし待つよう言い残し、オ・インス氏をつれて司祭館へ入っていった。先輩は暗闇に立っている父を見つめた。父も彼を見つめた。だけど、二人とも何も言葉を交わさなかった。数分後、再び出てきた神父は二人に言った。「今日、我々は何も見ていませんし、何も聞いていません」。そして「一生の秘密です。肝に銘じておいてください」と。この言葉の意味を、先輩はあとから知った。つまり、その数日前の三月十八日、釜山でアメリカ文化院放火事件が起こり、四月五日にはその背後操作の疑いをかけられたキム・ヒョンジャンを二十二ヶ月間かくまったことで、原州《ウォンジュ》教区のチェ・ギシク神父が警察に連行され、これを機に治安本部主導で全国の、特に教会や寺院などを中心に、厳密な戸口調査を実施したため、身を隠していたオ・インス氏を神父が慌てて別の場所に逃がそうとしていたのだと。

「もしあの場にいたのが警察に知れてたら、父も問題になったでしょうか？」

僕が問うた。先輩は僕を凝視した。

「神父さまの頼みを拒絶したならいざ知らず、指名手配者を逃がそうと車出したんだから、警察が知ったら、たぶん君の父さんも拘束してたろうな」

神父が司祭館へ入り、父がボンゴを運転して聖堂を離れたあと、先輩は一人、夜道を歩いていった。丘から下りてきたとき、前から車のヘッドライトが自分に向かって近づいてきた。道端でやり過ごそうとしていると、車は先輩の前で止まった。父のボンゴだった。父は家《うち》まで送ってやるから乗れと先輩に言った。彼は助手席に乗った。けれど、いくらも進まないうちに、先輩は前を指さしながら「あの前で停めてください」と言った。父は車を停めた。そしてエンジンを切った。そうして静寂の中、二人は座っていた。しばらくして父が口を開いた。さっきは俺の見間違いじゃないよな？　はい。先輩は答えた。俺たちの頭上に明るい光がぷかぷかしてた、よな？　はい、間違いありません。僕らの頭上に。実は家は目の前で、先輩がその車に乗る理由はなかった。だけど、先輩は父ともう少し何かしゃべりたかった。分からないが、僕の父もそれは同じようだったと先輩は言った。

帝政ローマ時代の人、クリストフォロスは、カナーン出身の巨人で、運転手たちの守護聖人である。彼の本当の名はレプロブス。力強い者に仕えるため、順番に王と悪魔を訪ねたのち、悪魔が十字架に怖がるのを見て、彼はキリストに仕えることにした。そのときある隠者から、貧しい人に奉仕するのがすなわちキリストに仕えることだと聞かされ、レプロブスは、お金がなくて河を渡れない人々を、肩に乗せて渡す仕事をはじめた。そうしたある日、一人の子供がやってきたので、彼は当然その子を肩に担ぎ、河に入った。

ところが渡っている最中、子供がだんだん重くなりはじめた。岩のように、次は丘のように、その次は山、大陸、地球、そしてこの世界全体のように。レプロブスは向こう岸に杖を伸ばし、辛うじてその重みに耐えた。するとその子は言った。「汝は今、全世界を動かしている。我こそは汝がかくも求めし王、イエス・キリストである」。その瞬間、陸《おか》に触れていたレプロブスの杖から青葉が生え、地に根を張り、棕櫚《しゅろ》の木になった。その一度の出会いによって、彼の名はギリシア語でキリストを背負ってゆく者、クリストフォロスになったのである。

ときどき先輩は深夜、酔っ払い客の車を運転するとき、その聖人のことを考える、と言った。汝は今、全世界を動かしている。ときどき先輩は、代金を受け取ったあと、暗い街を歩きながら、歌っているとも言った。青黒い海辺に雨が降れば、どこが空でどこが水よ。ときどき先輩は、漢江《ハンガン》の建物の横に巨大な月が浮かんでいるのを見るとも言った。その月を見るたび、四人の頭上で明るく輝いていたあの光のことを考える。でもみんな亡くなって、今残ったのは俺ひとり。もうあの光を知っているのは俺だけさ。その言葉を最後に先輩は眠りについた。

月明かりで明るい夜空と黒く高い峰、近くあるいは遠くにきらめく人家の明かりと、スムーズに流れる嶺東《ヨンドン》高速道路が目の前に広がっていた。もうみんな眠ってしまったから、小説の結末について考えようと心に決めた。しかし、どうしたことか、やたらと眠気が襲ってきた。太ももをつねり、ほっぺたを叩いても、まぶたはしきりに落ちてきた。そうしているうち、パーキングエリアの標識が見えたので、すぐさま入って車を停めた。ちょっと休むか、と思っていると、後ろにいたエラが、パーキング？　と訊いてきた。僕がそうだと言うなり、トイレに行ってくる、とエラは飛び出した。深夜のパーキング、子供一人で行かせるわけにもいかず、僕もあとをついて降りた。トイレのあと、それぞれ缶コーヒーと水を買って車に戻ると、先輩は身体を横に丸めたまま、後部シートに寝転がっていた。

「どうする？」

「そっとしといてあげて。あたしが前に乗るから」

エラが言った。この子を助手席に乗せ、僕はエンジンをかけた。再び、坡州《パジュ》へ。パーキングを出て、左のサイドミラーを見ながら、僕は高速道路の車線に進入した。僕らの前にも後ろにも、走行中の車はなかった。夜中三時過ぎの嶺東高速道路はもの静かだった。

「今いくつ？」

「十三です」

「十三歳？　じゃあアンネと一緒だ。『アンネの日記』、読んだことは？」

エラは首を振り、まだ眠いのかあくびをした。その本を読んでいたら、聞かせてあげる話があったのに……僕はひとり思った。アンネは一緒に隠れ住む年上のペーターとファーストキスをした。アンネはペーターのことが好き、ペーターもアンネのことが好きだった。

だからペーターはアンネのことを、僕のエル・ドラードと呼んでいた。エル・ドラード。黄金の都市、と。アンネは日記にこう書いている。「自分の宝物って呼んでるのと同じよね。人を呼ぶ名前じゃないと分かってないみたい。馬鹿！　でもあの子はとっても愛しい」。隠れ家の外では、みなゲシュタポに逮捕され、ガス室に送られてしまっているのに、アンネの関心は愛、ただ愛だけだった。十三歳には愛、ただ愛あるのみ。こんな話をしてあげようと思ったのに、横を見るとエラは目を閉じて眠っていた。

　僕は自分の十三歳を思った。そのとき何をしていたか？　一九八二年。中学一年生。プロ野球開幕。春風に揺れる聖堂入口のサクラ。ブラボーコーンとキスバー〔訳注：ともにアイスクリームの商品名〕の夏。ボンゴいっぱいに食料を載せて家族と行った日曜の渓谷。応接間でたばこを吹かす父の姿。夏でもひんやりした本堂。色とりどりに輝くステンドグラス。そして僕は見られなかった、父の、一生の秘密となった三つの光。トンネルを抜け、左に大きくカーブしながら、その光のことを考える僕の目に、長く伸びた高速道路右手のぽっかりした夜空に、黄色い月が浮かんでいるのが見えた。

「おい！　エラ、見てみろ！」

　エラは起きなかった。僕は教えてやりたかった。あの月が、君のお父さんがときどき深夜になると見る、まさにその月なのだと。君の父さんは、あの月を見るたび、一九八二年のある光を思い出すのだと。月が峰の向こうに隠れる前にエラを起こそうと、僕はアクセルから足を離した。その子の肩を軽く叩きながら僕は気がついた。父にも三つの光について考えたことが一度くらいはあったはずだ。彼らの頭上に、本当にあった、その光。果たしていつ光のことを考えたか、僕には永遠に分からないけれど。だったら、誰が何を言おうと同じじゃないか？　僕は独り言をつぶやき、そのときエラが目を開けながら、何するのよと言った。僕は月を指さし、エラはその月を見上げた。時計を見ると、二〇一三年五月二十五日午前三時二十三分だった。

僕がイングだ

見えないところで何か、魂とでも言うべき大切なものがこじれた感じ。ウンスは自分の傍らに立つ少年が、不安に感じられるばかりだった。工房を構えて以来、情緒不安定な十代の少年たちとたまに接することがあった。幼少期から音楽コンクールに参加する中で競争に慣らされてきた彼らは、おおかたプライドをくすぐると、ぎゅっと締まった弦のようにピンと力強く反応した。内心、だったらこれまでの分も合わせて、不安部門最優秀賞を受賞されるべきだな、と思いつつ、ウンスは少年を見て見ぬふりして作業を続けた。しばらく及び腰でドアの前に立ち、彼の仕事が終わるまで待っているかと思ったら、もう待てないというふうに、チョ・ウンスさんに会いにきたと少年は言った。変声期を過ぎた声が濁流のように室内に広がった。

「今日は誰とも会う約束をした覚えはないが」

少年に見向きもせず、彼は言った。

「明音社《ミョンウム》というところに行ったら、ここに行ってみろと言われたんです。ここに行ったらこれを買う人がいるはずだと」

少年は疵《きず》だらけのバイオリンケースを持ち上げて見せながら言った。ようやくウンスは作業台に彫刻刀を置き、少年のほうを振り返った。明音社から彼のところに客を寄こす理由はただ一つ。彼は少年の左手と左首を注視した。苛立つように唇をつねる左手の爪の下は真っ黒だった。

「私は君のことを知らない」

「関係ありますか？　どうせみんな知らなくて、ものを売り買いするじゃないですか」

「本来はそうなんだが、明音社からここに寄こされたのなら、ちょいと事情が異なる。ひとまずバイオリンを置いて、そこのソファーに掛けたまえ」

彼はドアの横に置かれた、真ん中がべっこりへこんだ三人用のレザーソファーを指さした。少年はソファーの端っこに姿勢正しく腰掛けた。

「名前くらいは聞かせてくれないか」

「プライバシーまで明かさなきゃ、バイオリンを売れないんですか？」

「君は私の名前を知ってるじゃないか。だったら不公平ってもんだ」

「イングと言います。チョン・イング」

彼は記憶をたどった。やっぱり初めて聞く名前だった。

「すでにご存知かもしれませんが」

少年がつけ足した。

「ん？　どうして私が君の名前を知っているはずだと思ったんだ？」

「知らなければそれまでです。バイオリンを作る人だからご存知かもしれない、と思っただけですから。だから言おうか言うまいか、迷ったんです」

「言ってる意味が分からないな。まずはバイオリンから見てみようか」

イングがケースからバイオリンを取り出し、テーブルに置いた。ほぼウンスの予想通りだった。突然昔のことと併せて、ある疑惑が浮上した。彼はソファーのほうへ椅子を引いてから、両手で指組みをし、少年の向かいに座った。

「私に売りたいんだったら、このバイオリンをどこで買ったかから話してみたまえ」

「そのことはこれ以上話したくないんですけど……」

「ご覧の通り、これには保証書がない。このバイオリンが盗品でないことを、君は証明しなければならないぞ」

初めから保証書などないバイオリンだと重々承知していながら、ウンスはわざとそう言った。イングは逡巡《しゅんじゅん》しているようだった。

「保証書がない限り、大韓民国のどこに行っても、そのバイオリンは売れまい。君が楽器商にそれを売ろうとするたび、私のところに連絡が来るだろうし、私たちは再会することになる。だから、そのバイオリンを売りたいなら、今私に売るのがベストだと思うが。するると私は知る必要がある。このバイオリンが盗品じゃないことを」

彼は毅然と言った。

「いいでしょう」

ついにイングは言った。

「僕をあまりご存知ないようなので、まずは僕から紹介しましょう。僕は天才少年バイオリニスト、チョン・イングと申します。みんな僕のことをそう呼びます。うちの父はタクシー運転手でした」

それは言うなれば嘔吐の前史。イングの父親は、いつもKBS第一FMが流れる、会社のタクシーを運転していた。別のチャンネルに替えてくれという客には、イツァーク・パールマンの逸話《エピソード》を聞かせてやった。いつだったか、オーケストラと共演中、イツァーク・パールマンの演奏するバイオリンの弦が一本切れたことがあったが、屈することなく、彼は残り三本の弦だけで演奏を成功裏に終えた、という話だった。イツァーク・パールマンが小児まひで右足不自由な障碍《がい》者だという事実と併せ聞くとき、この逸話の響きは一層大きくなった。

「芸術家って、自分が持ってるものだけで充分やれるんです。パールマンがバイオリンを始めたのは五歳からだそうですが、うちの息子は四歳からだから一年も早い。小児まひにもなってませんし。名前はチョン・イングです。将来、うちの子が世宗《セジョン》文化会館のステージで演奏する日が確実に来ると思いますけど、その日が来たら、あぁ、あのときのタクシー運転手が言ってた子か、と思われるはずです。私の言ってるのが本当かどうか、見といてください」

数百万ウォンのバイオリンで演奏する、タクシー運転手の中学生の息子が、世界最高のバイオリニストになるのが、今の韓国社会においてたやすいことではないという現実が、彼の目には見えてなかった。彼に見えてないのはそれだけではなかった。世界的なバイオリニストになれる少年なら、最終的に身体的な障碍はもちろんのこと、経済的、社会的な、いかなる障害にも打ち勝てるはずだからだ。問題は障害ではなかった。いつも通り、世の障害物はそこにそのままあった。なのに、その障害物がだんだん高くなるように見えたとすれば、それは彼の息子が徐々に平凡になりつつあるためだった。芸術の道において凡人は、ほぼ例外なく自分の飛び越えんとするその障害物を抱えて転んでしまう。

イングはいち早くそのことに気づいていた。イングに天国があったとすれば、小学校時代だろう。あのころはみな、イングがモーツァルトになったかのように、驚愕の眼差しで彼の演奏を聞いていた。だが、世界的なバイオリニストという目標を立てたとたん、イングは急速に平凡になり、その隙を逃さず人生は黒い口を開いた。その歯に何度か噛みちぎられたあと、イングに残ったのは臆病な逃避のみ。中三のころのイングにとって、世の中とは、自分の住むアパートの屋上から見下ろす風景のようなものだった。イングはつらくなると、屋上に上がってこんなことを考えた。四階しかないけど、飛び降りたら即死だろうな。もちろん、僕は毎回死なずに降りてくけど。だからここは生きることも、死ぬこともできる場所。なのに僕は生きることも、死ぬこともできない立場。

はなから挑戦しなければ失敗もないと、そのころのイングは薄らぼんやり気づいていた。夢を捨てる者に失敗はないという逆説的な真実。平凡な中学生なら、障害物を飛び越えようとしてその障害物と共に転ぶなんてあるまい。しかしイングにとって、平凡さを受け入れるのは、天才を受け入れるより難しかった。その間、彼の父親がまず平凡になった。年のせいか風邪が治らない、と内科を訪ねたイングの父は、肺がん末期の診断を下された。このことが自分の人生をどう変えるのか、イングは見当もつかなかったが、放射線治療と抗がん剤投与のみ可能、手術が不可能な末期患者、父の容態は日増しに悪化した。とはいえ、わずか八ヶ月で新都市のホスピス病棟にまで行くはめになろうとは誰も思わなかった。はじめその病棟を訪れたとき、イングはそこを別れの場所、すなわち停留場《ステーション》みたいなところだと思った。ここで別れたら、みなどこへ行くんだろう？　そうした思いが少年を孤独にした。

そうやって過ごしていた最期のある日曜日、病院へ至急来るよう連絡を受け駆けつけたイングに、意外なことに、父はバイオリンを一つ差し出した。ホスピス病棟にいて、誰のお金でどう買ったのか知らないが、イタリア製の手作りバイオリンらしかった。同時に父は、死ぬ前にイングのコンサートをぜひ見たいと言った。早くから人生の歯に噛みちぎられていた中学生と違い、死を直視する末期がん患者は、決して希望を捨てていなかったのである。父から渡されたバイオリンを握ったまま、イングはその希望の前に立っていた。

このときはじめて、イングは希望の恐ろしさを知った。

事情を聞いた病院側は、コンサートを後援する代わり、新設のホスピス病棟を周知するイベントとして、そのコンサートを活用することにした。コンサートが開かれた土曜の午後、会場の病院大会議室には、地元新聞社はもちろん、あるテレビ局のドキュメンタリー班までやってきた。イングは、死が始まったばかりの、あるいはまさに今進行中の、そしてまもなく終焉する人々の前で、父がもっとも好きだった曲、エルガーの〈愛の挨拶《あいさつ》〉を演奏した。演奏が終わると、ドキュメンタリー班は、イングが病室で父親のためだけに演奏する姿を撮りたいと言った。イングが〈愛の挨拶〉の演奏を始めるや、父の目からは再び涙が溢れ出した。春の渓谷のようにさりげなく見えたが、それは息子を世界的なバイオリニストにしようとする、父の最後の努力だった。イングの目からも涙がこぼれ、滑るようにバイオリンの表面を流れ落ちた。

父が死ぬと、待ってましたとばかりに、テレビはドキュメンタリー四部作〈ホスピス病棟の天才少年バイオリニスト〉を放映した。そのドキュメンタリーで一躍有名になったイングは、高一の冬休みになってすぐ、しばらくは毎週末、全国のホスピス病棟を回りながら〝ホスピス病棟の天才少年、愛の挨拶コンサート〟を開いた。そんなある土曜日、光州《クァンジュ》の病院で演奏を終えたあと、トイレに座って用を足していると、床に茶色の液体が見えた。何だろうと見つめていると、はじめコインほどだった液体が、時間とともに、次第に大きくなりだした。その液体がCD大ほどになったとき、急に吐き気を催した。イングは腰を屈め、床に向かってカラ嘔吐をはじめた。トイレが逃げ出すくらい、何十回もゲーゲーと、突然イングの口から床に広がっていたのと同じ茶色の液体があふれ出た。何だ、これ？僕より先にここで茶色の何かをもどした人がいたってこと？　僕みたいな人がまだいたってことか？　イングは嘔吐物を見ながらぶるぶると震えた。

父の死後、残された家族には目下生計の手段がなかった。ちょうどそのころ、イングに演奏を要請する電話が全国から殺到しはじめていた。彼らはイングに死にゆく人々を前に〈愛の挨拶〉の演奏を求めた。自分たちがテレビで見たように。がん病棟では人が死につづけるはずだし、慰めの演奏は世界の終わりまで続くだろう。それはイングの後にも先にも別のイングが要ることを意味した。イングは自分が大勢いるイングの一人にすぎないとおぼろげながら悟った。それからというもの、イングは演奏が終わるたび、嘔吐のため、トイレに駆け込んだ。その年の春、もうバイオリンは演奏しないと心に決めるまで。平凡を受け入れると、イングのむかつきも同時に収まったのだった。おしまい。

イングの話を半分ほど聞いたとき、ウンスはその話全体を疑いはじめた。話の信憑《しんぴょう》性はウンスにとってはるかかなたに、たこが全くない子の左手は実に近くにあった。加えて、あのバイオリンがソウル郊外に新規開業したホスピス病棟で横たわるタクシー運転手の手に入る確率は、どんなに多めに見積もってもゼロに等しいと判断したのだ。

「今の君の話で、このバイオリンが盗品でないとは承服しかねる」

父親の涙について語る際、涙ぐむほど自分に酔いしれていたイングは面食らった。今はじめてここがどこか分かったかのようにきょろきょろしていたイングは、突然バイオリンをケースにしまおうとした。ウンスは立ちあがってバイオリンをつかんだ。

「当分のあいだ、このバイオリンは私が預かる。誰からどうやってこれを手に入れたのか、ちゃんと明かしたら、そのとき相応の代金を君に支払おう」

だが、イングもバイオリンを放さなかった。互いが力を入れると、二人が中腰でバイオリンにしがみついて向かい合う格好になった。五十過ぎとはいえ、ウンスはいつも作業台で木を削っているので、腕力勝負なら十七歳の少年くらい軽く打ち負かすことができた。すると、力では負けると思ったか、イングが突然彼の顔につばを吐きかけた。左目付近に飛び散ったつばを左手で拭きながら、不覚にもウンスはそれが嘔吐物かもしれないと思った。その瞬間も彼はバイオリンを放さなかった。

「この野郎、絶対牢屋にぶち込んでやる」

これ以上力を加えたらバイオリンが砕けると思ったとき、イングは手を放した。ウンスはバイオリンを懐に抱えたまま後ろから倒れた。両腕を広げ、ひっくり返った昆虫のように地団駄を踏みながら、イングは倒れた彼に向かって罵声を浴びせかけた。およそ聞いていると、父なしだと馬鹿にしてるけど、自分も知り合いは一人二人じゃないから黙っちゃいない、そう言っているようだった。とりあえずバイオリンを作業台の下に押しやって、ウンスは立ち上がった。するとイングはドアを開けて逃げだした。待て、と言ってみたところで、イングが聞くはずもなかった。

イングがケースを開けるときから、彼はそのバイオリンが分かっていた。いくら盲目でも、彼にそれを見分けられないはずがあろうか？　もしイングが彼の顔につばを吐き、狂ったように罵倒して駆け出さなかったら、彼もイングに長い話を聞かせていたことだろう。あの年の蒸し暑かった夏、新村《シンチョン》を通り過ぎている途中、バス停に立つヘジンと偶然会うところから始まる話を。彼女をどう説明したらいいだろう？　家で作るシャーベットみたいと言うか。店で売っているのより甘さ控えめな代わり、酸っぱさと冷たさがずっと強い、そんな女性。下校中だったのか、バイオリンケースを持って立ち、「最近どうしてる？」と訊いてくるから、「人をいっぱい殺すホラー映画見てまわってる」と無愛想に答えたのに、何が可笑しかったのか、彼女はひとしきり笑った。あとから聞いてみると、彼女もホラー映画マニアだった。

　中学時代から二人は国内コンクールでたびたび顔を合わせていた。実力は似たり寄ったりだったとウンスは記憶している。しかし家計に悲観し、高一でバイオリンをあきらめてからは、彼女に会えなくなった。そのときウンスが依然バイオリン専攻の音大生だったら、あるいは二人は普段通り、目の挨拶だけで分かったふりして別れていたかもしれない。もうお互い違う道を歩んでいると思い、彼女は声をかけてきたのだろう。そうやって会い、どこ行ってるのと訊かれたとき、ウンスはとっさに、東元《トンウォン》木材の乾燥野積場に平昌《ピョンチャン》郡で伐採したカエデが入ったと言うから、それを見にゆくところだと答えた。それが嘘の、だが今思うと真実の始まりだった。当時、水色《スセク》にあった東元木材に、使えそうな木がないか見てこいと、お遣い途中だったのは正しいが、父に見てくるよう言われていたのは、輸入チークだった。

ウンスはバイオリンの材料はカエデだと聞いていたから、とっさにその木が思い浮かんだのだが、ヘジンの表情が微妙に変わるのを見て、もう一歩前進した。すなわち、バイオリン製作者になるため、自分はバイオリニストの道をあきらめたのだと、はにかむように言ったのである。その日、ヘジンはなぜその言葉に興味を示したのか、そして水色行きのバスに同乗してきた理由は何だったのか、彼には分からなかった。一つだけ確かなのは、ちょうどその日、バイオリン製作者になるという彼の言葉に、ヘジンの表情が微妙に変わったその瞬間から、彼はヘジンを愛しはじめたことだった。偶然の出会いと嘘に始まった愛は、気軽で無責任であると同時に、一時的で官能的なものだった。彼は彼女のうわべだけを愛した。彼女の天真爛漫さを、ふくらはぎを、八重歯を、髪の毛を。

だが、東元木材の乾燥野積場で嘘みたいに本当にカエデの原木を発見したとき、ウンスは体を鷲づかみにされる、握力のようなものを感じた。いつからバイオリン製作者をしているのかと訊かれたら、答えはやはりちょうどこの日というしかなかった。原木を見た帰り道、彼はヘジンに最初に作ったバイオリンをプレゼントするから、それで自分ひとりのためにメンデルスゾーンの〈バイオリン協奏曲〉第二楽章を演奏してほしい、と言った。

彼女に会うまで、彼は一度もバイオリン製作者になりたいと思ったことはなかった。それは、何かの熱気に包まれる余り、知らないうちに衝動的に吐き出した言葉にすぎなかった。しかし、彼の言葉には浪漫の香りが漂っていた。もう一度返事を求めると、ついに彼女はいいわようなずいた。その瞬間、未来は決まった。彼の未来を決めたのは、つまり、何かの熱気だった。


少年は嘘をついていると思いつつ、検索サイトに〝チョン・イング　ホスピス病棟　愛の挨拶〟と入力したところ、驚いたことに七千件を超す検索結果が現れた。一番上のサイトをクリックすると、誰かのブログにスクラップされた新聞記事へと飛んだ。〝ドキュメンタリー人間時代四部作、ホスピス病棟に響く愛の挨拶〟。記事内容はイングが彼に聞かせたのと大同小異だった。彼はちょうどスクロールを製作中だった工房職員のサンヒョプに、もしかしてチョン・イングという少年バイオリニストを知っているかと尋ねた。少し考えてサンヒョプは、知らないと答えた。

「じゃあホスピス病棟の天才少年バイオリニストの話は聞いたことある?」

「あー、その子なら知ってます。覚えてます。実力はぼろぼろなのに天才だと、マスコミが大騒ぎしてたから……」

「天才じゃないのか?」

作業が退屈だったのか、サンヒョプは椅子を回し、彼を見つめながら言った。

「まぁ、天才というよりは、ほら、こんなの、あるじゃないですか? 機械? 北みたいな社会主義圏によくいるバイオリンの機械ですよ」

「見る人が見たらすぐ分かろうに、そんな子をいたずらに天才だと言うか? 何かあったんだろ」

「さぁ、何があったんでしょう? あ、その子には父親がいたんです。その親父が、幼少からその子を機械に仕立てあげたんです。金のためでしょうね。骨と皮が隣り合わせの姿でベッドから、この子は将来イツァーク・パールマンみたいな世界的バイオリニストになるんです、なんて言うからびっくりですよ。タクシー運転手の分際で、世宗文化会館のサポート会員だからって言い過ぎでしょう。努力してできることもあるし、できないこともあります。僕らがちゃんと見たら見積もりが出るでしょ? 秘密の丘はないって」

「もしかして母親もテレビに出てた?」

ウンスが訊いた。もしヘジンがその後離婚でもしていたら、彼女がタクシー運転手と再婚してはならないという法はなかったからだ。

「母親？　母親は、ですねぇ。どうだったかな、出てたかな？　父親の闘病生活の場面で出てた気もしますけど」

「どんな感じだったか覚えてるか？」

「そんなのどうやったら覚えられるんです？」

言われてみると、彼女がどんな感じだったかは、ウンスでさえも記憶が曖昧だった。思い出すのはたこの味と言うか。ビターで、ほろ苦く、ぷにょぷにょした暗がりの記憶。

「そんな気になるんでしたら、動画を探してみますよ」

ウンスは、いい、と言ったが、サンヒョプは彼を押しのけてパソコンの前に座った。自分の表情のどこかがサンヒョプの好奇心を呼び覚ましたらしいと彼は思った。とうとうドキュメンタリーの動画を見つけ、パソコンにダウンロードするあいだ、サンヒョプは工房の片隅にある例のバイオリンを指さした。

「あれ、見覚えないですけど、修理ですか？」

「ああ。どこかの高校生が持ってきたんだ」

何を思ったのか、サンヒョプはバイオリンを手にして音を出した。それまで彼は音を聞いてみようとは思いもしなかった。音は死んでいた。彼が作ったときの音ではなかった。それでもサンヒョプは悪くないと言った。サンヒョプに、うるさいからやめろと言おうとしたとき、ダウンロード完了を知らせる音が鳴った。最初は午後の作業そっちのけで、そのドキュメンタリー四篇を全部見るつもりだった。だが、一篇の途中まで見たところで画面を一時停止させ、サンヒョプに、外でコーヒーを買ってくるよう頼んだ。サンヒョプが出かけると、彼は画面を前後に動かしながらイングの母親が出てくる場面を探し、念入りに調べた。いくら歳月がたっているとはいえ、ヘジンがその女性のはずがないと思った。彼は再び早送りしてコンサート部分を探した。イングが末期がん患者らの前でエルガーの〈愛の挨拶〉を演奏していた。

「これ以上見る必要はなさそうだ」

コーヒーを買って戻ったサンヒョプに言った。

「この子はバイオリンが何たるかも分かってない。深みが全然分かってない。うわべだけで演奏をしている」

「父親はそうとも知らず、息子を天才と思いながら死んだのに、幸せと言うか、不幸せと言うか……。そんなの知らずに生きるのが幸せな気もしますけど、知らずに死ぬのもどうなのか」

サンヒョプはもっとこの話をしたがっている様子だった。だが、彼は遮った。

「今日中にそのスクロールまで終わらせるなら急がなきゃな」

翌日の午前中、何度もテレビ局に電話して担当者を探し、事情説明など、わずらわしい手順を踏んで、彼はチョン・イングの連絡先を聞き出した。後日、自分の素性を明かし、あの不遇な天才高校生に手作りバイオリンを寄贈したいという意思表示までした。むろん、魂のこもってない機械的な演奏しかできない偽の天才に、自分のバイオリンをくれてやる気は毛頭なかった。ただ連絡がつくなら、あのとき牢屋送りと言ったのは興奮のはずみで、すまなかったと謝るつもりだった。たこもない左手から察するに、バイオリンをにぎったこともないやつだと疑いかけていた矢先、つばまでかけられたら、誰だってそう言ったと思うが。代わりにバイオリンの出どころを、つまり、もとの所有者は誰で、今どこで何をしているのか教えてくれたら、最大限誠意ある値段で買い取ろうと言うつもりだった。だが、連絡先に電話しても、出る者は誰もいなかった。呼び出し音が鳴るあいだ、彼は連絡先が書かれたメモ用紙をずっと眺めていた。電話番号の下にはテレビ局のディレクターから教わった住所もあった。水色《スセク》の近くだった。電話を切り、メモ用紙を眺めながら、彼はその場所まで行ってみることにした。

思った通り、チョン・イングの住所は、東元木材があった場所から数百メートルも離れていなかった。むろん、ヘジンと一緒にカエデの原木を眺めた乾燥野積場の痕跡は見る影もなかったが。しかし痕跡が残っていないのは、八〇年代初頭の木材所だけではなかった。一日じゅうクラシックFMを聞いていたタクシー運転手とイツァーク・パールマンより早年でバイオリンを手にした天才少年が住んでいた家も同じだった。彼らが住んでいた界隈は、数年前、ニュータウンに指定されていた。補償問題が思うように進まなかったのか、セメントの壁に赤いスプレーで〝生存権死守〟と書かれた家が数軒あったが、大部分はすでに撤去された状態で、街は荒廃していた。彼は〝生存権死守〟というのは変だと思いながら、廃墟となった街を少し歩いた。死んでも生きる権利を守るというのは矛盾じゃないか？　彼は思った。全くの無駄足だったな。

冷たい風が吹く路地を歩きながら、彼はあの夏、路地の入口に立っていた木を思い浮かべた。彼女と肩を並べて歩いた道沿いの、貧しい家の痩せた子供たちのようにほっそりと、背丈ばかりぴんと高かったポプラの木。何のせいだったたか、ときおり激しい彼女の息遣い、そして不規則に弾む彼の心臓。何の跡かたもなくなってるな。まるで砂の城のように。彼は二人で眺めたカエデの原木が今はどうなっているか気になった。たぶん本棚や机や床板になっているはずだ。あのときはその場でその原木でバイオリンを作る勢いだったのに。そうしていたら、彼女とはどうなっていただろう？　あのとき、水色から戻ってくるときもまだ、すぐバイオリンを作って彼女にプレゼントするつもりだったのに、実際、彼が彼女に最初の完成品をあげたのは十一年後、イタリアはクレモナのバイオリン製作学校で、苦労に苦労を重ねて勉強していたときだった。

ある日、学校にいると、韓国人を探している人がいると言われ、観光客かと思って出てみたら、ヘジンだった。何がどうなっているのか、訳が分からずぽかんとしていると、彼女は無邪気な顔で、近くを通りがかりに、彼がここにいるのを思い出して立ち寄ったのだと告げた。

「通りがかり？」

「ミラノからボローニャへ行ってる途中なの。連れがいるんだけど、先にボローニャへ行ったわ。ところでさ、ちっとも変わってないわね」

そのときはその連れが何者か知らなかったし、知りたいとも思わなかった。夢のまた夢のような出来事で、ウンスはのぼせあがっていた。

「何年ぶり？　五年は経ってると思うけど。独奏会でちらっと会ったのが最後？　なのにこんなところで会うなんて！」

「ストラディバリ製作学校、一度来てみたかったの」

「だったら見せたいとこもたくさんあるし、紹介したい人も大勢いる。みんなヘジンさんに会ったら喜ぶよ。演奏も聴いてみたいし」

「だけど、どうしよう？　このあとの夜行列車でボローニャへ行かなきゃならないの。昼間だけなら大丈夫よ。それはそうと、ここの生活はどう？」

相変らず美しい姿で彼女は訊いた。昼間だけならと言われ、彼の声は急に沈んだ。

「つらいよ。何より孤独だし。東洋人がなんでバイオリン作りなんだって、みんなから言われる。偏見の切れ味がすごすぎて、僕の心臓は宙ぶらりさ」

「私は偏見、好きだけど。自分の糧《かて》になるから」

「分からないな。君は僕が全然変わらないと言うけど、僕の顔はもう変わってしまった。何て言ったらいいかな。一切余分のない顔になったと言うか。ただ最低限存在する、輪郭の顔？　いくら食べても太らない。もちろんここじゃ〝いくら食べても〟なんてまねはなかなかできないけど。とにかく満ち足りずにいつも飢えてるよ」

「それって真のバイオリン製作者になってゆくプロセスじゃないかしら。ねぇ、私ちょっと、甘いもの食べたいんだけど」

「僕は苦いものがいい。いい場所がある。とりあえずそこから行こう」

彼らは学校前のバーに行った。そこで彼はビールを飲み、彼女はケーキを食べた。その日、彼は会話に酔うという意味が分かった。韓国人に、しかもヘジンに会い、気兼ねなく騒げるようになると、すぐに酔いが回ってきた。おかげで大胆になったウンスは彼女に、水色《スセク》での約束を覚えているかと訊いた。彼女は覚えていると答えた。ウンスは、部屋に自分の一号品があるから、約束通り、それでメンデルスゾーンの〈バイオリン協奏曲〉第二楽章を演奏してほしいと言った。生返事のあと、ヘジンも水色でのことを思い出したのか、今でもホラー映画は好き？　と訊いてきた。その問いにウンスはよいことを思いついた。彼はヘジンにイタリアのホラー映画を見たくないか訊ねた。もちろん見たいのは山々だけど……ヘジンは汽車の心配をした。だが、ウンスは、時間ならたっぷりあると言い、ホラー映画をやっている映画館を探し、コムーネ広場とドゥオーモ辺りをさまよった。その夏、イタリアの小都市クレモナで、ホラー映画を上映しているところは一箇所もなかった。焦った彼は適当な映画館を見つけて入った。

客はほとんどいなかった。難解な内容のイタリア映画だった。彼は映画にのめり込むほどイタリア語ができなかった。しかし、仮に韓国映画だったとしても、映画自体にのめり込むのは難しい状況だった。ヘジンはと言うと、イタリア語が全然分からないので、映画を楽しめなかった。だから、入って十分もたたずに、二人は退屈になった。そのとき、ウンスは体が弾けんばかりに興奮しはじめた。暗がりにヘジンと二人きりだと思っただけで、それまで表せなかった欲望が具体的な形になりつつあった。彼はその場でヘジンに襲いかかるんじゃないかと怖くなり、座席の肘掛けを両手で握りしめた。そのときウンスが彼女の左手をつかんだのは、専ら自分の欲望を隠すためだった。ヘジンの指にはたこができていた。彼はそのたこにそっと触れた。バイオリン製作者ならきっと愛すべき部類の肌だった。だから彼は、堂々と彼女を愛せる根拠を見出したように安心した。その瞬間、彼は職業的に彼女を愛していたことになるからだ。そして無意識のうちに彼は彼女の手を口元へたぐり寄せ、指先を舌でなめていた。親指から小指まで順番に。ゆっくりと味をかみしめ、また記憶しようと努めつつ。ともすれば、うわべではない、もっと本質的なものを渇望しつつ。

翌朝、ウンスは、クレモナで彼女が降りた汽車、ミラノからボローニャに向かうその汽車で、隣に一人の男が座っていたのを知った。男と口論の末、怒りを押さえきれず、思わず汽車を降りたあと、ヘジンはそこがクレモナと知り、どこかで聞き覚えがあると思った。それもそのはず、留学に発つかなり前から、何度となくウンスの口より聞かされていた地名だった。翌年、彼女がイタリア旅行で同伴していた男、物理学が専門という若い教授と結婚したのを知ってからも、ずっとウンスはヘジンの言葉について考えていた。思わず汽車を降りたらクレモナだった、という。二人の関係に本質的なものは最初からなかった。二人は池に浮かぶアメンボのように、人生の表面をそれぞれ滑っていただけ。お互いどれほど深い生活の水深に浮かんでいるのかつゆ知らず、滑っている最中に出会い、別れたのである。だけど、彼女と再会することは二度とあるまい、ウンスは予感した。結婚後、ヘジンは二度とバイオリンの演奏をしなかった。ウンスはその間も黙々とバイオリンを作った。そしてその間、なぜバイオリン製作者になる決意をしたかにまつわる記憶らしきものは、少しずつ頭から消えていった。自称天才少年バイオリニストのイングがやってこなかったら、なぜこんな人生をはじめたのか、恐らく永遠に忘れてしまっていたところだ。

しかし、ウンスが忘れて過ごしていたのはそれだけではなかった。水色《スセク》にあるチョン・イングの住所を訪ね、無駄足だったと帰ったその夜、彼は明かりもつけず、工房の暗がりにじっと座っていた。動いたら全てばれるんじゃないかと怯える犯罪者のように。どれほどそこに座っていたか分からない。分かっていることがあるとすれば、水色で廃墟になった街を眺めた瞬間、それまで自分が忘れて過ごしていた大切な真実を一つ思い出したことくらいか。最高のバイオリンをプレゼントし、彼女の気を惹かなきゃと、右往左往していたころ、龍山《ヨンサン》の駐韓米軍基地前で、ストラディバリウスを持っているという米軍将校を、実に二日も待ち伏せたことがあった。将校は彼にわずか十分間、その名器を見るチャンスを与えた。十分は短すぎたが、仕方がなかった。彼は名器の秘密を必ず探らなければならなかった。将校がちょっと目を離した隙に、彼は舌でバイオリンの表面をなめた。バイオリンの音は表面に塗るニスで決まるから、その味を知る必要があったのだ。音の秘密を知りたくば表面を味見すべし、まさにこのことを彼は長年忘れて過ごしてきたのである。本質は表面にあった。だったら、表面を滑るアメンボ人生にも、深みはあるのでは？　同様にあのドキュメンタリーの深みも、末期がん患者の外面ばかり撮ったあの画面にある、と彼は思った。ここまで考えたときふと、イングにあのバイオリンをあげた人がどこにいるのか、分かりそうな気がした。

ウンスは明かりをつけ、パソコンの前に座った。フォルダからサンヒョプがダウンロードした四部作のドキュメンタリー〝ホスピス病棟に響く愛の挨拶〟を探し、最初から見返した。前日の昼間に見たとき、そのドキュメンタリーは、人間の高貴な感情を顧みない、単なる興味本位なアプローチと商業目線にすぎない、と彼は思った。だが、今回は違った。最初から最後まで八十分間、四篇ぶっ続けで見たウンスは、最後のコンサート部分に至ると、声を出して泣いてしまった。クレモナから戻って以来、二十数年間、一度も泣いたことのないウンスだったから、嗚咽はとても不自然だった。そのドキュメンタリーを通して、一人の人間が地球上から消滅することの意味をはじめて知ったとか、バイオリンがどんなふうにそういう人間の運命に立ち向かうか気づいたとか、はたまた広い目で見ると、私たちはみなホスピス病棟の末期がん患者と変わらないとか、そんなことのために泣いたのではなかった。彼はごく平凡な理由で泣いた。天才少年バイオリニスト、チョン・イングが演奏するエルガーの〈愛の挨拶〉に心臓を掻き乱されたから、その曲を作った、新婚ほやほやの若いエルガーの歓喜に比べ、ホスピス病棟で無表情にチョン・イングの演奏を聴く末期がん患者らの姿が、あまりにみすぼらしかったからだ。にわかな嗚咽はなかなか止まなかった。

だが、動画を一時停止させながら、患者の顔を一人ずつ調べていた彼が、ついにある人の顔を見つけ出したとき、涙はもう出ていなかった。はじめて深い水深に頭を突っ込んだかのように、何もかもが急にしんと静まり返った。他の患者らのあいだで、みなと同じ青い縞模様の入院服を着て、天才バイオリニストによる、しかし無感情にただ五線紙の旋律をバイオリンで翻訳するだけの機械的な演奏を、ヘジンは聴いていた。ホラー映画より怪奇なその場面にしばし釘付けになったウンスは、突然椅子からぱっと立ち上がった。どこでどう間違ったのか、今なら分かりそうだった。問題はそう。魂、バイオリンの魂だ。ウンスはイングが置いていったバイオリンのほうへ歩いていった。音はいかれて久しく、新しい弦に換えてもA弦の音はすり切れていたから、サウンドポストがブリッジに近すぎるのは明白だった。彼はf字孔《ホール》にセッターを入れ、支柱の上下を交互に叩きながら少しずつ後ろへ移動させた。イタリアで学んだとき、先生はそれをラニマ、すなわち〝魂〟と呼んでいた。バイオリンの魂を、彼は一時間近くいじくった。そしてついに最も正確な位置を見つけると、布団をかぶってすすり泣くように塞いでいたA弦の音が、ベッドを跳び出して、彼が見ている前に立ち、大声で歌っているようだった。その音を聞きながら彼は安堵した。そしてすっかり満足した。あたかもこの瞬間のために、バイオリン製作者になったかのように。

散歩する者たちの
五つの楽しみ

## 1　短時間でてきぱきと

三ヶ月もならない。不眠の夜を過ごしつつ、彼は昆虫たちが羨ましいという結論に達した。例えばムカデは足を十本失ってもなくなったのを知らぬまま逃げる（〝ひょっとして足が多すぎるのかも〟）。ウマオイムシは他の捕食者に身体を噛まれている最中も夢中でえさを食べる（〝これも腹が空きすぎていて〟）。交尾を終えたカマキリの雄は雌に頭を食べられてからも逃げようとせず愛に耽《ふけ》る（〝そういえば子供のころ、近所にそんなおじさんがいるってうわさを耳にしたこともあったなぁ。首を切られてもたぶんあの人なら……〟）。

「彼らは痛覚がないからな。単なる痛みじゃない。苦痛と呼ぶべきだ」

彼はA４の紙に青の万年筆でリストを作りながらつぶやいた。彼の考える苦痛とは、すなわちブッダが言うところの生老病死のようなものだ。不眠の長期的な持続がこんなふうに彼を宗教的な苦悩に導いた。彼は生老病死が苦痛なのは因縁のためだと考えた。因縁によって人生の行路が広がり、その路を突き進むのは彼の身体なのに、そこはまさに生老病死のホームグラウンドと言えた。ゆえに生老病死は、彼の身体に因縁によって集まり、因縁によって散らばる苦しみの軌跡だった。

〝ともすれば頭でっかちな蟻《あり》人間たちの軌跡〟

彼は知らぬ間にリストにこう書いていた。書きおえてみると、もっともらしく思えた。彼はたいていのことがそうやって進行するのだと思った。彼は何度もあくびをしながら、リストを作りつづけた。

〝台所のガスレンジの上でやかんが沸いているかもしれない〟

〝明日は曹《チョ》プロデューサーに必ず電話し、進捗状況をチェックしなきゃならない〟

〝公共料金を支払うなら口座に入金しなきゃいけない〟

実に三時間かけてリストを作成するあいだ、痛みはやってこなかった。代わりに両目は赤く充血し、眠気は際限なく押し寄せた。今なら眠れそうな気がし、ベッドに入って寝転がったが、例のように、横になった瞬間、頭の中は冴えわたり、同時に部屋の扉の向こうから、一頭のゾウがのっしのっしと近づきはじめるのだった。彼は再びベッドから起き上がり、リビングに出た。彼は正気だったら絶対に読めない本、退屈で開いた瞬間寝つける本、ほんの一文も読みたくない本を探して本棚を掻きまわし、『がん患者のための生存戦略』という本を見つけた。なぜこんな本が本棚に入っているのか分からなかった。そのうちがん患者が登場する映画を撮るつもりだったのかもしれない。適当にページをめくっているると、〝ミラー技法〟という、医者との対話に備えるがん患者のためのテクニックを見つけた。「全ての言葉にはミラー技法が必要だ。例えば以下の通りである」。

患者：〝四日〟とは具体的にどういうことですか？

医者：四日連続で一日一時間ばかりかかる治療を受けなければならないということです。

患者（鏡）：だったら四日間一日一時間ずつ治療を受けて、治療が終わったら家に帰れるということですか？

医者：そういうことです。

再びリビングのソファーに座り、意識が朦朧《もうろう》としたままその文章を読んでいると、ある瞬間、医者がゾウに変わりながらはっと我に返る。彼は患者役になり、ゾウの言葉にそのまま従った。ゾウが見える限り、彼の不眠症は治癒不能な疾患だった。彼は再び本をパラパラとめくりY氏を見つけた。恐らくY氏がいなかったら、彼は、苦しみによる不眠が再度不眠の苦しみとなりながら織りなす、地球周回軌道ほど巨大なループから、一歩も抜け出せない月のような境遇に陥っていたはずだ（〝恐らく雄カマキリのように。だったら子供のころ、近所の例のおじさんもそうだったんじゃないか〟）。Y氏は著者とのインタビューでこう述べていた。

「こうした散歩のメリットはもう一つあります。夜になるとどうしても病気のことばかり考えてしまって、思うように眠れないことが多いです。ですが、散歩した日は身体が疲れているせいか、すぐ寝つけるだけでなく、熟睡できるのです。テレビのトーク番組を見ていると、一時間半くらいすぐ経ってしまうじゃないですか。散歩でお友だちと楽しい時間を過ごして戻ると、以前は効率の上がらなかった家事も、短時間でてきぱきと片づくものです」

短時間でてきぱきと。彼はリストを書きとめたA４の紙を持ってきて、一番下にそう書いた。
短時間でてきぱきと。
彼が散歩をはじめた理由は、この文のためだった。

## 2　ゾウも寝かせることができて

Y氏のインタビューを読んだその夜、すぐさま彼は散歩しなきゃと心に決めて出かけた。おおかた夜中の二時。満月の周囲が明るい深夜だった。月暈《つきかさ》かと思ったが、月をさえぎる夜の雲だった（〝よい兆しか？〟）。二階から降りてきて、エントランスのドアを開けるまで、散歩なら一歩ずつ足を上げながら歩くだけと思っていたが、いざ歩きだそうとすると、どうしたことかその一歩を上げるのが辛かった。やはり悪い兆候だった。動悸がし、顔が火照った。彼はマンションの駐車場の前に立ち、左右に長く続く路地を眺めた。彼の右手にある壁の下の暗がりにひそんでいて、これ以上我慢できなくなった一匹の野良猫が、立ち止まることなく彼の前を走り過ぎ、路地の向こうへ消えるまで、彼はそのまま立ちすくんでいた。一歩を踏み出したあと、自分が果たしてどうなるか、彼に予測できなかったのは、こうした不安が、毎晩彼を眠りから覚まさせる心臓の痛みとして現れていたからだ。彼は冷たい深夜の空気を深く吸い込んで吐き出した。肺と食道を通って暖められた空気が歯の隙間から漏れ出した。彼はゾウとともに再び家へと戻った。

翌日から彼は電話をかけ、アポを取りはじめた。まずは妹から。結婚間近の妹とは、家の前を出発し、レンタカー店がある大通りの角を曲がり、地下鉄の駅近くまで行ってから、そこのカフェで温かいお茶を飲んで帰ってきた。妹はこの数ヶ月間、彼の身に起こっていたことに一切気づかず、当然のことながら彼がひどい不眠症に悩まされているのも知らなかった。カフェを出て、彼のマンションの前にほぼ着いたころ、妹は彼の左腕の内側の柔らかい肉を指でつねった。どんな話題からだったか、子供のころ二人がああだこうだとけんかしていた話の中で、妹ががりがりで手足ばかり異常に長い、奇形な体型の、いかに間抜けな子だったかを彼が口にした矢先、彼女はそんな行動に出たのだが、その瞬間彼の足は止まった。ゾウが右の前足を上げ、その足を彼の心臓にそっとのせたまま、力を入れようか入れまいか、悩んでいた。

「よせよ」

彼が言った。

「そうね、そんなにあたしのこと、からかわないでよ」

六歳の子供の声で妹が言った。黒く日焼けした顔で二人して運動場を走りまわっていたあのころは、みんなどこかへ行ってしまい、このゾウは一体どこから現れたのか？　彼は注意深く一歩を踏み出した。幸いゾウは足に力を入れなかった。その夜、彼はY氏同様、思いのほか長く眠ることができた。もしかすると眠ったのは、あの事件以来、いつも自分の心臓に足をのせてくるゾウだったのかもしれない。夜中の二時ごろ、激痛で目を覚ました彼は、また『がん患者のための生存戦略』を開いた。どこでも気の向くままに。そこにはこんなことが書かれてあった。

「両目を閉じて、痛いと思う部位を眺めてください。痛みが見えますか？　周期的に痛みが押し寄せては消えますか？　あるいはその状態のままそこに存在しますか？　では、その痛みがボールだと思ってみましょう。ボールも種類はいろいろです。ピンポン玉、野球ボール、ハンドボール、サッカーボール、バスケットボール、はたまたラグビーボールやアドバルーンみたいなのもありますね。バスケットボールから始めましょう。それがバスケットボールだと思ってください」

夢と現実の中途半端な境界を出入りしていた彼の頭の中に、眼鏡をかけたゾウが現れて、彼に向かって言った。

「では、そのボールが野球ボールくらいに縮まって、さらにピンポン玉のように小さくなると思ってください。さあ、ゆっくり呼吸しながら。今度はそのボールがだんだん大きくなりますよ。またバスケットボールに。次はアドバルーン。はい、またバスケットボールに戻りましょう。そのボールを空高く投げますよ。三メートルくらい。投げたらキャッチしてください。本物のボールで遊ぶように。自分の手から離れてまた落ちてくるまでじっと待ちましょう。ほら、そこのかた！　なんですか？　なぜこっちを見てるんです？　私、どこか変ですか？」

ゾウが指先で眼鏡を少し上げながら彼を指さした。

「僕がこのボールを投げたら、先生はキャッチできるか、気になりまして」

「一度投げてみてください。たいていはキャッチできますから」

ゾウが両腕を広げながら言った。彼は右手を挙げ、ゾウに向かって投げるしぐさをしかけて腕を下ろした。

「え、どうして？」

ゾウが尋ねた。

「これを先生はどうやってキャッチするんです？　僕のは地球大なのに」

幸せはえてして我々の外側に存在する。愛と同じ。けれど、苦しみは我々の内側にのみ存在する。我々がそれをボールのように持て遊ぶのは、それゆえ絶対不可能だ。もし実際、彼がゾウにいきなりそのボールを投げていたら、ゾウはその場で死んでしまっていたかもしれない。昆虫はそんなことでは死なないけれど、少なくとも口のきけるゾウなら。大部分の人間はそうやったら死んでしまうからだ。

とにかく彼は地球を投げず、ゾウは死ななかった。代わりにゾウはもうしゃべらなくなったし、前足を上げて彼の心臓をそっと押すこともなかった。彼は再び熟睡できた。まぁ長時間ではなかったけれど。

## 3　ベッドでは寝てばかり、セックスばかり

次の日、彼は心配事リストが書かれたＡ４の紙を裏返し、そこに友人の名前と連絡先を

書いた。全部で九人だった。自分から連絡できる友人の数がたった九人だという事実に彼は幾分がっかりした。とにかく彼は上から順に友人たちに電話をかけた。最初に電話に出た友人は金融監督委員会に勤務する高校の同級生、年に三、四回電話するといつもそうだったように、恐ろしくせわしげな声だった。

「ちょっと家《うち》に来てくれるとありがたいんだけど」

彼が言った。

「お前んち？　引っ越したの？」

「いや、そのままさ。代わりにベッドを動かしたんだ。大部屋から小部屋に。ベッドじゃ寝るかセックスだけってのが医者の指示だから」

もしかして電話を切られるんじゃないかと心配したとき（〝だとしたらリストに書く心配事はもう一個追加〟）、友人が言った。

「必ずベッドでしなきゃってわけでもなかろうに。いいよ。じゃあ、あとで」

夕方、インターフォンの音を聞き、ドアを開けると、約束通り、ネクタイをした友人がドアの前に立っていた。彼は、どうぞーって言わないの？　と言う友人の腕を引っぱってすぐさま外へ出かけた。夜半から雨という予報だったが、夕方の空気はまだ乾燥していた。

今回はレンタカー店のある角を曲がったあと、地下鉄の駅を過ぎ、坂の上にある大学の前まで散歩するつもりだった。散歩だと思うと彼の気持ちは高ぶった（〝ゾウのことはもう考えまい〟）。夜の街は涙目で見つめる風景のようにいろんな明かりでにじんでいた。

「病院行った？」

額に汗を浮かべ、ネクタイを少し緩めながら、なぜ歩かねばならないかも分からぬまま、友人は用心深く尋ねた。

「病院行ったかって？　ああ、不眠症のせいで」

あやうく彼は〝ゾウのせいで〟と言ってしまうところだった。

「交通事故の後遺症？　何てったっけ、あれ。外傷後症候群？　三豊《サンプン》百貨店の崩壊で生き残った人がなってる不眠症がたぶんそれだろ？　幻覚を見たり大声あげたり物を壊したり。お前もそんなの？」

友人が尋ねた。こんな薄情な友人を最初の散歩候補に挙げたのは失敗だった。だけど、一番親しい友人といったらこいつだったから。

「外傷後症候群で合ってるよ。三豊百貨店の崩壊で生き残った人たちがなってる不眠症さ。そんなやつだよ。だけど幻覚を見たり大声あげたり物を壊したりはしない。それは映画なんかに出てくるやつさ。そんなんだったら病院で治療を受けることもない」

「それもこれも精神的な問題じゃない？」

「ぜんぶ精神的な問題だって言うのか？　でも実際、体が痛むんだ。心じゃなくて」

友人はいぶかしげに彼を見つめた。

「でも実際、コンクリートの下敷きになったわけじゃないだろ？　なのに体が痛むだなんて」

「実際、コンクリートの下敷きになったわけじゃないけど、実際、体が痛む。だから外傷後症候群って言うんだろ」

こんなことさせてすまないというふうに彼が言った。恐らく自分の心臓に足をのせてくるゾウは、まさしくこんな気持ちなんだろうという気がした。

「だから外傷後症候群て言うのか。知らなかった。日々の生活で精いっぱいだからな。確かに知っていることは多くない」

友人は彼の言葉に従った。二人は汗水垂らしながらも休まず坂をのぼっていった。大学前の通りは大勢で溢れかえっていた。彼は歩きながら人々の顔を眺めた。目じりにしわが寄るほど笑っている人がいる反面、何か悩み事でもあるのか、額にしわが寄るほどひどく顔をしかめる人もいた。足元ばかり見ながら歩く女性もいたし、車道に向かって立ち、たばこをふかしながら遠い夜空、あの低くかかった雨雲の後ろに常に存在するはずの星を見透かしているように、空を見上げる中年男性もいた。信号が変わるたび、ヘッドライトを煌々《こうこう》とつけた車は列をなし、渡りかけては止まるを繰り返した。洋服屋からはうるさい音楽が流れ、露店の明かりは一箇所に集まって歩道に注いでいた。彼らは肩をぶつけながら、このようにごった返してにぎやかな道を歩き、最終的に各自の家に帰るのだろうと彼は思った。医者が寝るかセックスだけと忠告した、例のベッドへ。そこに帰って彼らはみな一人で眠るのだ。玉を打ち上げるたびそれぞれのパターンで落ちるゲームのピンボールのように。ときとして自分が何者なのか最後まで教えてくれるものは、一人ひとりが見ることになる夢の中にあるのかもしれない。一人一つずつの夢。しかし、夢だからといって、よいことばかりではなかった。彼が夢うつつに見るゾウのように。だけど、誰にも見せられないあのゾウのように。彼としてはただ察するしかなかった、彼女の孤独な夜のように。友人の言う通り、僕らは誰にも見せられない、ゆえに幻想と言うべき自分の夢に魅了され、また医者の言う通り、僕らは実際その夢に影響される。だからこんなに人でごった返した道を歩くのは、家でひとり、心配事リストを作りながら過ごすより危険でもあった。これほど大勢の人が存在しているにもかかわらず、彼の言う実際的な苦しみを、完全に感じられる人は誰もいないと自覚するに至るという点で。彼が地球を投げたとしても、人々が受け取るのは各人のボールだ（〝ゾウだとしても。いや、ゾウのことはもう考えまい〟）。ピンポン玉、ゴルフボール、バスケットボール、ラグビーボール、サッカーボール、バスケットボール、バレーボール……、他に何があるだろう。

「さあねぇ、白血球くらい？」

ビールを飲み干しながら友人が言った。暗いキャンパスまで散歩したあと、大学前のこじんまりしたカフェに入ったときの、彼の話を聞いた友人の言葉だ。

「白血球？　その程度？　原子の粒じゃなくてありがたいな」

「まだ白血球はいい細胞だから？　まぁ、タキオンみたいなのもあるけど。科学者たちがあると思っている、光より速い粒子。証明する方法が見つからない」

「あるって思う、けど証明できない粒子。つまり僕のゾウみたいな」

「そう、お前のゾウ。お前の苦しみが作り出したそのゾウみたいな。実際はいないんだ」

友人ももうミラー技法をマスターしたかに思えた。一時期、彼はフランシス・コッポラ監督の〈地獄の黙示録〉を定期的に見たことがあった。数ヶ月見なかったら、なんだか見なきゃならない気がした。そこでカーツ役を演じていたマーロン・ブランドの最後のセリフは「恐怖、ああ、あの恐怖」だ。カーツが最後に知ることになるのは、世の諸悪の根源かつ暗黒の核心が、自分の内にあることだった。友人が白血球のことを話すや、そのセリフが頭に浮かんだ。白血球は外部病原体を退治してくれるよい細胞だが、ときおり健全な細胞も敵と間違えて殺す場合があるからだ。こうなると外部とは一切無関係な苦しみが自分の内部に生じる。これが他でもないリューマチというものだが、彼は何年か通院治療した母のおかげでその病気についてよく知っていた。

「苦しみ、ああ、あの苦しみ。誰にも伝わることのない」

カーツ大佐のセリフをまねて彼が言った。

「昨日、証券会社あたりで配ってたチラシを見たら、こんなことが書かれてた。苦しみとは自分を取り巻く理解の皮が破れることである。カリール・ジブランて人の言葉だってな。最近のチラシはレベルも高いね。今、株式市場は完全恐慌状態。アナリストがいくら分析しようにも論理的に理解不能。みんなどうかなりそうさ。お前の周りにそのゾウが見えなきゃ、汝矣島《ヨイド》に行ってるって思えばいいんだ」

「そんな状況でも稼ぐやつはいるだろ？　ゾウが心臓を踏みまくったって」

「戦争になって株が紙くずになる日が来ても、それで稼ぐやつはいるさ」

「今日、君からはじめて希望的な言葉を聞いた。ゾウが悪いばかりじゃないってことだからな」

「まぁ、最後まで理解しようとする人より、最初から誤解した人になるほうがうまくいくってことだな。これが希望的か？　これが希望的か？」

「これが希望的か？　それが希望的さ」

彼は上機嫌になってビールを飲みながら言った。

その夜の散歩はこうして終わった。久々の酒ですっかり酔っ払ってしまった彼は、鼻水と涙、全部をぶちまけて泣いた。雁が鳴くように。友人の懐に抱かれてギャーギャー。彼女のせいだった。彼と彼女も最初からお互い誤解していると思っていたらよかったのに……。理解していると、完璧に理解し合っていると思っていたなんて。そんなことを言ったら、カーツ大佐も、白血球も、ゾウも、みんな理解しなきゃならないんじゃないか？甚だしくはムカデも、ウマオイムシも、雄カマキリも？　そんなのはもともと問いはあっても答えがないものだから、なおさら悲しくてギャーギャー。疲れ果てるまでギャーギャー。家《うち》まで送ってやるよという友人の言葉があまりに悲しくてまたギャーギャー。力を入れて顔を真っ赤にしたゾウが自分の心臓を踏みまくっているとも知らず。ギャーギャー。故郷に帰る雁のように。

## 4　結局ひとりで道を歩いてゆくことになって

それから二週間、彼はプラン通り、九人の友人と散歩した。毎日できればよかったけれど、友人たちの都合も思うようにつかず、雨の日も多かった。雲は地平線の向こうから現れ、雨をまき散らしたり、あるいは風の吹く方向へ散らばった。曇りの日は街明かりのにじんだ夜空が不透明な赤だったし、雲一つない日は透明な紺色だった。最後に彼と一緒に散歩した友人は二児の父、盆唐《プンダン》に住む建築士だった。小学生のころ、建築士の家には卓球台があり、放課後、彼はいつも彼の家に駆けつけ、スピンのかかったボールをネット越しに打ち返す練習をしていた。珍しいシェイクハンドで練習していた友人で、サーブはいつもひねくれていた。

「せこい」

彼が言った。

「本当にそう思ってたのか？」

驚いたふうに友人が尋ねた。

「本当にそう思ってたさ。せこいって。サーブを打ち返すのにあらかじめ計算しなきゃならないからな。僕はただスマッシュしながら汗を流したかったんだ。だから僕はシェイクハンドを一度も使わなかった」

けれど、そんな話は大学の正門に着く前に終わってしまった。建築士は自分のことはほとんど話さず、代わりに彼の映画（〃恥ずかしいことこの上なし、残ったのは彼女との思い出がほぼ全て〃）の感想を、映画専門誌にレビューを書くかのようにひとしきりつぶやいた。彼はなんだか改まってされるそんな話にばつが悪かった。だから建築士の携帯が鳴ったとき、むしろありがたく思ったほどだ。建築士も同じだったらしい。それは、下の子の調子が悪いから早く家に帰ってこいという妻からの電話で、建築士は申し訳なさそうな顔をした。彼は人の演技に敏感だった。不自然な演技は非文だらけの文章を見るように嫌だった。彼はただ一言、急いで帰れよ、と言った。タクシーを捕まえようとしていた建築士は、ふいに彼を見つめながら言った。

「俺、そんなせこい人間《やつ》じゃないぜ」

「君、そんなせこい人間《やつ》じゃない。分かってるよ。何だよ急に。冗談だったのに」

依然、改まってしゃべる建築士に彼が言った。

「そうか？」

建築士は照れくさそうな顔をした。今度は自然な演技だった。

「ところでさ、お前の映画って庶民が見るには芸術的すぎるぜ」

そう言い残し、建築士はタクシーに乗って行ってしまった（〝盆唐までタクシーで帰るつもりか？〟）。九人目の友人が行ってしまうと、彼の気持ちはなんだか淀んだ。二人で汗だくになりながらエンドレスでデュースを続けていた八〇年代初頭のある日の午後は遠く、盆唐よりはるか遠く、たぶん宇宙のかなたにまで行ってしまったかのようだ。

建築士を乗せたタクシーが遠ざかったとたん、脇の路地からゾウが現れ、彼の心臓にそっと片足をのせた。ゾウは悩んでいるようだった。力を入れようか入れまいか。彼はそのゾウを、小学校のころ、秋の運動会で友だちと一緒に押した大玉転がしの玉くらいにするため、ありったけの力を込めた。だけど、久々に現れたゾウは、かつてよりはるかに力が強かった。ゾウはそっと足に力を入れたり抜いたりを繰り返した。ゾウがいつ力を入れるか予想つかないことが、彼を恐怖に追い込んだ。そうやって随分長い時間立っていたが、ゾウはそのままだった。ちょっと様子を見てから、彼は額から吹きだす汗を拭い、用心深く一歩踏み出してみた。ゾウの足は重くも、かといって軽くもなかった。用心深くもう一歩踏み出した。やはり変わりはなかった。そうして七歩ほど進んだとき、急にゾウが足に力を入れ、彼は右手で胸をわしづかみにして立ち止り、激しく息をした。ゾウはそっと足から少し力を抜いた。心臓がなくても歩いてゆける、いっそムカデやウマオイムシや雄カマキリみたいなら。苦しみ、ああ、あの苦しみ……。彼としてはほとんど伏して謝りたい心情だったが、ゾウはともすればタキオンみたいなもの、あると思うが証明できない、論理的に不可能な、光より速い粒子みたいなもので、どこに向かって謝ればよいかも分からなかった。あるけれどないもの、予測不能。自分の中にできる膿《うみ》のようなもの。そこに理解の皮みたいなものはなかった。結局、彼は彼女のように死ぬことになるのだろう。自分の中で。ひとり。

　そうしていると、凍りついたように立ちつくす彼の腕に、光る何かがポツンと落ちた。ほどなくまたポツン。ポツポツ。雨粒だった。彼は顔を上げ、空を見上げた。青の気配は全く見えない、不透明な黒い空を背景に、あの向こうから雨粒が落ちてきていた。彼を中心に左右に広がりながら。雨降る夜空のなめらかな顔。遅れて届けられた手紙を受け取ったときのように、その封筒を開封したあと、それでも、いつだって読んだその瞬間、読めてよかったと思わざるをえない内容を読んだときのように、そこにせこいスピンのかかった、数千個のピンポン玉のような雨粒が落ちてきていた。じっとのけ反ったまま彼はつぶやいた。ちょっとでいいからしばらくこうして立ってよう。ちょっとでいいからしばらくこうして立ってよう、って？　ゾウもじっとのけ反ったままつぶやいた。彼は顔を上げたままうなずいた。ムカデも、ウマオイムシも、雄カマキリも、ピンポン玉も、野球ボールも、バスケットボールも、白血球も、タキオンも、地球も。みんなじっと顔を上げて空を見上げていた。ちょっとでいいからしばらくこうして立ってよう。それは、いつか二人で漢江《ハンガン》の河川敷で大喧嘩をしたあと、もう終わりにしましょ、一人で歩いて帰るわと、暗闇に向かって歩いてゆく彼女をただ見つめ、たぶんそう見つめているだけだと、後々必ず後悔すると思って駆け寄り、彼女をさえぎって彼が言った言葉だった（〝あのまま帰したほうがよかったのか？　そう引きとめないほうがよかったのか？〟）。で、後悔してるのかい？　顔を上げたまま立ちつくしたゾウが言った。で、後悔してるのかって？　やはり立ちつくした彼が言った。

## 5　通りで新たな友人とつきあうことになるだろう

「ちらちら時計を見る人が一番嫌だったわ。ほほほ。あそこに寝転がってると、ひねくれたことしか考えないから。ふん、そんなのってさ、足の爪を切ってもまだあと数百回は切るわけでしょ？　だから、宣告された人の前で、いくらお見舞いに来てくれてるからって、時計とか見られて癪《しゃく》に障らないわけないいじゃない？」

Y氏が言った。Y氏とはかれこれ一時間ばかり歩いていた。九人目の友人との散歩を終えると、彼のリストはゴールに達した。彼は、表に心配事リスト、裏には親友リストが書かれたA４の紙を机の片隅に放り投げたあと、今度は携帯に登録された番号を調べ、無作為に電話をかけた。こんにちは？　覚えていらっしゃらないかもしれません、私は映画監督の××、ははは、ちょっと何かお話がしたくてですね。ちょっとでも面識があったり、あるいは仕事を再開する際、どのみち会わなきゃならない人と。庶民の目には芸術的すぎる映画を撮る監督だからか、何か話でもという言葉に、電話に出た人々は好意的に応じてくれようとした。会うと彼は「ちょっと歩きましょうか?」と言ってから、相手の出方を窺がった。相手がつらそうなら、一キロほど歩いて近くの喫茶店に入ったが、そんなケースは多くなかった。意外にも多くの人たちは、散歩に、ただ歩くことに飢えていた。

もしかして人はみな内部に彼のゾウみたいなのが一つずつ存在していて、一人で散歩するのを恐れているのかもしれない。オランウータンやサイ、ウサギ、どうかしたらマンモスやティラノザウルスみたいなものが。歩きはじめて以来、彼が眠りにつくと、ゾウも眠りについた。もちろん眠ろうと横になれば、例の、心臓に触れるゾウの足が感じられた。いつまたゾウが足に力を込めるか知れず、そうしたら彼は全く予測のつかないカットサーブを眺める気持ちになるのだろうが、とにかくそれはそのとき。今はまず散歩から。歩けるだけ歩いたら、彼は適度に疲れた状態で眠れたし、それで充分だった。

そうやって散歩のため、人と会っていたある日、彼は机に置かれていた〝心配事リスト〟を処分する際、その下に伏せてあった『がん患者のための生存戦略』を見つけた。彼はもう一度本に目を通して出版社に電話し、著者の連絡先を訊いた。著者を介して、彼は五十一歳で肺がんを宣告されたY氏と繋がることができた。本によれば、皮膚がしわくちゃになる放射線治療に疑念を抱き、尊厳ある治療の権利を主張していたY氏は、「副作用に苦しむくらいなら、いっそのこと病に苦しみます」と言い残し、大学病院を去った。以来、彼女はひたすら歩きだした。彼がゾウと散歩していたとすれば、彼女はノアのように世界のあらゆる動物を連れて歩いていたはずだ。Y氏は景福宮《キョンボククン》の境内を歩きまくり、結果、長期生存に成功、散歩の達人となった。

「でももっと嫌なのはこう言われるとき。とりあえず病気が治ったら話すよ。そんなときはこう言うの。私の病気は永遠に治らないわ。今、しゃべって。分かるでしょ？　歩きながら私はそのことに気づいたの」

Y氏は言った。

「私の病気は永遠に治らないわ。今、しゃべって。もとからそんな性格でしたか？　そう強靭な？」

彼が尋ねた。

「私は学生時代から品行が方正、不条理を見過ごせなくはあったけど、ほほほ。そこにもちょっと前まで病院にいたって出てるでしょ？　この世に強靭な患者がいるかしら？　がん宣告されたら質問の連続。はじめは何も言いたくなくて死んだふりしてたけど、誰も代わりに答えてくれないし。〝もしかして誤診じゃないかしら〟最初は素朴な疑問にはじまり〝あれって静脈注射？　ビタミン剤？〟みたいな些細な疑問に至るまで。その答えを見つけるのが専ら私の仕事だから。ある質問はすぐ答えが見つかるし、別の質問は永遠に見つからない。例えば、こうして歩いている最中、突然下っ腹が痛くなるの。すると〝あ、再発？〟って思うけど、そんなのの答えってすぐ分かるものじゃないでしょ？　そうしたらその答えが分からなきゃ身動きもできない気持ちになるのよ」

「そんな疑問の答えはすぐ分かるものじゃないですよ。言うなれば、今この場で死ぬこともあるという恐怖です」

「そう。自分はいつも死と隣合わせという恐怖。救急車がこの故宮の中まで入ってきて、地面に倒れた私を乗せていく幻覚。救急車が入ってくるなら、一体どこから？　そんなことまで気になって管理事務所に訊いたこともあるの」

そしてY氏はまたゲラゲラと大笑いした。二人は池の周りに植わる柳の蔭に向かって歩きだした。スピーカーからは、まもなく閉門時間なので境内の観覧客は準備せよというアナウンスが流れていた。ソウルのど真ん中だったが、ここは実にひっそりしていた。

「映画監督でおっしゃったわよね？」

「ええ」

「私、最近映画見てなくて。どんな映画を撮られたの？」

彼はしばらく考えた。

「映画というよりは、ある女性を撮ったんです」

「お金持ちのようね。一人の女性のために映画を撮るなんて」

「だから今は一頭のゾウを残してすっからかんです」

「ゾウ？　本当にお金持ちだったのね」

Ｙ氏は気分良さげに笑った。肺がんの次はヘルペスが、その次は死ぬまで続く腎臓透析が待ち受けていたが、そしてそこにきっと存在すると思っていても、存在を証明するすべのない〝再発〟が常にひそんでいたが、Ｙ氏の顔を窺がっていると、それを察するのは難しかった。

「私の話が次の作品のヒントになってくれたら嬉しいわ。タイトルは何とおっしゃいましたっけ？」

「〝散歩する者たちの五つの楽しみ〟です」

「その映画でまたお金持ちになってちょうだい。ゾウのえさ代が要るものね。もっと取材したくなったら土曜日また、光化門《クワンファムン》まで来て。がん患者のための故宮散歩って催し物があるから。もちろん私が作ったの」

「分かりました。また来ます」

二人は出口を抜け、故宮前の広場を横切った。日没まではまだ時間があり、空は昼間と変わらず明るく青かった。ひとりで歩きはじめるとき、人はそれぞれ違う場所から歩みだす。あのように昼間と変わらず明るく青い空から、あるいはスピンのかかった雨粒が落ちる路地から、盆唐《ブンダン》よりはるか遠く、たぶん宇宙のかなたから。そうやってそれぞれ違う場所からひとりで歩きはじめ、結果として人はともに歩くやりかたを身につける。彼らの散歩はまるで世界に存在するあらゆる動物とともにする散歩のようだ。彼らの散歩はまるで世界に存在するあらゆる動物とともにする散歩のようだろう。これからも。永遠に。

そうして駐車場から出てきた彼らの目の前に、バスを一列に並べてバリケードを作り、四車線道路を封鎖した警察が見えた。どこからか喊声《かんせい》が上がった。二人は目の前に広がる場面を眺めた。黒の鎮圧服姿で並んで座っている警官と、その後方でトランシーバーを手に腕組みして彼らを見つめる指揮官、さらにその後方で待機している散水車、前でもつれ合ったままバスと壁のあいだを塞いで立つまた別の警官と、彼らの黒いヘルメットから二メートルほど上を通り過ぎる風、どこかから聞こえてくる喊声、また喊声、また別の喊声……、苦しみ、ああ、あの苦しみを。ムカデとウマオイムシと雄カマキリ、またオランウータンやサイ、ウサギ、どうかしたらマンモスやティラノザウルスみたいなものを。

「どう？　大丈夫？　もう少し歩きます？」

Ｙ氏が彼を見つめながら尋ねた。彼はうなずいた。

「もう少し歩こうってことでしょう？　いいですよ、この道。僕の好きな通りだから」

それに彼女と寄り添って歩いた通りだから。

「ええ。私も好きな通りよ」

そうやって歩く彼らに向かい、トランシーバーを手にした一人の警官が両手でバツをしてみせたあと、右手を伸ばし、道の後方を指さした。Ｙ氏と彼は警官が指しているほうを振り返り眺めた。ゾウとムカデとウマオイムシと雄カマキリとともに。それを。

# あとがき

この夏、僕は車でイランのザグロス山脈を越えていた。午前八時にマシュハドを出発したので、かれこれ車ばかり十二時間。既に八百キロ以上走っていたが、目的地ヤズィードまではまだ百キロ残っていた。もうしばらく風塵が舞う単調な砂漠の風景が続くのかと思っていると、木一つない鋭くそびえた浅黒い峰が遠くから姿を見せはじめた。目の前を片側一車線道路が長く一直線に伸びており、途中でその峰の谷間に消えていた。日が次第に傾くころまでその道を走っていると、瞬間、耳がきーんとし、自分たちがかなり高いところまで上ってきているのに気がついた。

日はやがて夕刻の黒い峰の向こうへ沈んだ。明るいうちはときどきカメのように走るトラックを追い越したりもしたが、薄暗くなってからは前の車の赤いテールランプだけ見ながらゆっくり運転した。空が真っ暗になると、満月に向かって膨らんでゆく月が一層白くなった。その月を見上げながら僕は、僕が新刊を出すたびに我がことのように喜んでくれていた人たちを思い浮かべた。彼らのうちの数人はもう私の新刊を読むことができない。

そう思うと不思議な気がした。どうしてそうなのか？　なぜそうなるしかないのか？　いまだによく分からない。どうして何もかも変わらなければならないのか、なぜ世界は僕が知っているその姿のままでないのか。

僕がそんな思いにふけっているあいだ、他の人たちが何を考えていたかは分からない。車内は静まり返っていた。とにかく全員疲れていたに違いない。訊くまでもないことだ。車内の空気は深海の底のように息苦しかった。僕らは気晴らしに歌を聴くことにし、誰かが携帯を車のオーディオにつないで流した。〝あたしはかわいくない。美しくない〟だとか〝Baby, I'm so lonely, lonely, lonely, lonely〟という歌声が不慣れな異国の空に響いた。その歌がよくて僕らは窓を全開にし、ボリュームを最大にした。ここで俺たちは終わりかい？It's OK. Baby, please don't cry. 歌声が暗い道路の上へ響き渡った。中央線をはみ出し、追い越してゆくイラン人たちが窓を下し、僕らに向かって笑いながら手を振った。僕らも手を振りながら笑った。手を振り、笑う、その単純な動作が僕らを上機嫌にした。そうやって僕らは道路の最高点を越えていった。

そして遠く地平線に明かりが現れた。遠くの明かりは地平線の右から左まで長く広がっていた。それが街明かりだとすれば、僕らは今、世界一大きな街に向かっているはずで、だが世界の果てまで行ってもそんなに大きな街はないはずで、でも僕らはそれがヤズィードの明かりだと信じることにした。なぜならもう十二時間も車内に座り、砂漠を過ぎ山脈を越え、八百五十キロほど走っていたからだ。そうして遠くの明かりから目を離せぬまま、三十分かけてゆっくりと夜の一本道を地平線まで下ってきた。もう着いた、あとちょっとだ。そう思いながら眺める地平線の明かりは、まばゆいほど美しく、またそのように美しくなければならなかった。それがヤズィードの明かりでも明かりでなくても。僕らははるか遠い道のりを走ってきたのだから。

小説を書くのは、それがヤズィードの明かりだと信じながら、暗い一本道を明るい地平線に向かってゆっくり下るのと同じだ。この本に載せた小説を書くあいだ、僕は自分の小説は無条件美しくなければならないと思っていた。実際、この世界がいかに残忍な場所で、僕らの生きてきた人生がどんなに残酷でも、そんなことは僕にとって重要じゃなかった。ここで僕らが終わりでも、それでもここに載せた小説を書いていた二〇〇八年夏から二〇一三年春にかけての五年間だけは、It's OK. Baby, please don't cry. 僕の小説に何か真実があるとしたら、その夜、旅に疲れた僕らが微塵たりとも疑わず、ヤズィードの明かりだと思った、地平線いっぱいに広がるあの輝きのようなものだと信じていたからだ。大切なのは、僕らが一緒にはるか遠い地平線の輝きを眺めながらゆっくり進んでいた時間なのだと。それがヤズィードの明かりでも明かりでなくても。

二〇一三年十一月

キム・ヨンス

# 訳者あとがき

本作を訳しおえたのは二〇一五年の夏。もう五年も前になる。原著は二〇一三年十一月刊、このたびの邦訳刊行にたどりつくまで長い歳月を要してしまった。キム・ヨンス（金衍洙）氏には申し訳ない気持ちでいっぱいだ。その間、無為無策だったわけでは、もちろんない。大手出版社に勤める大学の同期や知人の大学教授など、あらゆるつてを総動員して出版社をあたったが、ほぼ門前払いも同然の扱いを受けた。私に翻訳家としての実績が皆無だったせいもあろうが、一様に口にするのは「韓国文学は売れない」だった。だが、そう口を揃える出版社からは、どう見てももっと売れなさそうな、国内外の小説が出されている。明治期以来、日本で翻訳出版されてきた海外文学は欧米中心、アジアが軽視されてきたとはいえ、内心、彼らは韓国嫌いなのだろうとさえ思った。しかし、近年言われる出版不況のすさんだ実状を私が垣間見るにはよい機会だった。

私は大学で韓国（朝鮮）語を教えはじめて今年で十三年目になる。私が学びはじめた二十数年前と比べ、学習者の数は飛躍的に増加し、今はやや落ち着いた安定期に入った感がある。この間、さまざまな学生たちと出会ってきたが、その学習動機は「Ｋ－ＰＯＰや韓国ドラマが好きだから」が十数年来変わらぬ傾向だ。二十一世紀に入っていわゆる「韓流」ブームが起こり、以降、若干その形を変えつつ現在に至っている。インターネットの普及に伴う人々の文字離れは認めても、これは出版界全体の問題。出版社の言い分が正しいなら、韓国に関心を持ち、韓国語を学ぶ人は明らかに増えているのになぜ韓国文学は売れないのか、不思議だった。だが、理由は恐らくこう。文学、こと純文学はどちらかといえばエンターテイメント性が低い。反対に、ドラマや音楽はエンターテイメント性が高く、気軽に楽しめる。ディズニーランドやＵＳＪが相も変わらず人気なように、人々は良質でお手軽な享楽を求めているのだろう。そういった点で、韓国の国家的な文化コンテンツ普及事業は、商品とその価値を世界に広めるのに成功したと思う。ただ、韓国のドラマや音楽がいくら日本人に一般的なものになり、民間レベルでの交流が盛んになっても、日韓関係は今もいびつなままだ。これは単なる政治レベルの問題なのだろうか？

　韓国で書店に入ったことのある人なら分かると思うが、教保《キョボ》文庫や永豊《ヨンプン》文庫といった大型書店の小説コーナーには、国内小説、海外小説に加え、「日本小説」という書架が別置されている。しかもそこそこのスペース。一つのジャンルを形成するほど韓国では多くの日本小説が翻訳され、人々に読まれているのだ。これは今に始まったことではない。文学は、主人公（登場人物）への感情移入、主人公（登場人物）の取る行動や物語背景への「共感」が重要な要素のひとつである。加えて文学は、ドラマや音楽のような音声映像なしに、文字化された言語を介してのみ、これらを「想像」することが求められる。ということは、韓国の人たちは数十年前から日本文学の翻訳を通して、日本人の心情を想像し、共感しようという試みを続けてきたことになる。人は傲慢になると、他者に対する想像力を欠く。非常に表面的な分析ではあるけれど、これまでそして現在も、日韓の相互理解が思うようにいってないのはその逆、つまり何かを韓国人の気持ちになって考える経験と想像力が日本人にまだ足りないためだと私は思っている。最近はやや下火になってきたが、日本の書店でよく見かけるいわゆる「嫌韓本」、ナショナリズムの発揚に敵を想定するのは常套手段だ。いくら出版不況とはいえ、ヒトであれば誰もがなんらかのレベルで持っているはずのこうした帰属意識を利用して売り上げを伸ばそうとする商業主義を私はよくは思わない。

過去、日本で「韓流」を形成してきたコンテンツには、それぞれ先駆けとなるものがあった。映画であれば一九九九年公開の「シュリ」、ドラマであれば二〇〇三年にＢＳ放送された「冬のソナタ」、音楽であれば二〇〇五年日本デビューの「東方神起」。文学は昨年

（二〇一九年）邦訳が出た『82年生まれ、キム・ジヨン』と恐らく今後言われるだろう。一方で現在、日本における韓国文学の出版は（本書もその例外でなく）、専ら韓国文学翻訳院などの支援に依存している。将来、韓国文学の邦訳がこうした支援なしに出版され、ドラマや音楽が既にそうなっているように、書店で多くの人々が手軽に取って読む日が訪れた先に、日韓関係の未来はあるはずだ。

キム・ヨンス氏は現代韓国文学を牽引する韓国を代表する作家の一人である。前述した韓国大型書店は国内小説コーナーの片隅に「韓国代表（有名）作家」の棚があり、十名ほどの作家の本が別置されているが、ハングル（カナダラ）順なので先頭がだいたいキム・ヨンス氏の指定席だ（大抵右隣はキム・ヨンハ（金英夏）氏、一つ下段にキム・フン（金薫）氏。たまに指定席をコン・ジヨン（孔枝泳）氏に譲っている店舗もある）。というのも、キム・ヨンス氏は多賞作家と称されるように、韓国でもっとも権威があるとされる李箱文学賞はじめ、東仁文学賞、大山文学賞、東西文学賞、黄順元文学賞など、韓国の主要な文学賞をほぼ総なめにしているからだ（若者〈特に女性〉からの支持も厚い）。本書には全部で十一の短編小説が収録されているが、このうち「散歩する者たちの五つの楽しみ」は二〇〇九年の李箱文学賞受賞作、また、「僕がイングだ」と「青色で僕らが書けるモノ」はそれぞれ二〇一二年と二〇一三年の現代文学賞候補作に選ばれた作品である。キム・ヨンス氏に残された韓国国内の主要文学賞は、あとこの現代文学賞くらいだろうか。今後は海外の文学賞授賞も期待される。

本書に収録されている作品は、二〇〇八年から二〇一三年にかけて、著者四十歳前後に書かれたものだが、これらには共通して人の死が現れる。『世界の果て、彼女』（二〇〇九（邦訳はCUONから二〇一四年刊）の「著者あとがき（著者の言葉）」が「僕は、他者を理解することは可能だ、ということに懐疑的だ。僕たちは多くの場合、他者を誤解している。君の気持ちはよくわかる、などと言ってはならない。それよりも、君の言わんとすることすらわからない、と言うべきだ。僕が希望を感じるのは、こうした人間の限界を見つける時だ」で始まっているように、キム・ヨンス文学の主題のひとつは「他者への理解の不可能性」にあると思うが、そういった点で本書は、死をめぐる人々への理解がテーマと言えるかもしれない。死というと陰鬱《いんうつ》な印象を与えがちだが、本書の収録作はどれもそれを補うに余りある美しさを有し、またユーモアも随所にちりばめられていて、著者の手腕が遺憾なく発揮されている。また、主人公はどの作品も韓国人だが、背景にタイ、中国、フランス、ドイツ、イタリアが出てきて国際色豊か、著者の幅広い知見が反映されている。そうした作品の翻訳にあたっては、以下の書籍を参照ならびに引用させていただいた。

『神曲 地獄篇』ダンテ著・平川祐弘訳　河出書房新社　二〇〇八年
『晩夏』上・下　シュティフター著・藤村宏訳　筑摩書房　二〇〇四年
『聖書　新共同訳―旧約聖書続編つき』日本聖書協会　二〇〇五年

最後に、不本意ながら『82年生まれ、キム・ジヨン』に便乗するタイミングになってしまったとはいえ、本書の刊行に手を上げてくださった駿河台出版社と韓国文学に造詣の深い同編集部の浅見忠仁氏、訳文の確認作業にご協力くださった沈智炫、朴泰俊、李撰想、金熙善、成宮毅一各氏、本書を素材に用いた私の授業で多くの刺激を与えてくれた前・現勤務校の学生（卒業生）諸君に、心より感謝いたします。

二〇二〇（令和二）年九月

松岡雄太

本作品中には、一部差別的と思われる表現が含まれていますが、作者の意図が差別を助長するものではないこと、また、作品の背景をなす状況を表現するための必要性、作品自体のもつ文学性等を考え、原書にできる限り忠実な翻訳としたことをお断りいたします。

駿河台出版社編集部

初出一覧

「サクラ新年」
――「創作と批評」二〇一三夏
「深夜、キリンの言葉」
――「文学の文学」二〇一〇秋
「四月のミ、七月のソ」
――「子音と母音」二〇一〇冬
「天気予報の技法」
――「文学トンネ」二〇一〇冬
「ジュセントゥティピニを聴いていたトンネルの夜」
――「世界の文学」二〇一二春
「青色で僕らが書けるモノ」
――「文学と社会」二〇一二夏
「ドンウク」
――「実践文学」二〇一三春
「泣きまね」
――「文芸中央」二〇一三春
「坡州へ」
――「二十一世紀文学」二〇一三夏
「僕がイングだ」
――「現代文学」二〇一一二月
「散歩する者たちの五つの楽しみ」
――「子音と母音」二〇〇八秋
第三十三回李箱文学賞受賞作

著者　キム・ヨンス（金衍洙）

慶尚北道金泉《キムチョン》生まれ。成均館《ソンギュングァン》大学英文科卒。一九九三年『作家世界』夏号に詩を発表、一九九四年長編小説『仮面を指して歩く』で第三回作家世界文学賞を受賞して、本格的に作家デビュー。長編小説『グッバイ、李箱《イサン》』で二〇〇一年東西《トンソ》文学賞、短編小説集『僕がまだ子供だった頃』で二〇〇三年東仁《ドンイン》文学賞、短編小説集『僕は幽霊作家《ゴーストライター》です』で二〇〇五年大《テ》山《サン》文学賞、短編小説「月へ行ったコメディアン」で二〇〇七年黄順元《ファンスンウォン》文学賞、短編小説「散歩する者たちの五つの楽しみ」で二〇〇九年李箱《イサン》文学賞を受賞。他にも、長編小説に『国道七号 Revisited』、『愛だなんて、ソンヨン』、『君が誰でもどんなに寂しくても』、『夜は歌う』、『ワンダーボーイ』、『波が海のさだめなら』、短編小説集に『二十歳』、『世界の果て、彼女』、散文集に『青春の文章』、『旅行する権利』、『僕らが一緒に過ごした瞬間』、『負けないという言葉』、『いつかそのうちハッピーエンド』（共著）などがある。

訳者　松岡雄太（まつおか　ゆうた）

一九七八年福岡県京都郡生まれ。関西大学外国語学部教授。九州大学大学院人文科学府博士後期課程修了。博士（文学）。長崎外国語大学外国語学部国際コミュニケーション学科講師、同准教授などを経て、二〇二〇年四月より現職。

四月のミ、七月のソ

２０２１年４月15日初版第１刷発行

著者――キム・ヨンス（金衍洙）
訳者――松岡雄太

発行人――井田洋二
発行所――株式会社　駿河台出版社
〒１０１-００６２
東京都千代田区神田駿河台３-７
TEL. 03-3291-1676
FAX. 03-3291-1675
www.e-surugadai.com

ISBN 978-4-411-04040-4　C0097